우주 순양함 무적호 Niezwyciężony

우주 순양함 무적호
Niezwyciężony

최정인·필리프 다네츠키 옮김

스타니스와프 렘
Stanisław Lem

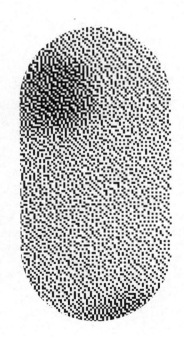

민음사

일러두기
— 본문의 각주는 모두 '옮긴이 주'이다.

차례

검은 비

라이라 성좌 우주 기지에 주둔한 우주선 중 광자 엔진을 탑재한 최대 규모의 2급 순양함 무적호가 성단 사분면의 맨 가장자리를 지나가고 있었다. 여든세 명의 승무원들은 중앙 갑판에 자리한 터널형 동면실에서 잠들어 있었다. 비교적 짧은 항해였기 때문에 극저온 동면 대신에 체온을 10도 이하로 떨어지지 않도록 유지해 주는 인공 수면을 적용했다. 오토마톤들만 함교에서 일하고 있었다. 그들 시야에 들어온 화면의 십자 조준선에 보통 적색 왜성보다 그다지 뜨겁지 않은 태양 원반이 걸려 있었다. 태양 디스크가 스크린 폭의 절반을 차지하자 물질-반물질 소멸 반응기의 전원이 꺼졌다. 선내 전체는 얼마 동안 죽음과 같은 정적에 빠져들었다. 에어컨과 디지털 장비들은 소리 없이 계속 작동하고 있었다. 선미에서 뿜어져 나오며 조금 전까지 함선을 가속시켰던 불기둥은 마치 암흑을 가로지르는 무한한 길이의 장검을 떠올리게 했다. 불꽃이 사라지자 미세한 진동조차 느껴지지 않았다. 광속과 맞먹는 속도를 내며 비활성 상태로 이동하는 적막에 잠긴 무적호는 텅 빈 듯 보였다.

잠시 후 중앙 모니터 화면에 원거리 태양의 분홍빛 광선이 비치면서 제어 콘솔의 불빛들이 하나둘 깜빡이기 시작했다. 그러자 강자성 테이프가 돌아갔고, 프로그램도 차례차례 컴퓨터 안으로 천천히 빨려 들어갔다. 그리고 전기 전환기에 스파크가 일며 아무에게도 들리지 않는 윙윙 소리와 함께 전선으로 전류가 흘렀다. 전기 모터는 오랫동안 사용하지 않아서 뻑뻑해진 윤활유의 저항을 이겨 내고자 낮은 음부터 끽끽거리는 고음까지 소리를 높여 가고 있었다. 무광 카드뮴 제어봉들이 보조 원자로에서 빠져나오고 마그네틱 펌프가 액체 나트륨을 냉각 장치로 내보냈다. 선미 갑판의 금속 바닥을 통해 진동이 느껴졌고, 벽 안에서 수많은 작은 짐승 무리가 돌아다니며 발톱으로 철골을 두드리는 듯 희미하게 긁어대는 소리가 들렸다. 이동식 자가 수리 검사기들이 대들보의 모든 용접 부위, 선체의 무결성, 금속 연결부의 상태를 확인하려고 수 킬로미터에 이르는 거리를 이동하기 시작했음을 알려 주는 소리였다. 우주선 전체가 깨어나면서 온갖 웅얼거림과 움직임으로 가득 찬 가운데 승무원들만이 여전히 깊은 잠에 빠져 있었다.

곧이어 다음 기계가 프로그램 테이프를 빨아들이며 동면 중앙 제어기로 신호를 보내자 차가운 공기에 각성 가스가 섞였다. 줄지어 선 침상 사이의 격자 바닥에서 따뜻한 바람이 불어 나오기 시작했다. 그러나 사람들은 여전히 일어날 생각이 없는 듯 보였다. 아득히 얼어붙어 있던 동면 상태가 환각과 악몽으로 넘실대자 어떤 이들은 무의식적으로 팔을 꿈틀거렸다. 마침내 누군가가 처음으로 눈을 떴다. 우주선은 이미 이 상황에 대비하고 있었다. 지금까지 어둠에 잠겨 있던 긴 갑판 통로와 승강기의 수직 통로, 선실, 관제실, 작업실과 에어록을 몇 분 전부터 백색 인공조명이 환하게 밝히고 있었다. 동면실이 사람들의 한숨과 반의식적 신음이 섞인 웅성거림으로 가득 찼을 때 함선은 승무원들이 깨어나기를 더 이상 못 기다리겠다는 듯 예비 감속 단계로 돌입했다. 중앙 스크린에 함선 기수에서 뿜어져 나오는 불꽃이 보였다. 우주선이 갑작스럽게 요동치며 이때까지 계속 유지해 온 준광속 항해의 고요를 깨뜨렸다. 기수 로켓 엔진에 가해진 강력한 힘은 무적호의 엄청난 속도에 배가된 1만 8000톤의 질량체를 으스러뜨릴 듯했다. 지도 제작실의 보관함에 빽빽하게 실려 있는 지도들이 불안하게 흔들거렸다. 여기저기 제대로 고정되어 있지 않았던 물건들이 살아 있는 것처럼 움직였다. 조리실에서는 접시들이 부딪치면서 달그락거렸고, 텅 빈 회전의자의 등받이는 앞뒤로 왔다 갔다 했으며, 갑판 벽에 있는 끈과 줄 들도 흔들렸다. 유리와 판금, 플라스틱이 부딪치고 뒤섞여 덜커덕거리는 소리의 파동이 기수에서부터 선미까지 함선 전체를 관통했다. 그러는 사이에 동면실에서는 이제 웅성거리는 목소리들이 들려오고 있었다. 사람들은 칠 개월 동안 지속된 무의 공간으로부터 짧은 꿈을 거쳐 현실로 돌아왔다.

우주선이 속력을 줄이고 있었다. 뭉글뭉글한 검붉은 구름으로 뒤덮인 행성은 별들을 완전히 가려 버렸다. 해양은 볼록 거울이 된 듯 태양을 비추었고, 그 모습이 점점 느리게 다가오고 있었다. 어두컴컴한 분화구들이 흩어져 있는 대륙의 모습이 시야에 들어왔다. 갑판에 있는 사람들은 아무것도 보지 못했다. 그곳으로부터 훨씬 아래쪽에 위치한 티타늄 엔진실 안에서 점점 커지는 굉음이 희미하게 울렸다. 거대한 중력에 맞서 사람들은 힘겹게 제어용 레버를 잡고 버텼다. 수은 구름이 로켓 광선에 닿자마자 은빛으로 폭발하며 흩어지더니 사라져 버렸다.

한동안 엔진의 굉음은 더 심해졌다. 행성에 진입하자 검붉은 원반은 평평해졌고, 비로소 육지가 눈앞에 펼쳐졌다. 바람에 씻겨 나가 낫 모양을 이룬 모래 언덕이 보였다. 가장 가까운 분화구에서 바큇살처럼 여러 갈래로 흘러내리는 용암 줄기에는 로켓 노즐로부터 분사된 태양보다 밝은 불꽃이 비쳤다.

"전출력 가동. 정지 추력 최대로."

계기판 바늘은 다음 눈금 범위로 아주 천천히 움직였다. 조작은 실수 없이 이루어졌다. 뒤집힌 화산처럼 불을 내뿜으면서 우주선은 수많은 분화구와 바위 지대로 이루어진 모래 표면 위 800미터 높이에 떠 있었다.

"전출력 가동. 정지 추력 감소."

제트 엔진의 화염은 수직으로 분출하며 지면에 내리꽂혔다. 그곳에서 검붉은 모래 폭풍이 일어났다. 가스의 굉음에 묻혀 얼핏 무음인 듯한 보라색 광선이 선미에서 발사되었다. 전위차가 균등해지면서 광선이 사라졌다. 기수에 있는 벽 어딘가에서 삐걱거리는 소리가 나자 사령관이 엔지니어에게 고갯짓으로 가리키며 공명 제거를 지시했다. 그러나 아무도 반응하지 않았다. 엔진이 굉음을 내고 있었다. 보이지 않는 줄에 매달린 강철로 된 산처럼 함선은 이제 조금의 흔들림도 없이 하강하고 있었다.

"반출력 가동. 정지 추력 최저로."

실제 바다의 부서지는 파도처럼 반지 모양으로 원을 그리면서 사막 모래의 자욱한 물결들이 사방에 휘몰아쳤다. 로켓 노즐에서 뿜어져 나온 들쑥날쑥한 불꽃에 가까이 자리한 진원에서는 더 이상 연기가 나지 않았다. 모래는 흡사 붉은 기포가 생긴 거울처럼 들끓는 실리카 호수로 변했고, 이어서 요란하게 폭발하는 기둥으로 바뀌더니 증발해 버렸다. 모래 속에 있던 오래된 현무암은 본연의 모습을 드러내고는 녹아내리기 시작했다.

"원자력 운전 대기. 냉기체 추력기 가동."

원자의 푸른 불꽃이 꺼졌다. 노즐에서 보레인 가스 줄기가 사선으로 분출되었고, 한순간에 모래와 분화구 벽면, 그 위쪽 구름이 담녹색으로 물들었다. 무적호의 넓은 선미가 내려앉을 현무암 바닥은 벌써 굳어 있었다.

"원자력 운전 중지. 착륙까지 냉기체 추력 유지."

모든 사람들이 가슴의 쿵쾅거림을 느꼈고, 고개를 기기들 가까이로 숙이며 땀이 가득한 손으로 제어용 레버를 더욱 세게 움켜잡았다. 방금 사령관의 결정적인 외침은, 이제 돌이킬 수 없다는 뜻이었다. 비록 모래 구덩이일지언정 드디어 실제로 사막 행성의 땅을 밟고 일출과 구름, 바람이 있는 세계를 조우하는 것이다.

"천저 방향으로 착륙."

추진 연료를 지면으로 내보내는 터빈의 굉음이 우주선 안에 길게 울려 퍼졌다. 초록색 원뿔형 불기둥이 갈라지면서 함선과 연기를 내뿜는 암석을 하나로 연결했다. 사방에서 모래 구름이 솟아오르자 중앙 갑판에 있는 잠망경 렌즈가 깜깜해졌다. 함교의 레이더 스크린은 탐색선을 따라 오락가락하는 태풍같이 혼돈에 빠진 풍경의 윤곽을 반복적으로 보여 주었다.

"지면 접촉 시 엔진 작동 정지."

로켓의 선체가 조금씩 내려앉자 선미 아래쪽에서 사납게 휘몰아치는 불길이 모래 구름 소용돌이 속으로 기다란 녹색 불꽃들을 쏘아 댔다. 선미와 검게 그을린 현무암 지표면은 초록색 틈새만이 겨우 보일 만큼 가까워졌다.

"제로 그리고 제로. 모든 엔진 작동 정지."

쿵 소리가 났다. 금이 간 거대한 종에 부딪친 듯 딱 한 번뿐이었다. 로켓이 땅 위에 가만히 내려앉았다. 바위로 된 지면이 함몰될 수 있었기 때문에 수석 엔지니어는 비상용 제트 엔진 레버를 두 손으로 잡고 서 있었다. 모두가 기다렸고, 초침은 째깍거리며 계속 움직였다. 사령관은 잠시 수평 지시계를 바라보았다. 은색 불빛이 빨갛게 표시된 숫자 ∅에서 조금도 벗어나지 않았다. 사람들은 아무 말도 없었다. 열을 받아서 체리색으로 붉게 달아오른 로켓 분사구가 꺽꺽거리며 특유의 신음하는 듯한 소리를 연달아 토했고, 수축하기 시작했다. 회오리치며 수백 미터나 올라갔던 붉은색 구름이 내려오고 있었다. 먼저 무적호의 뭉툭한 끄트머리가 모습을 드러냈고, 대기 마찰 탓에 오래된 암석처럼 군데군데 새까맣게 그을린 두 겹의 철갑을 두른 함선 측면부가 나타났다. 붉은 먼지 덩어리가 연신 선미 주위를 휘돌며 치솟아 올랐지만 우주선 자체는 이미 완전히 작동을 멈춘 상태였다. 이제 함선은 이곳의 일부가 된 듯, 지난 수백만 년 동안 자전축을 중심으로 회전해 온 행성과 함께 느리게 움직이고 있었다. 붉은 태양과 인접한 곳에서만 희미해지는, 가장 밝은 별들이 수놓인 보랏빛 하늘은 옛날 그대로였다.

"정상 절차로 진행합니까?"

선장은 몸을 구부려서 비행 기록 일지 중간에 착륙 기호와 도착 시각을 기입하고, 행성명 칸에 '레기스 3'이라고 적어 넣은 뒤 허리를 폈다.

"아니야, 로한. 3단계부터 시작하도록 하지."

로한은 당황스러움을 감추려고 애쓰면서 말했다.

"네, 알겠습니다. 그런데…….."

그가 선장의 명령에 토를 달았다. 예전에도 호르파흐는 이런 경우를 몇 차례 눈감아 주었다.

"이 사실을 승무원들에게 알릴 사람이 저는 아니었으면

좋겠습니다.”

　　장교의 말을 못 듣기라도 한 것처럼 선장은 로한의 팔을 잡고, 마치 창문 밖을 보여 주듯 모니터 앞으로 데려갔다. 착륙할 때, 추진력 때문에 우주선 주변으로 날아간 모래들이 형성한, 일종의 얕은 분지 가장자리에서 모래 언덕들이 허물어지고 있었다. 그들은 18층 높이에서 실제 외부 세계의 모습을 보여 주는 RGB 모니터를 통해 5킬로미터 떨어진 지점의 뾰족뾰족한 암석들이 깔린 분화구를 바라보았다. 서쪽 지평선은 분화구를 완전히 집어삼켰고, 동쪽 분화구 벽면 아래로 칠흑같이 깜깜한 그늘이 드리웠다. 모래 위로 흐르는 넓은 용암 줄기는 응고된 혈액의 거무죽죽한 빛깔을 띠고 있었다. 화면 상단에서 밝은 별 하나가 반짝였다. 무적호가 착륙하면서 불러일으킨 커다란 소동은 지나갔다. 적도 지역에서 행성 북극으로 끊임없이 거세게 불어오는 사막 바람은 로켓 분사구에서 뿜어져 나온 불꽃이 만든 공백을 메우려는 듯 선미 아래로 모래 줄기를 밀어 넣었다. 선장이 외부 마이크를 연결하자 멀리서 들려오는 난폭한 바람 소리와 선체를 긁어 대는 모래 소리가 잠시 함교 위를 가득 채웠다. 이윽고 그가 마이크를 끄자 정적이 흘렀다.

　　“이렇게 보이는군.”

　　선장이 천천히 말했다.

"그런데 로한, 콘도르호는 이 행성에서 돌아오지 않았네."

로한은 입을 꾹 다물었다. 사령관과 논쟁을 벌일 수는 없는 일이었다. 상당한 파섹↓을 함께 비행했는데도 그들 사이에 친근감은 전혀 없었다. 큰 나이 차이 때문일 수도 있었다. 아니면 같이 겪어 낸 위험한 상황들이 너무 적었는지도 모른다. 제복만큼이나 머리카락도 새하얀 그의 성격은 단호했다. 거의 100명에 이르는 승무원들이 고된 작업을 끝낸 뒤 제자리에서 가만히 기다리고 있었다. 그들은 행성에 접근하기 전 300시간에 걸쳐서 무적호 각각의 원자에 축적된 운동 에너지를 소비시키는 작업을 비롯해, 궤도 진입과 착륙 과정에 참여하며 모든 힘을 쏟아부었다. 이 모든 승무원들은 몇 달 전부터 바람이 어떤 소리를 내는지 듣지 못했고, 진공 상태에서의 생활을 지긋지긋해하기 시작했다. 그러나 사령관은 그런 문제라면 생각하지도 않았음이 틀림없었다. 그는 천천히 함교를 가로질러 가더니, 원위치한 선장석 등받이에 팔을 기댄 채 중얼거렸다.

"그 이유를 우리는 모르네, 로한."

그러다 갑자기 날카롭게 말했다.

"자네 지금 뭘 꾸물대고 있나?"

그러자 로한은 다급히 통신 제어 콘솔로 다가가서 인터

→   1파섹은 3.26광년에 해당한다.

컴을 켜고 억울한 마음을 삭이며 떨리는 목소리로 말했다.

"모든 갑판에 있는 전 승무원들에게 알립니다. 착륙이 완료되었습니다. 상륙 작전 3단계를 실시하도록 하겠습니다. 제8갑판은 에너지봇을 준비하십시오. 제9갑판은 방어막 원자로를 가동하십시오. 방어막 기술자들은 제자리로 이동하고 나머지 승무원들은 각자 정해진 작업 위치에서 대기하십시오. 이상."

그는 기내 방송을 하면서 자신이 말할 때마다 깜빡거리는 앰프의 초록 불빛을 바라보았다. 땀범벅이 된 사람들이 스피커 쪽을 올려다보며 갑작스러운 소식에 당황과 분노로 꼼짝 않고 서 있는 장면이 상상되었다. 그들은 지금에야 무슨 상황인지 깨닫고 분명히 욕을 내뱉고 있을 것이다…….

"선장님, 상륙 작전 3단계가 진행 중입니다."

로한은 나이 지긋한 상대방을 바라보지 않은 채 말했다. 사령관은 그를 쳐다보며 입꼬리에 뜻밖의 웃음을 머금었다.

"우리는 방금 도착했네, 로한. 차차 석양을 감상하며 거닐 시간이 생길지도 모르지. 누가 알겠나…….

그는 얇은 붙박이장에서 폭이 좁고 긴 책을 꺼낸 뒤 펼치더니, 수많은 레버가 달린 하얀색 제어 콘솔 위에 올려 두고 말했다.

"자네 이거 읽어 봤나?"

"네, 읽었습니다."

"7번 하이퍼 릴레이를 통해서 등록된 그들의 마지막 신호는 일 년 전, 우주 기지와 가장 근접한 송신소에 도착했지."

"그 내용은 이미 외울 만큼 잘 알고 있습니다. '레기스 3에 착륙을 완료했다. 이 사막 행성의 유형은 서브-델타 92다. 에바나 대륙 적도 구역의 상륙 작전 2단계에 따라 내려간다.'라고 했지요."

"그렇지. 하지만 그게 마지막 신호는 아니었네."

"네, 알고 있습니다, 선장님. 마흔 시간 뒤에 하이퍼 릴레이가 모스 부호와 비슷하게 들리는 일련의 신호를 등록했지만 무의미한 것들뿐이었고, 나중에는 몇 차례 반복해서 이상한 소리만이 들려왔습니다. 헤르텔은 그것을 '고양이 꼬리를 잡아당길 때 나는 울음소리'라고 명명했지요."

"맞아⋯⋯."

선장은 대답했지만 상대의 말을 듣고 있지 않았음이 분명했다. 그는 또다시 스크린 앞에 섰다. 화면 맨 아래에는 로켓 바로 옆 램프 버팀대가 가위 모양으로 펼쳐져 있었다. 내연 실리콘으로 피복한 30톤 무게의 에너지봇들이 질서 정연하게 행진하는 것처럼 일렬종대로 미끄러지듯 램프를 내려가고 있었다. 그러는 와중에 로봇을 감싼 외피 부분이 천천히 양쪽으로 벌어졌다. 그것들은 바람이 무적호 주변에 만든 모래 언덕 속으로 깊숙이 빠졌지만 속도를 잃지 않은 채 계속 앞으로 나아갔다. 금속 거북이와 비슷하게 생긴 에너지봇들은 번갈아 가며 서로 반대쪽을 향해 흩어졌고, 십 분 뒤 원 형태로 우주선 주위를 둘러싸고 있었다. 각각의 로봇은 이동을 멈추자마자 모습을 감출 때까지 연신 스스로 모래를 끼얹었다. 이내 붉은 모래 언덕 위에는 규칙적으로 배열된 로봇들의 반구형 디랙 방사체만 반짝이고 있었다. 발포 플라스틱으로 코팅된 함교의 강철 바닥에 서 있는 사람들의 발밑으로 진동이 흘렀다. 번개의 섬광처럼 짧지만 불분명한 전율이 몸을 뚫고 지나가자 사람들은 아주 잠깐 턱뼈 근육이 저릿저릿하고 눈앞이 흐려지는 듯했다. 이런 증상은 아주 잠깐뿐이었다. 또다시 적막이 찾아왔다. 멀리 떨어진 아래층 갑판에서 모터들이 작동을 개시하면서 웅웅거리는 소리가 정적을 깨뜨렸다. 모니터는 검붉은 암석층과 유유히 흐르는 모래 물결로 이루어진 사막에 초점을 맞추었다. 풍경은 예전과 다르지 않았으나 그 주변으로 투명한 방어막이 형성되어서 무적호를 보호하기 시작했다. 왼쪽, 오른쪽으로 번갈아 움직이는 회전 안테나가 달린, 마치 게처럼 생긴 금속 로봇이 램프에서 내려가며 모습을 드러냈다. 에너지봇보다 덩치가 훨씬 큰 이 센서 로봇은, 원형의 평평한 몸체와 옆쪽에서 뻗어 나온 구부러진 금속 다리를 가지고 있었다. 이 절지동물형 로봇들은 모래 속에 깊이 빠진 다리를 괴상한 자세로 끄집어내 가면서 원을 이룬 에너지봇 사이사이로 흩어지더니 자리를 잡았다. 방어 작업이 진행됨에 따라 함교 중앙 제어 콘솔에 있는 무광택 바탕의 조작 표시등에 하나둘 불이 켜졌고, 전압계의 눈금판은 녹색 불빛으로 채워졌다. 그 광경은 대형 고양이 수십 마리가 미동도 없이 두 사람을 노려보고 있는 것 같았다. 모든 눈금이 ∅을 가리켰다. 방어막을 통과하려는 물체가 하나도 없다는 의미였다. 에너지 측정기의 수치만 점점 올라가더니, 마침내 빨간색 기가와트 선들을 넘어서기 시작했다.

"나는 지금 내려가서 뭘 좀 먹어야겠네. 샘플 채취를 진행하도록 하게, 로한!"

호르파흐는 갑자기 지친 목소리로 모니터에서 물러났다.

"원격 조종으로 할까요?"

"원한다면 누굴 보내든지…… 아니면 자네가 직접 가든가."

선장은 말을 마치면서 자동문을 열고 나갔다. 로한은 조용히 하강하는 승강기의 희미한 불빛에 비친 선장의 옆모습을 잠시 바라보았다. 그는 전압계를 흘끗 쳐다보았다. 눈금은 ∅을 가리키고 있었다. 사진 측량부터 시작할걸, 하는 생각이 들었다. 촬영물이 완벽한 구성을 갖출 때까지 행성을 계속 돌았어야 했다. 어쩌면 그 방법으로 무언가를 발견할 수 있었을지도 모른다. 궤도에서의 목측은 그다지 의미가 없기 때문이다. 물론 대륙은 바다가 아니지만, 갑판 사람들이 망원경으로 관찰한 것보다 망대에 올라가 있는 한 사람이 살펴본 것이 더 가치 있는 법이다. 그러나 그런 식으로 모든 사진을 수집하려고 했다면 한 달은 족히 걸렸을 터다.

승강기가 돌아왔다. 로한은 그것을 타고 6번 갑판에서 내렸다. 에어록 앞의 광대한 플랫폼은 이제 이곳에서 더 이상 임무가 없는 승무원들로 여전히 가득 차 있었다. 게다가 식사 시간을 알리는 벨이 벌써 십오 분쯤 전부터 네 번이나 잇따라 울리는 통에 더욱 정신없었다. 사람들이 옆으로 비켜섰다.

"조르단, 블랭크. 자네들은 나와 같이 표준검사를 진행하러 가지."

"우주복으로 완전 환복할까요, 항해사님?"

"아니. 산소마스크만 쓰면 될 것 같아. 로봇 하나도 필요하고. 그 지긋지긋한 모래에 빠지지 않으려면 스노 로봇이 가장 좋겠군. 그런데 자네들은 왜 모두 여기에 서 있나? 입맛이 없는 건가?"

"저희는 내려가고 싶습니다, 항해사님…… 육지로 말입

니다."

"잠깐 동안만이라도 괜찮습니다."

웅성거리는 소리가 점점 커졌다.

"모두 진정해. 나중에 밖을 둘러볼 시간이 있겠지. 우선은 3단계가 계속 유지될 거야."

사람들은 마지못해 흩어졌다. 그러는 동안 화물 승강기에서 최장신 승무원들보다 머리 하나만큼 더 큰 로봇이 나왔다. 조르단과 블랭크는 어느새 산소 장비를 착용하고서 전동차를 타고 돌아오고 있었다. 로한은 통로 난간에 기대어 그들을 지켜보았다. 로켓은 선미를 아래쪽으로 향하고 서 있었기 때문에, 이제 통로도 기관실 첫 번째 격벽까지 쭉 뻗은 수직 형태로 바뀌었다. 그는 자신의 위쪽과 아래쪽에 대규모의 금속층이 여럿 자리하고 있다는 사실을 새삼 깨달았다. 통로 제일 아래쪽에서는 무소음 컨베이어가 작동하고 있고, 유압관에서는 콸콸 소리가 약하게 들려왔으며, 최하층부에 위치한 기관실 속 에어컨 장치에서는 차갑게 정화된 공기가 40미터가량의 통로를 통해 위쪽으로 계속 흐르고 있었다.

기술 요원 두 명이 그들 앞에서 에어록으로 통하는 문을 열었다. 로한은 반사적으로 마스크 연결 끈의 위치와 고정 상태를 확인했다. 조르단과 블랭크가 그를 따랐고, 그 뒤로 로봇이 날카로운 소리를 내는 금속재 발판을 쿵쿵거리며 걸어 나왔다. 우주선 내부로 빨려 들어가는 공기 소리가 귀청을 찢을 듯 길게 이어졌다. 이윽고 외부 출입구가 열렸고, 네 층 밑에 기계용 램프가 자리하고 있었다. 그들은 아래쪽으로 내려가고자 얼마 전까지 선체 안에 있다가 방금 밖으로 튀어나온 작은 승강기를 이용했다. 승강기 철골의 높이는 모래 언덕 꼭대기까지 닿을 정도였고, 그 내부는 사방이 뚫려 있었다. 바깥 공기는 무적호 내부와 비교해서 조금 더 쌀쌀한 수준이었다. 세 사람과 로봇이 들어서자 마그네틱 브레이크가 해제되었고, 승강기는 11층 높이에서부터 선체의 다른 부분들을 차례로 지나치며 부드럽게 하강했다. 로한은 반사적으로 선체의 상태를 확인했다. 우주 정거장을 제외하면 우주선 외관을 살펴볼 기회는 많지 않았다. 유성 탓에 표면이 움푹 패고 그을린 자국에서 고난의 흔적이 느껴졌다. 장갑판으로 된 선체 곳곳은 강한 산에 부식된 듯 광택이 사라져 있었다. 승강기는 짧은 움직임을 마치고 바람이 만든 모래 물결 위로 살며시 내려앉았다. 그들이 승강기에서 뛰어내리자 모래가 무릎까지 차올랐다. 눈 덮인 지형에서 작업하려는 용도로 설계된 스노 로봇만이 평평한 발판을 사용해, 오리같이 우스꽝스럽지만 자신감 있게 걸어갔다. 로한은 로봇에게 멈추라고 명령한 뒤 다른 사람들과 함께 외부에서 접근 가능한 선미의 모든 노즐 배출구를 찬찬히 살펴보며 말했다.

"윤을 좀 내고 노즐 청소도 해야겠군."

그는 선미 아래에서 나온 다음에야 우주선이 얼마나 큰 그늘을 드리우고 있는지 깨달았다. 검은 그림자는 이미 낮게 내려온 태양의 강한 빛을 받아서 모래 언덕 위를 넓은 도로처럼 가로지르며 뻗어 있었다. 규칙적인 모양으로 흐르는 모래 물결에 특유의 평온함이 묻어났다. 사구의 가장 아래쪽은 하늘색 그림자로 가득했고, 꼭대기는 석양빛으로 물들어 있었다. 그 따뜻하고 고운 분홍빛은 비현실적으로 느껴질 만큼 부드러웠고, 그가 언젠가 아이들의 그림책에서 보았던 빛깔을 연상시켰다. 로한은 언덕에서 언덕으로 천천히 눈길을 옮겼다. 그러다가 복숭앗빛 색조들로 충만한 곳에서 눈길을 멈췄는데, 멀리 있는 사구일수록 더 빨간빛을 띠었다. 모래 언덕들이 군데군데 초승달 모양의 검은 그림자로 뒤엉켰다가, 노르스름한 회색 영역에서는 위협적으로 솟아오른 화산암 덩어리 주변을 둘러싸고 있었다. 로한이 그렇게 서서 풍경을 바라보는 동안, 조르단과 블랭크는 수년간의 경험에서 우러나온 능수능란한 움직임으로 여유롭게 작업하고 있었다. 그들은 샘플 채취를 실시했다. 먼저 공기와 모래 샘플을 작은 용기에 담아서 밀폐했다. 그러고는 스노 로봇이 휴대용 탐사기의 굴착 본체를 잡은 상태에서 기술 요원 두 사람은 토양의 방사능 수치를 측정했다. 로한은 그들 작업에는 전혀 관심을 보이지 않았다. 마스크로 코와 입만 가리고 얇은 안전모는 벗어 버렸기 때문에 눈과 머리를 감싼 것은 아무것도 없었다. 머리카락 사이로 바람이 느껴지고 부드러운 모래 알갱이들이 플라스틱 마스크 테두리와 양 볼 사이로 불어 들어와서 간질이더니 얼굴에 내려앉았다. 계속되는 돌풍에 점프 슈트의 바지통이 펄럭였다. 일 초 이상 쳐다보기가 불가능한, 부풀어 오른 듯 보이는 거대한 태양 원반이 현재 로켓의 코 부분 바로 뒤쪽에 걸려 있었다. 방어막이 기체의 운동성까지 막아 주지는 않았기 때문에 바람은 휘파람 소리를 내며 불어 대고 있었다. 로한은 눈에 보이지 않는 보호 장벽이 모래의 어느 부분에서부터 이곳 환경을 차단하고 있는지 알 수 없었다. 시선을 사로잡은 광활한 지대는 사람의 발길이 한 번도 닿지 않은 양 황량했고, 무적호급의 우주선을 집어삼킨 행성으로는 보이지 않았다. 그 대형 함선은 우주에서 많은 경험을 쌓은 여든 명의 승무원을 태운 상태로 눈 깜짝할 사이에 수십억 킬로와트의 동력을 생산할 수 있었다. 그 에너지로 뭐든지 막아 내는 방어막을 세울 수 있을 뿐만 아니라, 산맥을 무너뜨리거나 바다를 마르게 할 정도로 강력하면서 별의 온도만큼 뜨거운 파괴 광선을 생성해 낼 수도 있었다. 그런데 지구에서 제조된 강철 유기체이자 수백 년 동안의 기술 발전으로 이루어 낸 결과물인 콘도르호가 바로 이곳에서 불가사의하게 사라져 버렸다. 아무런 조난 신호도 보내지 않고 흔적조차 없이, 마치 이 붉은 회색빛 황무지에 녹아 없어진 것처럼 말이다.

'이 대륙 전체가 모두 똑같아 보이는군.'

로한은 생각했다. 그는 대륙의 모습을 잘 기억하고 있었다. 우주에서 내려다본 행성은 우묵우묵한 구멍투성이 분화구로 가득했고, 끝없이 펼쳐진 모래 언덕층 위로 그림자를 드리우는 구름들만이 유유히 떠다니고 있었다.

"토양 내 방사능 수치는?"

그는 뒤를 돌아보지 않은 채 물었다.

"0.02입니다."

조르단이 대답하면서 무릎을 세웠다. 벌겋게 달아오른 얼굴 위로 눈이 빛나고 있었다. 마스크 때문에 목소리가 일그러진 채 들렸다.

'그렇다면 방사능이 거의 없다는 뜻이군.'

그는 생각했다. 콘도르호 승무원들이 그렇게 초보적인 과실을 저지르고 죽지는 않았을 것이다. 설사 그들 중 샘플 채취에 관심을 가진 사람이 아무도 없었더라도 분명히 자동 센서가 반응했을 테고 경고해 주었을 터다.

"대기는?"

"질소 78퍼센트, 아르곤 2퍼센트, 이산화탄소 0퍼센트, 메탄 4퍼센트, 나머지는 산소입니다."

"산소가 16퍼센트라고? 확실해?"

"확실합니다."

"공기 내 방사능은?"

"거의 제로에 가깝습니다."

이상했다. 산소가 이렇게나 많다니! 검사 결과를 듣고 로한은 흥분했다. 그는 로봇에게 다가가서 공기시료채취기를 받았다.

'혹시 산소 장비를 착용하지 않으려 했던 건 아닐까?'

말도 안 되는 생각을 했다. 도무지 있을 수 없는 일이라는 사실을 누구보다 잘 알고 있었다. 간혹 남들보다 향수병을 더 심하게 앓는 사람이 있어서, 주변 공기가 맑고 신선하다고 섣불리 판단한 나머지 명령을 어기고 마스크를 벗어 버려서 중독 상태에 빠지는 경우가 더러 있기는 했다. 그러나 한 명, 많아야 두 명쯤에게나 일어났을 일이었다.

"다 챙겼나?"

그가 물었다.

"네."

"그럼 자네들은 돌아가지."

그들에게 말했다.

"항해사님은 안 가십니까?"

"나는 좀 더 남아 있겠다. 돌아가도록 해."

그는 짜증 섞인 투로 반복해서 말했다. 지금은 혼자 있고 싶었다. 블랭크가 모든 샘플 통의 손잡이를 연결한 끈을 어깨에 둘러멨고, 조르단은 로봇에게 탐사기를 건넨 다음 모랫길을 힘겹게 헤치며 되돌아가기 시작했다. 그들을 뒤뚱거리며 따라가는 스노 로봇의 뒷모습은 마스크를 착용한 사람처럼 보였다.

로한은 맨 가장자리의 모래 언덕까지 걸어갔다. 그는 모래 위로 솟아올라 방어막을 생성하는 방사체의 벌어진 끝부분을 가까이에서 들여다보았다. 그것이 작동하는지 확인하려는 생각보다 순전히 어린아이처럼 장난치고 싶은 마음에 모래를 한 움큼 쥐어서 앞으로 던졌다. 모래 줄기는 바람을 타고 날아가다가 경사지고 투명한 유리 벽에 부딪친 듯 수직으로 떨어져 내렸다.

그는 마스크를 벗고 싶어서 손이 간지러울 정도였다. 그 느낌을 잘 알고 있었다. 플라스틱 마우스피스를 뱉어 버리고 끈을 벗어 던진 다음, 폐 한가득 공기를 들이마시고 싶은 기분……

'내가 정신이 나갔군.'

로한은 유혹을 떨쳐 낸 뒤 우주선 쪽으로 천천히 발걸음을 돌렸다. 지표에 내려와 있는 빈 승강기의 바닥 부분이 모래 언덕에 살짝 묻혔다. 그를 기다리던 몇 분 동안 바람에 날려 온 모래가 얇은 층을 이루며 금속판을 덮고 있었다.

그는 5번 갑판의 주 통로 벽에 설치된 승무원 정보 모니터를 바라보았다. 사령관은 선장실에 있었다. 로한은 위쪽으로 이동했다.

"한마디로 요약하자면 전원적 환경이라는 뜻인가?"

선장은 그가 한 말을 간략히 정리했다.

"방사능이 전혀 발견되지 않았고 포자, 박테리아, 곰팡이, 바이러스도 전혀 없다는 말이군. 다만 이 산소가 말이야……. 아무튼 샘플 배양 검사를 실시해 봐야 하네."

"샘플은 이미 실험실에서 검사 중입니다. 어쩌면 이 행성에 있는 다른 대륙에서 생명체가 발달하고 있는지도 모르지요."

로한이 확신 없는 목소리로 말했다.

"그렇지는 않을 거야. 적도 지역 밖의 일사량이 너무 적으니까. 자네는 극지의 빙관 두께를 보지 못했나? 얼음 덮개가 분명히 최소 8킬로미터, 어쩌면 10킬로미터까지 될지도 모른다고 확신하네. 차라리 해조류나 해초류 같은 것이 바다에 존재할 가능성이 더 높다고 봐야지. 그런데 생물체가 왜 해양에서 육지로 옮겨 가지 않은 것일까?"

"바다를 확인해 봐야 할 것 같습니다."

로한이 말했다.

"우리 전문가들에게 물어보기에는 너무 이른 감이 있지만 내 생각에 이곳은 늙은 행성으로 보이네. 이 노쇠한 혹성은 60억 년은 된 듯해. 물론 태양도 오래전에 전성기가 지나가기는 했지. 그 별은 거의 적색 왜성이 되었네. 맞아. 육지에서 생명체가 발견되지 않는다는 점은 주목해 볼 만한 사실이야. 물 없이는 살지 못하도록 특별히 진화한 종이겠군. 그래, 그러나 이것이 산소의 존재 이유가 될지는 몰라도 콘도르호 문제와는 별개지."

"어쩌면 바닷속에 숨어 있는 수중 생물 비슷한 어떤 생명체가 해저에 문명을 형성했을 수도 있고요."

로한이 자신의 생각을 밝혔다. 두 사람은 메르카토르 도법으로 제작한 행성의 대형 지도를 바라보았다. 이 지도는 지난 세기에 자동 탐사기가 수집한 정보를 바탕으로 그려졌기 때문에 정확도가 떨어졌다. 주요 대륙들과 바다들의 윤곽, 빙관 설선, 가장 큰 분화구 몇 개만 나타나 있었다. 자오선과 위도선이 격자로 교차하는 북부 위도 8도 밑부분에 빨간색 동그라미가 표시되어 있었는데, 바로 그들이 착륙한 지점이었다. 선장은 테이블에 놓인 지도를 성급히 옆으로 밀어냈다.

"자네 스스로도 그것이 말이 된다고 생각하나?"

그는 코웃음을 치며 말했다.

"트레소르가 우리보다 멍청할 리도 없을뿐더러 어떤 수중 생물에게 당했을 리도 없네. 터무니없는 소리. 게다가 물속에 지적 생명체가 존재했다면 가장 먼저 실행했을 일 중 하나가 바로 육지를 정복하는 것이 아니었겠나. 설령 물을 채워 넣을 수 있는 특수복 같은 장비가 필요하다고 치더라도…… 완전히 허무맹랑한 소리지."

그는 로한의 주장을 반박하기 위해서가 아니라 어느새 다른 생각을 하고 있었으므로 자기 주장을 되풀이했다.

"여기에서 얼마간 머물도록 하겠네."

선장은 마침내 결론을 내렸다. 그러고는 지도 아래 가장자리에 손을 대자 윙 하는 가벼운 소리와 함께 지도가 돌돌 말리더니 거대한 지도 보관장의 수평 선반 중 하나 속으로 사라졌다.

"기다리면서 지켜보도록 하지."

"만약 기다려도 성과가 없으면 어떻게 합니까?"

로한이 조심스럽게 질문했다.

"우리가 그들을 직접 찾아 나서는 겁니까……?"

"로한, 이성적으로 생각하게. 벌써 6항성년 차이인데 그런……."

선장은 적당한 표현을 찾으려고 애썼지만 그러지 못

하자 이내 아무래도 상관없다는 듯 손짓으로 말을 대신했다.

"이 행성은 화성의 크기와 맞먹어. 우리가 어떻게 그들을 찾는다는 말인가? 그러니까 콘도르호 말이야."

그는 스스로의 말을 정정했다.

"그렇습니다. 토양에 철 함량이 높으니까요……."

로한이 마지못해 인정했다. 분석 결과, 실제로 모래에서는 상당량의 산화철이 발견되었다. 따라서 강자성 탐지기는 아무 쓸모도 없었고, 그는 뭐라고 말해야 할지 몰라서 입을 다물었다. 사령관이 끝내 어떤 방법을 찾아내리라고 확신했다. 아무런 성과 없이 빈손으로 귀환할 수는 없는 노릇이기 때문이다. 호르파흐의 이마 아래로 튀어나온 짙은 눈썹을 쳐다보면서 명령을 기다렸다.

"사실대로 말하자면 마흔여덟 시간 동안 기다리는 것이 아무런 도움도 안 된다고 생각하지만 규정이 그래."

선장은 뜻밖에도 고백하는 어조로 말했다.

"제발 여기 좀 앉아, 로한. 꼭 무슨 감독이라도 하는 듯 내 앞에 붙어 서 있군. 레기스는 아무짝에도 쓸모가 없는 곳이네. 완전히 무용지물이지. 콘도르호가 왜 여기로 보내졌는지 모를 일이야. 하지만 이미 벌어진 일이니 어쩌겠나."

그는 잠시 말을 멈췄다. 하지만 기분이 언짢았기에 항상 그렇듯, 다시 말이 많아졌다. 그는 상하 관계를 잠시 접어 둔 채 누군가와 쉽게 토론을 벌이고 싶어 했다. 이런 상황은 항상 조심할 필요가 있었다. 선장이라면 언제든 심술궂게 대화를 중단해 버릴 수 있으니까.

"한마디로, 어쨌든 우리는 뭐든 해야 해. 그러니 자네는 소형 관측 위성 몇 대를 적도 부근 궤도로 보내 두게. 다만 일정한 저궤도를 돌게 해야 하네. 대략 70킬로미터 정도로 말이야."

"그곳은 여전히 이온층 일부입니다."

로한이 이의를 제기했다.

"수십 번 궤도를 돌기만 해도 위성이 전소되어 버릴 겁니다……."

"그럼 그렇게 되도록 내버려 둬. 그래도 그 전에 촬영 가능한 모든 것을 사진으로 남기겠지. 내가 봐선 60킬로미터까지 낮춰도 될 것 같은데, 그건 자네가 결정하도록 하게. 위성이야 뭐 열 바퀴 회전하고 나서 곧바로 다 타 버릴 수도 있겠지만, 그 높이에서 찍은 사진들만이 뭔가 쓸모 있을 거야. 자네는 최고 성능의 망원 렌즈로 100킬로미터 높이에서 로켓을 바라봤을 때 어느 정도 크기로 보이는 줄 아나? 옷핀 머리가 거대한 산처럼 보일 만큼 작아 보이지. 그러니까 자네는 곧…… 로한!"

문을 나서려던 항해사 로한이 그의 외침을 듣고 몸을 돌렸다. 사령관은 돌연 분석 결과지를 테이블에 내던지며 소리쳤다.

　　"이건 대체 뭔가!? 뭐 또 이런 말도 안 되는 게 있어? 누가 이걸 작성했나?"

　　"오토마톤이 했습니다. 무슨 일이십니까?"

　　로한은 속에서 차오르는 화를 억누른 채 차분하게 행동하려고 노력하며 물었다.

　　'이제 와서 트집을 잡고 그래!'

　　선장에게 일부러 천천히 다가가면서 생각했다.

　　"자네 이것을 읽어 보게. 여기. 그래, 이 부분."

　　"메탄 4퍼센트."

　　로한이 읽었다. 그 순간 역시 당황해서 어쩔 줄 몰라 했다.

　　"메탄이 4퍼센트라고? 그리고 산소가 16퍼센트? 자네는 이 수치가 무엇을 의미하는지 알고는 있나? 폭발성 혼합물이라는 말이야! 우리가 보레인 가스를 사용해서 착륙했을 때 왜 대기 전체가 폭발하지 않았는지 설명해 볼 수 있겠나?"

　　"그렇…… 잘 모르겠습니다."

　　로한이 더듬거리며 대꾸했다. 그는 외부 환경 제어 콘솔

쪽으로 다급히 뛰어가서 흡입관 센서로 혹성 대기를 수집했다. 선장이 불길한 예감이라도 느낀 양 침묵한 채 함교를 오가는 동안, 로한은 분석기 안에서 빠른 속도로 덜거덕거리는 유리 용기들을 지켜보았다.

"그래 어떻게 됐나?"

"마찬가지입니다. 메탄 4퍼센트…… 산소 16퍼센트입니다."

로한이 말했다. 그는 어떻게 이러한 상황이 가능한지 전혀 이해할 수 없었지만, 적어도 호르파흐가 이제 자신에게 잘못을 돌리지 못하리라는 생각에 안도했다.

"이리 좀 보여 주게, 흠. 메탄 4퍼센트라, 그렇군, 젠장…… 알겠네. 로한, 관측 위성을 궤도에 보낸 다음, 소실험실로 오게. 결국 과학자들이 여기에 있는 이유가 뭔가? 그들 머리를 좀 쥐어짜야겠군."

로한은 승강기를 타고 내려가서 로켓 기술자 두 명을 부른 다음, 선장의 지시 사항을 전달했다. 그러고 나서 2번 갑판으로 돌아갔다. 그곳에는 실험실과 전문가들의 선실이 쭉 들어서 있었다. 그는 G.I., G.F., G.T., G.B↓같이 두 글자의 명판이 붙어 있는 좁은 금속 문을 연달아 지나갔다. 소실험실의 문은 활짝 열려 있었다. 과학자들의 단조로운 목소

→ 순서대로 Główny Inżynier(수석 엔지니어),
    Główny Fizyk(수석 물리학자), Główny
    Technik(수석 기술자), Główny Biolog(수석
    생물학자)의 머리글자다.

리 사이로 이따금 선장의 낮은 음색이 또렷이 들려왔다. 로한은 문간에 서 있었다. 각 부서의 수장들인 수석 엔지니어, 수석 생물학자, 수석 물리학자, 대표 의사, 그리고 기관실의 모든 기술자들이 모여 있었다. 선장은 휴대용 디지털 장비의 전자 프로그램 장치 아래, 그중 맨 가장자리 의자에 말없이 앉아 있었다. 올리브빛 피부의 모데론이 여자아이처럼 작은 두 손을 모은 채 말을 꺼냈다.

"제가 가스 화학 쪽 전문가는 아닙니다만, 어쨌든 이것은 아마도 일반 메탄이 아닌 것 같습니다. 결합 에너지가 다릅니다. 단지 소수점 둘째 자리에서 차이가 날 뿐이지만 다르긴 다릅니다. 촉매가 작용할 때에만 산소와 화학 반응을 일으키는 정도입니다. 그것도 간신히 말입니다."

"이 메탄의 근원이 무엇인가?"

호르파흐가 질문했다. 그는 양손을 깍지 낀 채 엄지손가락을 빙빙 돌리고 있었다.

"메탄의 구성 물질인 탄소가, 어찌 됐든 유기물의 기원입니다. 그다지 많지는 않지만 의심할 여지가 없습니다⋯⋯."

"동위 원소들은? 시기는? 이 메탄은 얼마나 오래된 것인가?"

"200만 년에서 1500만 년 사이입니다."

"시간 범위가 왜 이래!"

"저희에게는 분석할 시간이 삼십 분밖에 없었습니다. 그래서 더 정확히 말씀드릴 수 있는 게 없습니다."

"퀴스틀러 박사! 이 메탄은 어디서 온 건가?"

"모르겠습니다."

호르파흐는 휘하의 전문가들을 차례대로 쳐다보았다. 그는 곧 화를 터뜨릴 것 같았지만, 뜻밖에도 미소를 띠었다.

"제군들, 자네들은 경험 많은 전문가들이 아닌가. 우리가 항해를 어제오늘 함께한 것도 아니고 말이야. 다들 의견을 말해 주게. 이제 우리가 무엇을 해야만 하겠나? 어디서부터 시작하면 좋을까?"

아무도 나서서 말하려고 하지 않았다. 마침 호르파흐의 불같은 성격을 두려워하지 않는 몇 안 되는 사람 중 하나인 생물학자 요페가 사령관의 눈을 침착하게 쳐다보며 입을 열었다.

"이건 전형적인 서브-델타 92급의 행성이 아닙니다. 만약 그랬다면 콘도르호가 실종되지도 않았겠지요. 콘도르호의 전문가들은 우리보다 뛰어나지도, 그렇다고 뒤떨어지지도 않았습니다. 우리가 확신할 수 있는 단 한 가지는, 그들이 가진 지식이 재앙을 피하기에는 역부족이었다는 점입니다. 이런 사실로 미루어 볼 때, 우리는 상륙 작전 3단계를 유지하면서 육지와 바다를 조사해 봐야 한다는 결론에 도달합

니다. 저는 지질 시추를 시작하는 동시에 이곳 수역을 살펴
봐야 한다고 생각합니다. 현재 상황에서는 불분명한 가설을
바탕으로 다른 모든 작업들까지 신경 쓸 여유가 없습니다."

"알겠네."

호르파흐는 어금니를 꽉 깨물었다.

"방어막 내에서 이루어지는 시추 작업은 문제가 되지
않아. 노빅 박사가 이 건을 맡아 주게."

지질학자들의 수장이 고개를 끄덕였다.

"해양의 경우는…… 여기에서 해안선까지 얼마나 먼가,
로한?"

"대략 200킬로미터쯤 됩니다……."

로한은 사령관이 자신을 보지 못했음에도 그 존재를 인
지하고 있었다는 사실에 그다지 놀라지 않으며 대답했다. 그
는 선장의 등 뒤에서 몇 걸음 떨어진 채 문 옆에 서 있었다.

"거리가 좀 되는군. 하지만 우리는 무적호를 먼저 이동
시키지는 않을 거야. 로한, 자네는 적당한 사람들을 필요한
만큼 뽑아 가게. 피츠파트릭이나 다른 해양학자를 포함해서
예비 에너지봇 여섯 대도 데리고 가게. 그들과 해안선으로
가 보게나. 자네들은 방어막 내에서만 작업해야 하네. 바다
를 구경한다거나 잠수하는 것도 안 되고. 오토마톤들도 함부
로 다루지 않도록 하게. 보유분이 그리 많지 않으니까. 알겠

나? 그러니 자네는 바로 조사에 착수하게. 참, 그리고 한 가지 더. 이곳 대기가 호흡하기에 적합한가?"

의사들은 속삭이며 서로 상의했다.

"이론상으로는 그렇습니다."

마침내 스톨몬트가 그다지 확신이 없는 말투로 대답했다.

"'이론상으로'가 무슨 의미인가? 호흡이 가능하다는 건가? 불가능하다는 건가?"

"이 정도의 메탄 수치라면 그냥 넘길 수 없습니다. 일정 시간이 지나면 혈중 메탄 농도가 높아질 것이고, 어떤 가벼운 신경학적 이상 증세가 발생할 수도 있습니다. 의식이 혼탁해진다거나……. 물론 그런 증상은 한 시간, 아니 몇 시간 뒤에나 나타날 겁니다."

"메탄 흡착 필터 같은 것을 사용하면 되지 않겠나?"

"아니요, 선장님. 필터를 자주 교체해야 하므로 흡착 필터의 사용은 그만한 가치가 없습니다. 게다가 산소 비율이 좀 낮습니다. 제 개인적인 생각으로는 산소마스크를 착용하는 편이 나을 것 같습니다."

"흠. 다들 같은 의견인가?"

비테와 엘드야른이 고개를 끄덕였고, 호르파흐는 자리에서 일어났다.

"그럼 일을 시작하도록 하지. 로한! 위성은 어떻게 되어 가나?"

"이제 곧 발사할 예정입니다. 그런데 제가 출발하기 전에 궤도를 다시 점검해 봐도 괜찮겠습니까?"

"그렇게 하도록 하게."

로한은 사람들의 웅성거림을 뒤로하고 실험실을 나왔다. 그가 함교에 들어섰을 때 막 해가 저물고 있었다. 너무 어두워서 거의 보랏빛으로 물든 태양 원반의 일부를 배경으로, 지평선 위에 자리한 분화구의 삐죽삐죽한 윤곽이 부자연스러울 만큼 선명하게 드러났다. 하늘에는 이곳 은하계 부근의 별들이 밀집해 있었고, 마치 돋보기로 확대해 놓은 것 같았다. 거대한 별자리들은 어둠에 파묻힌 사막을 집어삼키듯 점점 지평선 가까이에서 모습을 드러내며 빛을 발했다. 로한은 선체 앞부분의 위성 발사구를 연결했다. 가장 먼저 관측 위성 두 대에 발사 명령을 내렸다. 다음 한 쌍은 한 시간 후에 발사하기로 되어 있었다. 내일 촬영되어 올 행성 양쪽 반구의 밤과 낮 사진에는 적도 지역 전체의 모습이 담겨 있어야 한다.

"1분 31초…… 방위각 7. 유도 중입니다……."

스피커에서 선율 같은 목소리가 반복해서 흘러나왔다. 로한은 다이얼을 돌려서 볼륨을 줄이고 의자를 제어 콘솔 쪽으로 돌렸다. 아무에게도 알리고 싶지 않은 일이기는 하지만, 사실 그는 행성 궤도로 위성을 발사할 때마다 항상 불빛놀이를 즐겼다. 먼저 부스터 표시등에 빨간색, 흰색, 파란색의 불이 들어왔고, 이어서 발사 제어 컴퓨터가 윙윙거리며 작동했다. 그 소리가 끊기자 미세한 진동이 함선 전체를 관통했다. 스크린에 비치던 사막이 갑자기 담녹색으로 밝아졌다. 모선은 불길에 휩싸였고, 우레와 같은 어마어마한 굉음과 함께 선두 발사구에서 소형 발사체가 쏘아 올려졌다. 부스터가 점차 위로 올라가면서 사구 경사지에 조금씩 희미하게 빛을 떨구다가 마침내 완전히 사라졌다. 로켓 소리가 안 들리는가 하더니, 이제는 각양각색의 빛들이 제어 콘솔 전체를 뒤덮기 시작했다. 탄도 제어 장치의 기다란 램프에 어둠을 뚫고 잇따라 불이 들어왔다. 진줏빛 램프가 깜빡거리는 상태를 보니, 원격 제어가 제대로 작동하고 있음을 알 수 있었다. 그 후 연속해서 로켓 추진체를 폐기했음을 알리는 여러 색깔의 빛들이 세모난 램프를 밝히며 크리스마스트리 모양을 이루었고, 마침내 그 무지갯빛 꼭대기로 위성이 궤도에 진입했음을 신호하는 하얗고 반듯한 사각형 등에 불이 켜졌다. 눈처럼 빛나는 표시등 중앙에 회색의 작은 점선이 흐릿하게 흔들거리더니 67이라는 숫자가 떴다. 고도를 나타내는 표시였다. 로한은 다시 한 번 궤도 정보를 확인했다. 경계선 안쪽으로 설정된 근지점과 원지점이 들어왔다. 이제 이곳에서는 더 이상 할 일이 없었다. 그가 선상 시계를 확인했을 때 오후 6시였고, 그다음 행성 현지 시계는 밤 11시를 나타내고 있었다. 잠시 눈을 감았다. 해안으로 나갈 수 있어서 내심 기뻤다. 그는 직접 팀을 지휘하기를 좋아했다. 그런데 갑자기 졸음과 허기가 몰려왔다. 강장제를 복용하면 좋지 않을까, 잠깐 고민했지만 저녁만 먹어도 충분할 듯했다. 자리에서 일어나며 자신이 얼마나 피곤한 상태인지를 깨닫고 스스로도 놀랐다. 차라리 그 느낌 때문에 정신이 좀 들었다. 로한은 식당으로 내려갔고, 거기에 그의 새로운 팀원들이 모여 있었다. 두 명의 호버크라프트 운전사와, 그 둘 사이에 앉아 있는 쟈그는 한결같이 밝은 성격이라 로한의 마음에 들었다. 그 외에도 피츠파트릭이 동료인 브로자, 케클랭과 앉아 있었다. 로한이 뜨거운 수프를 주문하고 캐비닛에서 빵과 무알코올 맥주 몇 병을 꺼냈을 때 나머지 사람들은 저녁 식사를 마치고 있었다. 모든 것을 식판에 담아 걸음을 옮기는데, 마침 바닥에서 가벼운 진동이 느껴졌다. 무적호가 다음 위성을 발사한 것이다.

사령관은 밤에 이동하는 일을 허락하지 않았다. 그들은 행성 현지 시각으로 오전 5시, 동이 트기 전에 움직였다. 행군은 정해진 순서에 따라 열을 지어 답답할 만큼 느린 속도로 진행되었고, 이런 까닭에, 이 대형을 '장례 행렬'이라고 불렀다. 방어막을 형성한 에너지봇들은 모든 차량, 즉 다목적 호버크라프트, 라디오 장비와 레이더 및 야외 취사 장비를 갖춘 우주 탐사 지프, 자체 설치가 가능한 밀폐된 막사를 갖춘 운반차, 보통 '송곳'이라 불리는, 무한궤도형 바퀴가 달린 단거리 공격용 소형 레이저 차량을 둘러싼 채 전후방에 위치하고 있었다. 로한은 선두의 에너지봇 안에 과학자 세 명과 함께 있었다. 좌석이 좁아서 옆에 붙어 앉아 있기가 불편했지만, 적어도 어느 정도는 일반적인 여행을 하는 듯했다. 장례 행렬의 속도는 가장 느리게 움직이는 기계, 바로 에너지봇들에 맞춰 조절해야 했다. 이동은 그다지 즐겁지 않았다. 무한궤도형 바퀴는 모래에서 윙윙거리며 비명을 질러 댔고, 코끼리만 한 터빈에서 모기 같은 소리가 났다. 게다가 탑승자들 바로 뒤편의 쇠 격자에서는 차가운 바람이 불었고, 에너지봇들은 파도를 만난 대형 바지선처럼 격하게 움직이고 있었다. 얼마 후 마치 검은 첨탑을 연상케 하는 무적호가 지평선 너머로 자취를 감췄다. 그들은 한동안 차가우면서 피같이 새빨간 태양 광선을 쬐며 단조로운 사막을 가로질러 갔다. 그러다가 조금씩 모래가 줄어들어 경사진 암석들이 튀어나온 지역에서는 우회로를 택해야만 했다. 그들은 산소마스크를 쓴 데다 모터의 굉음까지 뒤섞여서 전혀 대화할 상황이 아니었다. 지평선 쪽을 찬찬히 살펴봤지만 경치는 여전히 변함없었다. 대규모 풍화 작용으로 바위 더미가 자리 잡았고, 어느 지점에 이르러서는 평지가 아래로 기울기 시작하더니 매우 완만한 분지를 형성하고 있었다. 그곳 바닥에는 폭이 좁고 거의 말라붙은 시냇물에 붉은 새벽빛이 반사되어 반짝였다. 개울 양쪽으로 펼쳐진 자갈밭은 예전에 수위가 지금보다 훨씬 높았음을 일러 주었다. 그들은 물을 조사하려고 잠시 발길을 멈췄다. 물은 완전히 깨끗했고, 상당한 경수였으며, 부가적으로 산화철과 소량의 황화물이 함유되어 있었다. 그들은 계속 이동했다. 무한궤도형 바퀴가 바위투성이 길 위에서 순조롭게 굴러간 덕분에 속도를 조금 올릴 수 있었다. 서쪽에는 그다지 높지 않은 절벽들이 솟아올라 있었다. 맨 마지막 차량은 무적호와 줄곧 통신을 유지했다. 레이더 안테나가 끊임없이 돌아갔고, 레이더 기사들은 머리에 쓴 헤드셋의 위치를 조절해 가며 건조식품 조각을 씹어 먹었다. 그러면서 앞쪽 모니터를 주시했다. 이따금 어떤 호버크라프트 아래쪽에서 작은 회오리바람이 일듯 조각돌들이 날아다니다가 갑자기 살아 움직이는 것처럼 자갈 경사지 위로 튀어 올랐다. 그 뒤로 황량하고도 완만한 언덕이 모습을 드러냈다. 차량을 멈추지 않은 상태로 샘플을 채취한 다음, 피츠패트릭은 실리

✧ ✧

카가 유기물에서 기원했다고 로한에게 소리쳤다. 마침내 그들 앞에 검푸른 바다의 수면이 나타났을 때 석회암의 존재도 발견했다. 차량이 작고 평평한 자갈 위를 덜커덕거리며 해안 쪽으로 내려갔다. 차량들이 뿜어내는 뜨거운 바람과 쉭쉭거리며 돌아가는 무한궤도형 바퀴 소리, 터빈에서 울리는 소음, 이 모든 것들이 바다 100미터 앞에서 갑자기 멈춰 버렸다. 가까이에서 본 바다는 초록빛을 띠었고, 외견상 지구에 있는 바다와 매우 흡사했다. 작업팀을 방어막 안에서 운용하려면 이제 복잡한 작전이 필요했다. 선두에 있는 에너지봇을 꽤 깊은 물속으로 옮겨야 했다. 먼저 기계 수밀 검사를 마치고, 다른 에너지봇을 원격 조종함으로써 그것을 이동시키기 시작했다. 로봇은 거품을 일으키면서 물속 깊이 들어갔고, 어두운 형상만 남긴 채 거의 보이지 않게 되었다. 그때 수중에 있는 에너지봇이 중앙 제어국으로부터 신호를 받아서 디랙 방사체를 수면 위로 들어 올렸다. 해변과 연안 해역 일부에 보이지 않는 반구형 방어막이 세워지자 그들은 본격적인 검사에 착수했다.

　　분석 결과, 이곳 바다가 지구의 바다보다 염분 함유량이 조금 적다는 점을 제외하면 다른 어떤 흥미로운 사실도 드러나지 않았다. 두 시간 뒤에 알아낸 정보도 처음의 내용과 별반 다르지 않았다. 그래서 원격 조종이 가능한 무인 탐사기

두 대를 먼 바다로 보냈고, 중앙 제어국에 있는 스크린으로 그 경로를 추적했다. 탐사기가 수평선 너머로 사라진 뒤에야 처음으로 중요한 정보를 찾아냈다는 신호가 왔다. 바다에는 경골어와 비슷한 유기체가 살고 있었다. 그러나 물고기들은 탐사기를 발견하자 심해 속에서 숨을 곳을 찾아 굉장히 빠른 속도로 달아났다. 바닷속 150미터 깊이에서 최초로 생물체를 접한 것이었다.

　　브로자는 이곳 물고기를 적어도 한 마리는 잡아야 한다는 주장을 굽히지 않았다. 그리하여 마침내 포획 작전을 개시했다. 탐사기가 초록빛 어둠 속에서 도망가는 물고기에게 전기를 방전하며 뒤쫓았지만 워낙에 민첩해서 쉽지 않았다. 몇 번이나 연달아 방전을 일으킨 다음에야 한 마리를 겨우 감전시킬 수 있었다. 집게발로 물고기를 붙잡은 탐사기한테 즉시 해안으로 돌아오라는 지시를 내렸다. 그사이 케클랭과 피츠파트릭은 두 번째 탐사기를 이용해서 현지에 서식하는 일종의 조류 혹은 해초류로 보이는 바닷속 섬유질 시료를 수집했다. 마지막으로 250미터 깊이의 해저까지 탐사기를 내려보냈다. 강한 심층류로 탓에 거대한 바위 더미 쪽으로 계속 떠밀려 가는 탐사기를 조종하기란 여간 힘든 일이 아니었다. 마침내 바위 몇 개를 뒤집어 보니 그 아래에는 케클랭의 예측대로 솔 모양의 유연한 작은 생물체들이 군집해 있었다.

　탐사기 두 대가 모두 방어막 안으로 돌아오자 생물학자들이 작업을 시작했다. 그동안 설치된 막사에서 로한과 쟈그, 그 밖의 다섯 사람은 성가신 마스크를 벗어 버리고 그날 처음으로 따뜻한 식사를 맛보았다.

　그들은 저녁때까지, 광물 시료 채취와 심해 방사능 검사, 일사량 측정, 그리고 이와 비슷한 100여 가지 과업들을 수행하는 데 시간을 쏟았다. 고되고 힘들었으나 꼼꼼하고 세세하게 감독해야만 제대로 된 결과를 기대할 수 있는 작업들이었다. 해 질 무렵 가능한 모든 임무를 끝냈기 때문에 무적호의 호르파흐에게서 연락이 왔을 때 로한은 홀가분한 마음으로 마이크 앞에 설 수 있었다. 해양은 생명체들로 가득했지만 하나같이 연안 지역을 피하고 있었다. 해부한 물고기에서도 특별히 주목할 점을 찾아내지 못했다. 추산해 보니 이 행성에서 수억 년 전부터 진화가 진행되어 왔음을 파악할 수 있었다. 그들은 수많은 녹색 조류종을 발견했고, 이로써 대기 중 산소의 존재가 설명되었다. 생물계는 일반적이게도 식물계와 동물계로 나뉘어 있었다. 척추동물의 뼈 구조 역시 마찬가지였다. 생물학자들은 해부한 물고기에서 지구 물고기에서는 찾아볼 수 없는 기관 하나를 발견했다. 이 물고기는 자기장의 아주 미세한 변화에도 예민하게 반응하는 특별한 감각 기관을 가지고 있었다. 호르파흐는 모든 팀에 신속한 복귀를 명령하고, 로한과의 대화를 마무리하기 전에 새로운 소식을 알려 주었다. 어쩌면 실종된 콘도르호가 착륙한 지점을 찾은 것 같다고 했다.

그리하여 앞으로 몇 주간 연구를 더 진행해도 모자랄 판이라는 생물학자들의 항의에도 불구하고, 수송팀은 막사를 걷고 엔진을 가동한 뒤 북서쪽으로 이동했다. 로한은 동승자들에게 콘도르호에 대한 어떤 상세한 정보도 말할 수 없었다. 자신 역시 그에 관해서 제대로 몰랐기 때문이다. 로한은 다음 파견지에 탐사 대상이 훨씬 많으리라고 추측했으므로 최대한 빨리 복귀하고 싶었다. 물론 지금은 다른 무엇보다도 콘도르호의 착륙 지점이라 예상되는 지역을 조사해 봐야 했다. 로한이 목적지를 향해 차량 동력을 최대로 올리자, 돌멩이들 위를 움직이는 무한궤도형 바퀴가 더욱 요란하게 덜거덕거리며 요동쳤다. 어둠이 내려서 차량의 커다란 전조등을 켜자 괴상하고도 무섭게 보이는 광경이 나타났다. 빛줄기가 움직일 때마다 불명확한 모습, 마치 거인 비슷한 형상이 어둠 속에서 나타났다. 결국 그 실루엣은 풍화한 산맥의 마지막 남은 바위에 지나지 않았다. 그들은 현무암의 깊은 균열 때문에 몇 차례나 차를 멈춰 세워야 했다. 자정이 훨씬 지나고, 마침내 멀찍이 퍼레이드가 펼쳐진 듯 사방으로 빛을 받으며 번쩍거리는 금속 탑처럼 서 있는 무적호의 몸체가 보였다. 방어막 내에서 차량 대열이 각 방향으로 움직였다. 보급품과 물자를 내리는 동안 사람들은 눈부신 투광 조명을 받으며 램프 앞에 모여 있었다. 벌써 멀리서부터 시끌벅적한 소리가 들려왔다. 움직이는 환한 조명등 위로 무적호 선체가 빛줄기를 받으며 조용히 솟아올라 있었다. 방어막 출입구까지 이어지는 하늘색 빛을 따라서 먼지투성이 차량들이 하나둘 원형 공간 안으로 진입했다. 로한은 땅에 내려서기도 전에 가장 가까이 서 있는 사람들 중 블랭크를 알아보고는 콘도르호에 대해 물어보고자 그를 불렀다.

갑판장 블랭크는 아무것도 알지 못했다. 로한은 그에게서 별다른 이야기를 들을 수 없었다. 짙은 대기층에서 위성 네 대가 전소되기 전에 무선 통신으로 전송한 사진 1만 1000장이, 현재 지도 제작실의 특별 동판에 새겨져 있다고 했다. 로한은 시간을 낭비하지 않으려고 지도 제작 기술자 이레트를 곧장 호출했고, 잉크를 준비한 다음, 그에게 우주선에서 무슨 일이 있었는지 전부 물었다. 이레트는 위성이 보내온 사진들 속에서 콘도르호를 탐색하는 사람들 중 하나였다. 모래밭에서 강철 알갱이 찾는 것과 맞먹는 작업이었으므로 행성학자들 외에도 지도 제작자들, 레이더 기사들, 그리고 모든 갑판의 기장들을 포함해서 서른 명 가까이 되는 인원이 투입되었다. 새로 들어오는 사진 자료들을 24시간 내내 교대로 검토하면서 미심쩍은 물체의 좌표를 일일이 기록했다. 그런데 사령관이 로한에게 전달했던 소식은 오해로 밝혀졌다. 그들이 우주선으로 착각한 것은 예외적으로 높은 곤봉 형태의 암벽이었고, 그것이 드리운 그늘이 대칭을 이루는 로켓 그림자와 놀라울 만큼 비슷해 보였던 것이다. 결국 콘도르호의 운명에 대해서는 여전히 아무것도 알 수 없었다. 사령관에게 업무 보고를 하고 싶었지만 벌써 잠자리에 들었기에, 하는 수 없이 로한은 선실로 돌아왔다. 피로가 밀려드는데도 오랫동안 잠을 이룰 수 없었다. 아침에 일어났을 때 선장은 행성학자의 대표 볼민을 시켜서, 로한에게 수집한 모든 자료를 주실험실로 가져가라는 지시를 내렸다. 오전 10시가 되자 아직 아침을 먹지 못한 그는 몹시 허기를 느꼈고, 2층 갑판으로 내려가서 작은 레이더 기사 식당으로 들어갔다. 거기에 서서 커피를 마시고 있는데, 마침 이레트가 그를 찾아왔다.

"왜, 콘도르호를 찾은 건가?"

그는 지도 제작자의 흥분한 표정을 보고 물었다.

"아니요, 하지만 더 대단한 걸 찾았습니다. 얼른 가 보십시오. 선장님께서 항해사님을 찾으십니다……."

로한은 둥근 유리 기둥 승강기에 올라탔으나 엄청나게

느린 속도로 기어가는 듯한 느낌이었다. 고요 속에 잠긴 어둑어둑한 선실에서는 전기 계전기가 윙윙거리며 돌아갔고, 프린터 트레이가 습기로 반짝이는 사진을 연신 뽑아내고 있었지만 아무도 관심을 두지 않았다. 로한이 문을 열었을 때 기술자 두 사람이 벽 패널 뒤에서 일종의 실물 환등기를 꺼내더니 곧 나머지 조명은 모두 꺼 버렸다. 다른 사람들 사이로 선장의 하얗게 센 머리가 보였다. 잠시 후 천장에서 내려온 스크린이 은색으로 빛났다. 모두 숨을 죽였고, 로한은 밝게 빛나는 편평한 스크린 앞으로 최대한 가까이 다가갔다. 사진은 저화질인 데다 흑백이었다. 여기저기 흩어진 작은 분화구들에 에워싸인, 황량한 고원이 도드라져 보였다. 한쪽은 마치 대검으로 바위를 베어 낸 듯 일직선으로 끊겼는데, 사진의 나머지 부분을 깜깜한 바다가 메우고 있는 광경으로 보아서 거기가 해안선임을 알 수 있었다. 바닷가 절벽에서 어느 정도 떨어진 지점에 좀처럼 알아보기 힘든 형태의 모자이크가 퍼져 있었다. 그중 두 군데는 구름과 구름의 그림자에 가려져 있었다. 그럼에도 불구하고 그 기이하고 흐릿한 형체가 지질학적 산물로 보이지 않는다는 사실에는 의심의 여지가 없었다.

'도시…….'

로한은 흥분에 차서 생각했지만 입 밖으로 꺼내지는 않

았다. 여전히 모두가 잠자코 있었다. 기술자는 사진의 선명도를 높이려고 공연히 애를 썼다.

"수신 과정에 장애가 있었나?"

선장이 침묵을 깨면서 침착한 목소리로 말했다.

"아닙니다."

어둠 속에서 볼민이 대답했다.

"수신 상태에는 문제가 없었습니다. 세 번째 위성이 보낸 마지막 사진들 중 한 장인데, 이걸 전송하고 팔 분 후에 신호가 끊겼습니다. 제 추측입니다만 이 사진은 온도 상승 탓에 이미 렌즈가 손상된 상태에서 촬영됐으리라 판단됩니다."

"카메라 고도는 중심점으로부터 70킬로미터를 넘지 않았습니다."

다른 목소리가 가세했다. 로한은 이 목소리의 주인이, 가장 뛰어난 행성학자 중 하나, 즉 말테이리라고 생각했다.

"사실대로 말하자면, 50에서 60킬로미터 사이로 판단됩니다……. 여기를 보십시오."

그의 실루엣이 화면을 부분적으로 가렸다. 그는 동그라미 모양이 여러 개 뚫린 투명한 플라스틱 형판을 사진 속 나머지 절반에 위치한 분화구 몇 군데에 갖다 대더니 그 크기를 쟀다.

"앞의 사진들에서보다 확연히 큽니다. 사실은……."

그가 말을 이었다.

"별로 큰 의미가 없지만요. 어찌 되었건······."

말끝을 흐렸지만 사람들은 모두 무슨 이야기를 하려는지 알고 있었다. 모두가 곧 행성 주변을 탐사하며 사진의 정확도를 직접 확인해 볼 것이기 때문이었다. 그들은 화면에 나타난 사진을 얼마간 더 바라보았다. 이제 로한은 그곳이 도시인지, 아니면 폐허인지 확신할 수 없었다. 사진 속 모래 언덕의 물결무늬 그림자가 복잡한 형상물을 사방으로 둘러싸고 있었다. 게다가 일부는 거의 모래에 잠겨 있었고, 따라서 그 기하학적 지대가 오래전부터 방치되었음을 알 수 있었다. 그리고 내륙으로 가면서 지그재그 형태를 그리며 점점 넓어지는 검은 선이 폐허의 대칭 배열을 불균등한 두 부분으로 나누었다. 지진에 의해 몇몇 대형 '건축물들'이 두 쪽으로 갈라지면서 생겨난 균열이었다. 하나는 완전히 붕괴한 상태였고, 그 과정에서 벌어진 틈의 반대편 끝부분을 받치는, 다리 비슷한 뭔가가 형성되어 있었다.

"불을 켜게."

선장의 목소리가 들려왔다.

주위가 밝아지자 그는 벽시계의 문자판을 쳐다보며 말했다.

"두 시간 후에 출발하도록 하지."

여러 목소리들이 뒤섞인 채 터져 나왔다. 오거 드릴을 이용해서 이미 땅속 200미터 깊이까지 시추를 진행한 생물학자 무리의 수장과 팀원들이 가장 강력하게 반발했다. 호르파흐는 손짓하며 더 이상 토론의 여지가 없음을 표명했다.

"모든 차량과 로봇은 함선으로 돌아간다. 수집한 자료들을 안전하게 보관하도록! 사진 관찰과, 나머지 다른 실험 분석은 그대로 계속 진행하게. 로한은 어딨나? 아, 자네 여기에 있었나? 좋아. 자네 방금 내가 한 말을 들었나? 두 시간 뒤, 모두가 출발 위치에서 대기하고 있어야 하네."

기계를 적재하는 승선 절차는 신속하고도 체계적으로 진행되었다. 볼민이 십오 분만 더 시추 작업을 하게 해 달라고 부탁했지만 로한은 꿈쩍도 하지 않았다.

"선장님 말씀을 듣지 않았습니까."

그는 연신 똑같은 말만 되풀이하면서, 대형 기중기를 몰고 시추공에 다가가는 조립 기술자들을 재촉했다. 시추 장비, 임시 트랩, 연료 통이 차례차례 화물실로 옮겨졌다. 일을 마치고 울퉁불퉁한 지면만 남게 되었을 때 로한은 부수석 엔지니어 웨스터가드와 함께, 작업이 중단된 현장을 마지막으로 다시 한 번 둘러보았다. 그런 다음 그들은 함선 안으로 모습을 감췄다. 그제야 외곽 지대에서 모래가 들썩거리며 움직이기 시작했다. 라디오 채널을 통해서 호출받은 에너지봇들이 열을 지어 돌아오더니 선내로 들어갔다. 램프와 승무원용 승강기 철골은 선체 안쪽, 장갑판 속으로 사라졌다. 우주선에 아주 잠깐 정적이 흘렀고, 이후 단조로운 바람 소리는 로켓 분사구로 불어 나오는 압축 공기의 금속성 굉음에 묻혀 버렸다. 먼지가 소용돌이치며 선미 주위를 둘러쌌고, 그 황진 속에서 불타오르는 녹색 불꽃이 태양의 붉은빛과 뒤섞였다. 천둥 같은 소리가 암벽에서 메아리치며 사막을 뒤흔들자 우주선이 조금씩 떠올랐다. 그 밑에 원형으로 타 버린 암석, 유리로 변한 모래 언덕, 증기 구름을 남겨 둔 채 함선은 점점 속도를 올리며 보랏빛 하늘로 사라졌다. 우주선이 지나간 길을 보여 주는 하얀색 수증기 선, 즉 그들의 마지막 흔적이 대기 속으로 흘러 들어갔다. 모래바람이 불어와서 벌거벗은 바위를 뒤덮고, 버려진 시추공을 메운 뒤 시간이 한참 지나자 서쪽에서 어두운 구름이 나타났다. 먹구름은 낮게 움직이며 차츰 퍼졌다. 그러고는 뭉실뭉실한 팔을 늘어뜨려서 착륙 지점을 에워싸더니 이동을 멈췄다. 얼마 동안 그 자리에 그대로 있었다. 태양이 서쪽으로 완전히 넘어갔을 무렵, 그 구름은 사막에 검은 비를 뿌리기 시작했다.

폐허 속에서

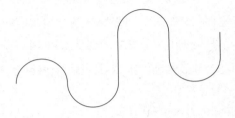

무적호는 이른바 '도시'의 외부 한계선에서부터 북쪽으로 거의 6킬로미터 떨어진 지점을 신중하게 선정해서 착륙했다. 도시는 함교에서 꽤 잘 보였다. 그곳 구조물들을 직접 보니, 위성 관측 사진으로 관찰했을 때보다 훨씬 인공적이었다. 대개 위에서 아래로 내려갈수록 넓어지고 높이가 일정하지 않은 각진 형태의 건물들은 수 킬로미터에 걸쳐 늘어서 있었고, 곳곳이 거무스름한 금속 광택으로 반짝였다. 그러나 아무리 성능 좋은 망원경으로도 자세한 부분까지는 확인할 수 없었다. 대부분의 구조물에, 흡사 거름망을 연상시키는 수많은 구멍이 뚫려 있었다.

로켓 분사구가 식으면서 삐걱거리는 금속성 소리는 아

직 멈추지 않았는데, 이미 함선 안쪽에서부터 램프와 승강기 철골이 밖으로 나와 있었다. 에너지봇들이 원형으로 우주선 주위를 둘러쌌다. 이게 끝이 아니었다. '도시' 바로 맞은편 (지표면에서는 낮은 언덕에 가려 보이지 않았다.)에서 다섯 대의 오프로드 차량팀이 방어막 안쪽으로 모여들었고, 그보다 두 배나 더 크고 푸르스름한 외피를 지닌, 마치 무시무시한 딱정벌레같이 생긴 이동식 반물질 캐넌포 로봇도 여기에 합류했다.

작업팀의 지휘관은 로한이었다. 그는 첫 번째 오프로드 차량의 개방된 포탑에 서서, 무적호 선내로부터 방어막을 빠져나가는 출구가 열렸다는 신호를 전달받고자 기다리고 있었다. 인포 로봇 두 대가 가장 근방의 언덕에서 장시간 연소하는 녹색 조명탄을 쏘아 올리며 길을 표시했고, 로한이 탑승한 차는 두 줄로 이루어진 작은 대열의 선두가 되어 앞쪽으로 움직이기 시작했다.

기계들이 엔진 회전수를 올리자 풍선같이 거대한 바퀴 아래에서 흙먼지가 분수처럼 일어났다. 선두 차량 앞쪽 200미터 떨어진 곳에서는 납작한 접시처럼 생긴 정찰 로봇이 솟아올라 안테나를 빠르게 흔들어 대며 지면 위를 날고 있었다. 그 아래로 뿜어져 나온 바람 줄기들이 모래 언덕을 무너뜨려서, 로봇이 지나간 자리는 눈에 보이지는 않지만 마치 불이 난 것 같았다. 한참 동안 피어오른 모래 먼지는 좀 처럼 쉽게 가라앉지 않았고, 시뻘건 연기 줄기가 행렬이 통 과한 자리를 표시하고 있었다. 해가 저물고 있었으므로 차량 들은 점점 더 기다랗게 그림자를 던졌다. 그들은 계속 이동 했고, 모래로 거의 가득 찬 분화구를 지나서 이십 분 뒤 폐허 가장자리에 도착했다. 이곳에서 대열이 흩어졌다. 무인 차량 세 대가 행렬을 빠져나와서 강렬하고 눈부신 하늘색 불을 비 추더니 머지않아 국지 방어막이 형성되었음을 알렸다. 사람 들을 태운 차량 두 대는 이동식 방어막 안쪽에서 움직이고 있었다. 그들의 50미터 뒤쪽에서 거대한 반물질 캐넌포 로 봇이 몇 층 높이의 다리를 구부리며 성큼성큼 따라왔다. 금 속 케이블인지 전깃줄 같은 것이 뒤죽박죽 뒤엉킨 지점을 지 나가던 도중에, 어느 순간 캐넌포 로봇의 다리 하나가 땅속 의 안 보이는 틈새로 빠져서 무리는 잠시 멈춰야 했다. 스노 로봇 두 대가 지휘관 차량에서 뛰어내려 꼼짝 못 하는 로봇 의 다리를 빼내 주었다. 그리고 행렬은 또다시 이동했다.

그들이 '도시'라고 불렀던 곳은, 실제로 지구의 거주지 와 한 군데도 비슷하지 않았다. 모래 언덕 속에 컴컴하고 뾰 족한 구조물들이 깊이를 가늠할 수 없을 만큼 파묻혀 있었는 데, 그 표면은 여태껏 누구도 보지 못한 솔 같은 형상이었다. 뭐라고 딱히 이름 붙이기 힘든 형상물은 여러 층으로 이루어져 있었다. 창문도, 문도, 심지어 벽조차 없었다. 어떤 구조물들은 구불구불한 금속 섬유가 이리저리 얽히고설켜서 서로 교차할 때마다 두툼한 마디를 형성했다. 다른 것들은 중첩된 벌집, 또는 삼각형이나 오각형 구멍의 망으로 이루어진 입체적이고 복잡한 아라베스크 장식을 연상시켰다. 각각의 커다란 조각과 눈에 띄는 모든 평면 형태에서 일종의 규칙성이 발견되었는데, 상당 부분 부서진 탓에 배열은 끊겨 있었다. 크리스털 원자만큼 균일한 구조를 이루고 있지는 않았지만 일정한 규칙이 반복되고 있음은 분명했다. 서로 뒤엉킨 가지들을 직육면체 형태로 깎아 놓은 듯 보이는 구조물들은 모래에 수직으로 서 있었고, 또 다른 것들은 도개교처럼 기울어 있었다.(이 가지들은 나무나 덤불처럼 사방팔방으로 뻗어 나가며 자라는 형태가 아니라, 포물선을 형성하거나 서로 반대 방향으로 감긴 나선형을 이루었다.) 북쪽에서 가장 빈번하게 불어오는 바람이, 지표면 전체와 살짝 아래로 경사진 부분을 가벼운 모래로 덮어 버렸다. 멀리서 폐허가 된 다수의 건물들을 보노라면, 꼭대기 부분이 잘려 나간 땅딸막한 피라미드 같았다. 좀 더 가까이 다가가니 그 매끄러워 보이는 표면의 실체를 알 수 있었다. 끝이 뾰족한 막대들과 널빤지 조각들이 얼기설기 뒤엉킨 구조였고, 여기저기 얼마나 심하게 얽혀 있는지 그 사이로 모래조차 빠져나갈 수 없는 상태였다. 로한에게 이것들은 죽고 말라비틀어진 식물로 온통 뒤덮인 정육면체 혹은 피라미드 모양의 바윗덩어리처럼 보였다. 그러나 건축물까지 몇 걸음 남지 않았을 때 그 생각이 잘못되었음을 깨달았다. 구조물이 파괴되어 혼란스러운 상태임에도 불구하고 인공적일 만큼 규칙적인 형태를 이루는 그 가지들은 결코 생명체일 수 없었다. 건물들은 금속 덤불 틈새로 속을 들여다볼 수 있었기에 실상 고형물이 아니었고, 얽히고설킨 것들이 안을 가득 채우고 있으므로 비어 있다고 하기도 힘들었다. 어디를 보든 버려진 곳이라는 인상이 강하게 풍겼다. 로한은 반물질 캐넌포를 발사할까, 생각해 봤지만 침입할 내부 공간이 없으므로 무의미한 일이었다. 돌풍이 거세지자 높은 구조물들 사이에서 눈을 찌를 듯한 모래 연기가 피어올랐다. 건물에 규칙적으로 뚫린 모자이크 형태의 검은 구멍들 속에 모래가 채워지자 그곳에서부터 모래 줄기가 조금씩 벽을 따라 계속 흘러나왔다. 이윽고 작은 산사태가 난 듯 바닥에 뾰족한 모래 원뿔을 만들어 냈다. 거기에 머무는 동안 그들은 끊임없이 쏟아져 내리는 모래 소리를 들었다. 회전하는 안테나와 오락가락하는 가이거 계수관 바늘, 초음파 마이크와 방사능 센서는 조용히 작동 중이었다. 바퀴 아래에서 빠드득 모래 밟히는 소리와, 차가 회전하면서 대열을 변경할 때마다 속도를 올리며 웅웅거리는 엔진 소리만이 간간이 들릴 뿐이었다. 그들의 행렬은 거대한 구조물들이 드리우는 깊고 서늘한 그림자 속으로 모습을 감추었다가, 다시금 다홍빛으로 물든 모래 위로 모습을 드러내기를 반복하며 움직였다.

그들은 지각 균열부에 이르렀다. 틈새는 너비 100미터쯤에, 외관상 바닥이 없는 심연처럼 보였다. 돌풍으로 인해 가장자리로부터 모래 폭포가 끝없이 쏟아지는데도 내부가 메워지지 않았으니 엄청난 깊이임에 틀림없었다. 이동을 멈춘 뒤 로한은 반대편으로 정찰 로봇 비행선을 보냈다. 그러고 나서 모니터를 통해 로봇 카메라의 렌즈가 포착한 이미지를 관찰했으나 별다른 특이점을 찾지 못했다. 한 시간 후 정찰 로봇을 불러들였고, 그것이 돌아왔을 때 로한은 차량에 함께 앉아 있던 볼민, 물리학자 그랄레브와 상의한 다음, 마침내 구조물 몇 개를 자세히 조사하기로 결정했다.

가장 먼저 초음파 탐침을 이용해서 황폐한 '도시'의 '거리'를 뒤덮은 모래층의 두께를 확인해 보기로 했다. 상당히 수고스러운 작업이었다. 그런데 연속 측정 결과는 서로 일치하지 않았다. 아마도 거대한 균열을 불러일으킨 지진이 일어나는 동안, 원생암에서 재결정화 과정이 진행되었기 때문인 것 같았다. 광대한 범위에 걸쳐 지면이 움푹 꺼진 구역은, 7~12미터가량의 모래층으로 가득 메워진 듯 보였다. 그들은 차를 몰고 바다가 있는 동쪽을 향해서, 어두컴컴한 폐허 사이로 난 구불구불한 길을 11킬로미터쯤 달려가고 있었다. 건물들의 높이는 점차 낮아졌고, 모래에 파묻혀서 그 모습이 아예 안 보이게 되었을 때 암석으로 가득한 지대에 도착했다. 그들이 올라선 절벽은 얼마나 높던지 그 아래에서 부서지는 파도 소리가 거의 들리지 않을 정도였다. 모래가 씻겨 나가면서 심하게 반들반들해진 암석들로 이루어진 지대는 절벽을 형성하며 북쪽 산봉우리까지 이어졌고, 그것이 마치 그대로 바다에 뛰어들기라도 한 듯 수면 위로 모습을 비추고 있었다.

그들은 '도시'를 뒤로하고 떠났다. 불그스름한 안개에 덮여 있던 규칙적인 검은 윤곽이 이제 뚜렷하게 모습을 드러냈다. 로한은 무적호에 연락해서 실질적으로 아무 쓸모도 없는 정보를 선장에게 전달했다. 그리고 모든 대열을 이끌고서 계속 온통 주의를 기울이며 폐허의 중심부로 향했다.

돌아오는 길에 작은 사고가 발생했다. 가장 왼쪽에 있던 에너지봇이 경로를 살짝 이탈했는지 방어막의 범위가 너무 확대되어 버렸고, 벌집처럼 끝이 점점 좁아지는 형태의 방어막이 기울어지면서 가장자리를 살짝 스치고 말았다. 반물질 캐넌포와 연결된 방어막의 동력 소비량 계기 장치들은 공격 시에 자동 발사하도록 설정되어 있었다. 동력 소비가 급

증하자 무엇인가 방어막을 뚫으려 한다고 인식해 버렸고, 결국 아무 잘못 없는 폐허 쪽으로 발포하고 말았다. 지구의 초고층 건물만 한, 기울어진 구조물의 상단부가 원래의 거무스름한 검은색이 아니라 눈부시게 번쩍이는 불빛으로 활활 타올랐다. 그러더니 눈 깜짝할 사이에 무너지면서 뜨겁게 끓어오른 금속이 폭우처럼 쏟아졌다. 비가시적인 방어막의 반구형 지붕 표면 위로 화염의 잔해가 미끄러져 내렸고, 열기 탓인지 미처 땅에 닿기도 전에 증발했다. 그 덕에 차량에는 파편 한 조각도 떨어지지 않았다. 그러나 폭발로 인해 방사선 수치가 급등했고, 자동으로 가이거 계수관의 알람이 켜졌다. 이때 로한은 장비를 이런 식으로 프로그램한 사람을 비난하며 나중에 두고 보자고 다짐했다. 공습경보가 풀리자마자 불빛을 감지하고 무슨 일이 일어났는지를 캐묻는 무적호에 응답하느라 적지 않은 시간을 허비했다.

"우선 저희가 알아낸 바는 이것이 금속이라는 점뿐입니다. 아마도 텅스텐과 니켈의 합금강 같습니다."

볼민은 주위에서 일어난 소동에도 개의치 않고 폐허를 집어삼킨 화염의 분광 분석 결과를 말해 주었다.

"연대를 추정해 볼 수 있을까요?"

로한이 손과 얼굴에 내려앉은 고운 모래를 닦아 내면서 물었다. 그들은 열기에 찌그러진 구조물의 잔해를 남겨 두고 길을 떠났다. 이제 그것은 부러진 날개 형태로 그들이 지나가는 길목 위에 구부러져 있었다.

"아니요, 단지 상상하기 힘들 만큼 오래되었음은 분명합니다. 예측하기 힘들 만큼요."

볼민이 되풀이했다.

"좀 더 면밀한 조사가 필요하겠군요……. 선장님께는 따로 허가를 구하지 않겠습니다."

로한이 갑작스럽게 결정을 내리며 덧붙여서 말했다.

그들은 여러 가닥의 가지들이 중앙에서 교차하는, 복잡하게 생긴 구조물 옆에 멈춰 섰다. 조명탄 두 개가 표시해 주는 방향으로 방어막의 출구가 열렸다. 그곳에 가까이 다가갔을 때, 혼란 그 자체라는 인상을 받았다. 구조물 정면은 와이어 형태의 '솔'로 뒤덮인 삼각판으로 구성되었고, 두꺼운 나뭇가지같이 보이는 막대 골조가 판의 안쪽을 떠받치고 있었다. 표면은 그런대로 정리된 듯 보였지만 안쪽 깊숙한 곳을 살피고자 강렬한 탐조등 불빛을 비추는 순간, 두툼한 옹이에서 여러 갈래로 뻗어 나온 막대 숲이 갈라졌다가 다시 하나의 중심으로 모였다. 전체적인 모습은, 무수히 많은 케이블이 사방으로 엉킨, 거대한 코일 매트를 떠올리게 했다. 그들은 안쪽에서 전류나 극성, 잔류 자기, 방사능의 흔적을 찾으려고 노력했지만 별다른 성과를 얻지 못했다.

방어막의 내측 입구를 표시하는 녹색 조명탄이 불규칙하게 깜박거렸다. 바람이 쌩하고 지나가자 공기 덩어리는 강철 덤불 속에서 음산한 소리를 냈다.

"이 빌어먹을 정글은 대체 뭐야?"

로한은 땀에 젖은 얼굴에 달라붙은 모래를 닦아 냈다. 그는 볼민과 함께, 낮은 가드레일로 둘러싸인 정찰 로봇 비행선의 상부에 서 있었다. 그들이 탑승한 로봇은 '거리' 위로, 아니 그보다는 삼각 형태의 광장 위쪽으로 10미터가량 상공에 떠 있었다. 광장은 서로를 향해 기울어진 두 개의 폐구조물 사이에 위치한 모래 언덕 아래 파묻혀 있었다. 저 멀리 아래쪽에 그들의 차량들이 서 있었고, 고개를 뒤로 젖히고 그들을 바라보는 사람들은 장난감 상자에서 나온 미니어처처럼 작게 보였다.

정찰 로봇이 움직이기 시작했다. 그것은 시커멓고 뾰족한 금속 칼날로 뒤덮인 울퉁불퉁하고 삐죽삐죽한 표면 위를 선회했다. 곳곳이 삼각판으로 가려진 부분은 여러 각도에서 수직으로 서거나 사선으로 기울어져 있었고, 어둠으로 가득 찬 내부를 일부 들여다볼 수 있었다. 오목한 벌집 형태의 강철 덤불은 햇빛과 탐조등 불빛조차 허락하지 않을 만큼 격벽과 막대로 뒤엉킨 채 빽빽하게 들어차 있었다.

"박사님은 이게 도대체 뭐라고 생각하십니까?"

로한은 볼민에게 스스로의 말을 되풀이하며 물었다. 그는 화가 나 있었다. 이마는 하도 닦아서 빨갛게 달아올랐고, 피부는 쓰라렸으며, 눈도 얼얼했다. 몇 분 뒤면 또다시 무적호에 업무 보고를 해야 하는데, 방금 본 광경을 어떻게 설명해야 할지 단 한 글자도 떠오르지 않았다.

"나는 예언자가 아닙니다."

과학자가 대답했다.

"고고학자도 아니지요. 그렇지만 고고학자라도 대답을 못 하기는 마찬가지일 겁니다. 내가 보기에는……."

그는 말을 멈췄다.

"계속 말씀하시죠."

"거주지 흔적으로는 보이지 않습니다. 어떤 생명체가 머물다가 폐허가 된 곳 같지는 않아요. 무슨 말인지 아시겠지요? 굳이 비교할 대상을 찾는다면, 아마 어떤 기계가 아닐까 합니다."

"기계라고요? 그런데 무슨? 정보 수집기 같은 거요? 아니면 전자두뇌 비슷한 거 말인가요?"

"설마 정말 그렇게 생각하는 건……."

행성학자가 마지못해서 대답했다.

로봇이 찌그러진 금속판들 사이로 무질서하게 삐져나온 막대들에 거의 닿을 듯 움직였다.

"아니요. 여기에는 어떠한 전기 회로도 없었습니다. 전지나 절연체, 혹은 차폐 장치 따위를 이곳 어디에서 본 적이 있습니까?"

"어쩌면 가연성 물질이었을지도 모르지요. 그렇다면 화재로 인해서 파괴되었을 수도 있고. 어쨌든 여기는 폐허가 됐으니까."

로한이 확신 없이 대답했다.

"그럴 수도 있고요."

볼민이 뜻밖에도 그의 말에 동의했다.

"그럼 선장님께는 뭐라고 말씀드리면 좋을까요?"

"이 난장판을 영상으로 송신하는 것이 가장 좋은 방법 같습니다."

"여긴 도시가 아니었어……."

로한은 자신이 목격한 모든 것들을 머릿속에서 정리하듯 갑자기 외쳤다.

"네, 아마도 아닌 것 같습니다."

행성학자가 고개를 끄덕였다.

"어찌 되었건 우리가 상상하던 그런 곳은 아닙니다. 휴머노이드도, 혹은 인간과 조금이라도 유사점이 있는 어떠한 존재도 이곳에 살지 않았습니다. 반면에 해양 생물의 형태는 지구의 것과 매우 흡사합니다. 그렇다면 논리적으로 육지에서도 생명체를 발견할 수 있을 겁니다."

"맞습니다. 나도 줄곧 그런 생각을 하고 있었습니다. 생물학자 중 누구도 이것에 대해서 말하려 하지 않더군요. 박사님 생각은 어떻습니까?"

"사실상 가능성이 거의 없는 일이라서 이야기하려 하지 않았던 겁니다. 마치 육지로 생물체가 접근하지 못하도록 무엇인가가 막고 있는 것같이 보입니다…… . 물 밖으로 나오지 못하게 하듯이…… ."

"그 원인으로 판단할 수 있었던 경우가 예전에 딱 한 번 있었죠. 이를테면 아주 근접한 초신성이 폭발했을 때 말입니다. 제타 라이라가 수백만 년 전에 초신성이었다는 사실을 박사님도 아시죠. 어쩌면 경질 방사선이 대륙에 있던 생명체를 몰살했고, 해양 속 생명체들만 살아남았을 수도…… ."

"만일 방사선이 그렇게 강력했다면 오늘날까지 흔적이 남았을 겁니다. 그런데 토양 방사능은 이곳 은하계의 근처 지역보다 유달리 수치가 낮게 나타났습니다. 게다가 그 수백만 년 동안 어떻게든 진화를 거듭했을 겁니다. 물론 척추동물까지는 존재하지 않았겠지만, 해안에서 어떤 원시 생명체를 분명히 찾을 수 있었겠지요. 해안에 생명체가 하나도 없다는 사실을 알고 있었습니까?"

"알고 있었습니다. 그게 그렇게 중요한 일인가요?"

"중요하고말고요. 생명체는 일반적으로 연안 지역부터 나타나기 시작해서 그 후에야 해양 속으로 내려갑니다. 여기서도 마찬가지였을 겁니다. 뭔가가 그것들을 아예 바닷속으로 밀어냈습니다. 그리고 내 생각에는 현재까지 육지로의 접근을 허용하지 않고 있는 것 같습니다."

"왜 그렇게 생각하시죠?"

"왜냐하면 물고기들이 탐사기를 무서워하기 때문이지요. 내가 잘 아는 행성들의 그 어떤 동물들도 기계 장치를 무서워하지 않았습니다. 이전에 보지 못한 것을 절대 두려워하지 않았어요."

"그렇다면 박사님은 그것들이 이미 탐사기를 봤다고 말하고 싶은 건가요?"

"뭘 봤는지는 나도 모릅니다. 그러나 자기장에 민감하게 반응하는 감각은 왜 가지고 있는 걸까요?"

"빌어먹을, 이게 다 무슨 일이야!"

로한이 투덜거렸다. 그는 난간에 기대어서 삐죽삐죽한 금속 덤불을 바라보았다. 로봇이 내뿜는 공기 기둥 속에서 막대의 검고 구부러진 끝부분이 흔들거렸다. 볼민은 기다란 펜치로 터널 모양의 구멍에서 삐져나온 전선 말단을 하나씩 잘랐다.

"내가 뭐 하나 말씀드리겠습니다."

그가 말했다.

"여기 온도는 그다지 높지 않습니다. 전에도 결코 높지 않았을 겁니다. 행여나 높았다면 금속이 융합되었을 테지요. 그러니까 아까 이야기한 화재 가설은 이치에 맞지 않습니다……."

"여기서는 어떤 가설도 들어맞지 않아요."

로한이 중얼거렸다.

"게다가 어떤 방법으로 이 괴상한 덤불과 콘도르호의 실종을 연결해야 할지 모르겠습니다. 여기에 살아 있는 존재는 아무것도 없으니까."

"항상 이랬던 것은 아닐지도 모르지요."

"수천 년 전에는 아니었을 수 있다고 하더라도 최근 몇 년 전까지는 확실하죠. 여기서 탐색을 이어 가야 할 이유는 없습니다. 이만 아래로 내려가죠."

로봇이 원정대의 녹색 조명탄 반대편에 내려앉을 때까지 그들은 아무런 이야기도 나누지 않았다. 로한은 기술자들에게 영상 카메라를 켜고 현장 상황 자료를 무적호에 전송하라고 지시했다.

그는 과학자들과 함께 선두 수송 차량의 내부로 들어갔다. 좁은 공간에 산소를 공급한 다음, 그들은 보온병에 든 커피를 마시며 샌드위치를 먹기 시작했다. 천장에서는 형광등이 비치고 있었다. 로한은 그 흰색 불빛을 받자 기분이 나아졌다. 벌써 행성의 붉은 광선이 지겨웠던 것이다. 볼민은 음식을 먹다가 연신 퉤퉤 뱉었다. 산소마스크를 착용했을 때 마우스피스로 빨려 들어온 모래가 음식과 같이 씹혔기 때문이었다.

"뭔가 떠올랐어요……."

그랄레브가 보온병 뚜껑을 닫으면서 갑자기 말을 꺼냈다. 그의 검고 짙은 머리카락이 불빛 아래에서 반짝였다.

"내 얘기를 너무 진지하게 받아들이지 않는다면 말해 보겠습니다."

"뭔가가 떠올랐다면 큰 도움이 될 만한 이야기일 테지."

로한이 음식을 입에 가득 문 채 말했다.

"어서 말해 보세요."

"직접 경험한 일은 아닙니다. 그런데 전에 이런 이야기를 들은 적이 있습니다……. 설화라고 해야 할까요. 바로 라이라인들에 관한 것입니다……."

"설화가 아니에요. 그들은 실제로 존재했습니다. 아크라미안이 그들에 대해 기술해 놓은 책도 있고."

로한이 지적했다. 그랄레브 뒤쪽에 있는 제어 콘솔의 불빛이 깜빡거리며 무적호에서 직통 연락이 왔음을 알렸다.

"맞습니다. 그들 중 일부는 살아남았으리라고 페인이

추측했지요. 하지만 나는 사실이 아닐 거라고 거의 확신합니다. 그들은 초신성 폭발 당시에 전부 사망했어요."

"그곳은 여기서 16광년 떨어져 있어요."

그랄레브가 말했다.

"나는 아크라미안의 책을 읽어 보지 못했습니다. 그런데 어디서인지는 기억나지 않습니다만 그들이 살아남고자 어떤 시도를 했다고 들었습니다. 아마도 근방에 있는 다른 별의 궤도를 도는 모든 행성에 함선을 보냈던 것 같습니다. 준광속 비행에 대해서는 이미 잘 알았으니까요."

"그리고 그다음은?"

"사실 그게 다입니다. 16광년은 그렇게 대단히 먼 거리가 아닙니다. 그들 우주선이 여기에도 왔었을까요?"

"그들이 여기에 있다고 생각하는 건가요……? 그러니까 그들의 후손이 말입니다."

"모르겠습니다. 그냥 이 폐허를 보고 있자니 그들이 떠올랐습니다. 그들이 이것들을 지었을지도 모르죠……."

"생김새는 어땠죠?"

로한이 물었다.

"인간과 비슷했나요?"

"아크라미안은 그렇게 생각한다고 했습니다."

볼민이 대답했다.

13

"그렇지만 단지 가설에 불과합니다. 오스트랄로피테쿠스보다도 남은 수가 적을 겁니다."

"그거 이상하군요……."

"전혀 이상하지 않습니다. 그들 행성은 1만 몇천 년 동안 초신성의 채층 속에 묻혀 있었습니다. 어떨 때는 표면 온도가 1만 도를 넘기도 했지요. 행성의 대륙 지각까지 완전히 변형됐을 정도였습니다. 모든 바다는 흔적 없이 사라졌고, 행성 전체가 마치 화염 속에서 뼈가 타들어 가듯 달궈졌습니다. 초신성 불구덩이에 100세기 가까이 있다고 상상해 보세요!"

"라이라인들이 여기에 있다는 말인가요? 그런데 왜 숨어 있겠어요? 그리고 숨어 있다면 어디에?"

"혹시 이미 모두 죽은 게 아닐지? 아무튼 나한테 너무 많은 것을 바라지 마십시오. 단지 머릿속에 떠오른 생각을 이야기한 것뿐이니까요."

정적이 흘렀다. 제어 콘솔의 알람 표시등이 켜졌다. 로한은 허겁지겁 달려가서 헤드폰을 쓰고 말했다.

"여기는 로한입니다……. 네? 사령관님이십니까? 네! 네! 듣고 있습니다……. 알겠습니다. 곧장 돌아가도록 하겠습니다!"

다른 사람들 쪽으로 몸을 돌렸을 때 로한의 얼굴은 창백

해져 있었다.

"다른 팀이 콘도르호를 발견했습니다……. 여기서 300미터 떨어진 곳에서……."

콘도르호

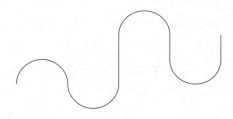

멀리서 바라보니 콘도르호의 선체는 기울어진 탑처럼 보였다. 항풍의 방향 탓에 주위를 둘러싼 서쪽 모래산이 동쪽보다 훨씬 높게 쌓여서 우주선은 더 기울어진 듯 보였다. 주변의 몇몇 트랙터는 거의 모래에 파묻혔고, 작동하지 않는 상태로 해치가 열린 반물질 캐넌포 역시 몸체의 절반 높이까지 모래 속에 잠겨 있었다. 선미만이 바람 불지 않는, 움푹 파인 안쪽에 위치해 있어서 로켓 분사구는 여전히 잘 보였다. 그 덕분에 램프 주변으로 흩어진 물건들은 모래만 얇게 뒤집어쓴 정도였다.

무적호 사람들은 축대 가장자리에 서 있었다. 그들을 싣고 온 차량들은 이미 모든 구역을 커다란 원으로 에워쌌고,

∧∧

각각의 방사체로부터 방출된 에너지장이 방어막을 형성했다. 그들은 모래에 감싸인 콘도르호의 맨 아랫부분에서 몇십 미터 떨어진 지점에 수송 차량들과 인포 로봇들을 남겨 둔 채 모래 언덕 꼭대기에서 아래를 내려다보았다.

우주선의 램프는 내려가다가, 마치 무엇인가에 갑자기 붙잡힌 듯 지면 5미터 높이에서 멈춰 서 있었다. 그럼에도 승무원용 승강기의 철골은 단단히 고정되어 있었고, 텅 빈 승강기의 문은 안으로 초대라도 하듯 열려 있었다. 그 옆으로 산소 실린더 몇 개가 모래 속에서 모습을 드러냈다. 불과 몇 분 전에 버려진 듯 실린더의 알루미늄 표면은 반짝거렸다. 좀 더 떨어진 지역의 모래 언덕에서는 툭 튀어나온 어떤 하늘색 물체가 포착되었는데, 플라스틱 용기로 밝혀졌다. 그 외에도 선미 아래쪽의 움푹 파인 모래 구덩이에는 헤아릴 수 없이 많은 물건들이 무질서하게 산발적으로 흩어져 있었다. 꽉 차거나 텅 빈 저장 용기들, 세오돌라이트, 사진기, 망원경, 삼각대, 수통 등, 어떤 것들은 상태가 멀쩡하고 또 다른 것들은 손상된 흔적이 역력했다.

'누군가가 로켓 밖으로 죄다 갖다 던져 놓은 것 같군.'

로한은 그 광경을 바라보며 생각했다. 고개를 젖혀서 어두컴컴한 구멍 같은 승무원 출입구를 올려다보니 해치가 약간 열려 있었다. 소형 공중 정찰기를 타고 있던 드 브리스가 정말 우연하게 수명을 다한 이 함선을 찾아냈다. 그는 내부로 들어가 보려는 시도조차 없이 기지에 이 사실을 알렸다. 로한의 팀이 도착하고 나서야 그들은 무적호와 꼭 닮은 우주선의 미스터리를 조사하게 되었다. 기술자들은 차량에서 연장 세트를 집어 든 다음, 곧장 뛰기 시작했다.

　　로한은 얇은 모래층에 덮인 볼록한 무언가를 발견했는데, 작은 지구본 비슷한 것으로 여기며 신발 끝으로 뒤집어 봤다. 그래도 여전히 무엇인지 가늠이 안 되어 연한 노란색을 띠는 그 둥근 물체를 들어 올리는 순간, 소스라치게 놀라서 소리를 지를 뻔했다. 모두가 몸을 돌려서 그를 바라보았다. 로한의 손에 두개골이 들려 있었다.

　　그 후 그들은 또 다른 여러 뼈와 골편, 그리고 우주복을 착용하고 있는 완전한 형태의 해골을 발견했다. 밑으로 처진 아래턱뼈와 상악 치아 사이에 산소마스크의 마우스피스가 여태 끼워진 상태였다. 기압 조절 장치의 눈금은 '46'에서 멈춰 있었다. 쟈그가 무릎을 꿇고서 산소 실린더의 밸브를 열자, 그 속에 있던 가스가 찌익 하는 요란한 소리를 내며 새어 나왔다. 사막의 완벽히 건조한 대기 덕분에 감압 장치의 철제 부분은 전혀 녹슬지 않았고, 나사 부품도 원활하게 잘 돌아갔다.

　　리프트 장치는 승강기 칸에서 작동시킬 수 있었지만 버

튼을 눌러도 아무런 반응이 없는 걸로 봐서는 전력망에 문제가 있었음이 분명했다. 40미터 높이의 엘리베이터 철골을 오르는 데 상당한 어려움이 뒤따랐기 때문에, 로한은 차라리 팀원 몇 명을 비행선으로 올려 보내는 편이 낫지 않을까, 망설였다. 그러는 사이에 기술자 두 사람이 로프로 서로의 몸을 묶은 뒤, 외부의 금속 대들보를 타고 올라가기 시작했다. 나머지 사람들은 숨을 죽인 채 그들의 움직임을 지켜보았다.

콘도르호는 무적호와 완전히 동급인 함선인 데다, 몇 년 일찍 조선소에서 제작되었다는 점을 제외하면, 외관상 차이를 구별하기 힘들었다. 사람들은 아무 말이 없었다. 물론 이런 속마음을 절대 입 밖에 내지는 않겠지만, 차라리 어떤 사고 탓에 파괴된 우주선의 잔해를 보는 쪽이 훨씬 낫겠다고 생각했으리라. 그것이 원자로 폭발일지라도 말이다. 콘도르호는 사막의 움푹한 지대에 한쪽으로 맥없이 기울어져 있었는데, 아마도 선미 지지대의 무게 때문에 땅이 무너졌기 때문인 듯했다. 그 밖에는 너무나 온전하게 보이는 함선의 외관과 달리, 수많은 물체들의 잔해와 사람들의 뼈가 주변에 혼란스럽게 흩어져 있는 광경은 모두를 얼어붙게 했다. 위로 올라간 두 사람은 승무원 출입구에 도달한 뒤 별다른 어려움 없이 해치를 열고 사람들 시야에서 사라졌다. 그들이 제법 오랫동안 나타나지 않자 로한은 걱정이 되었다. 그 무렵 승강기가 갑자기 흔들리더니 1미터가량 상승했다가 다시 모래 위로 내려앉았다. 그와 동시에 함선 해치에서 기술자 중 하나가 모습을 드러냈다. 그는 탑승해도 좋다는 손짓을 해 보였다.

로한, 볼민, 생물학자 하게루프와 기술자 크랄릭, 이렇게 넷이 위로 올라갔다. 로한은 승강기 난간 옆으로 보이는 선체의 튼튼한 볼록면을 오랜 습관처럼 바라보다가 흠칫 놀라서 굳어 버렸다. 그날 놀란 일은 그것뿐이 아니었다. 티타늄-몰리브덴으로 마감된 장갑판에 구멍들이 연이어 뚫렸고, 무엇인가 엄청나게 단단하고 뾰족한 기구로 여기저기 파인 자국이 선명했다. 그다지 깊지 않았지만 그 빽빽한 흔적들로 선체 표면은 전부 심하게 얽었다. 로한은 볼민의 어깨를 잡고 흔들었는데, 그도 이미 그 기이한 광경을 목격한 상태였다. 두 사람은 장갑판에 뚫린 구멍들을 유심히 살펴보려고 애썼다. 모든 구멍이 날카로운 끌로 파낸 듯 아주 작았고, 리벳 표면을 뚫을 만한 끌이 없음을 로한은 익히 알고 있었다. 그렇다면 어떤 산성 물질에 의한 부식의 결과로 보아야 했다. 그러나 또다시 승강기에서 내려와 에어록 안으로 들어가야 했으므로 알아낸 것은 별로 없었다.

함선 내부에는 조명이 켜져 있었다. 벌써 기술자들이 압축 공기로 작동하는 예비 발전기를 가동한 모양이었다. 입자가 매우 곱고 작은 모래들은 에어록의 높은 문턱 부근에만 켜켜이 쌓여 있었다. 비스듬히 열린 해치의 틈새로 바람이 불어 들어왔지만 복도에는 모래가 전혀 없었다. 사람들 앞으로 조명이 밝게 비추는, 깔끔한 3번 갑판의 실내가 나타났다. 산소마스크를 비롯하여 플라스틱 접시, 책, 우주복 일부 등이 여기저기 흩어져 있었는데 그나마 3번 갑판만 이 정도 모습을 갖추고 있었다. 그 아래쪽에 위치한 지도 제작실과 항해실, 식당, 승무원실, 레이더실, 주기관실, 그리고 갑판 복도와 연결 통로는 이루 말할 수 없는 혼돈 그 자체였다.

함교에는 더 끔찍한 광경이 펼쳐져 있었다. 스크린 화면이나 시계 문자판은 남김없이 박살이 났다. 전부 강화 유리로 제작되어 있었는데도 무언가 경악할 만큼 강력한 충격을 받았는지 산산조각이 나서 제어 콘솔과 의자, 심지어 전선과 콘센트까지 은빛 유리 가루로 뒤덮여 있었다. 함교와 가까운 도서관 쪽에는 메밀 자루를 쏟기라도 한 듯 마이크로필름이 마구 떨어져 있었고, 그중 일부 필름은 풀리고 뒤엉켜서 커다랗고 번들거리는 덩어리로 뭉쳐 있었다. 찢긴 책들과 부서진 컴퍼스, 계산자, 스펙트럼 및 분석 테이프, 『카메론의 거성 목록표』가 함께 나뒹굴었다. 책자는 두껍고 뻣뻣한 플라스틱 페이지가 한 장 한 장 찢겨 있는 상태로 봐서 누군가가 작정하고 파손한 듯했다. 휴게실과 이웃한 영사실은 구겨진 옷 더미와 부서진 안락의자 커버에서 뜯겨 나온 가죽 조각들로 막힌 터라 진입하기 힘들었다. 갑판장 터너의 말처럼, 그야말로 '사나운 개코원숭이 떼에게 습격당한 로켓'의 모습이었다. 사람들은 쑥대밭이 된 광경을 보고 말문이 막힌 채 다른 갑판으로 발길을 옮겼다. 소항해실 벽 아래에서는 리넨 바지에 얼룩진 셔츠를 입은, 바싹 말라 버린 시체 한 구가 둥글게 말린 채 발견되었다. 가장 먼저 들어온 기술자 중 한 사람이 시신에 방수포를 덮어 두었는데, 갈색으로 변한 살갗이 뼈에 들러붙어서 정녕 미라가 된 상태였다.

로한은 콘도르호에서 거의 마지막으로 빠져나온 사람들 중 하나였다. 그는 어지러움을 느꼈다. 속이 울렁거리고 구토 증세가 반복되었지만 의지력으로 겨우 참아 냈다. 끔찍하고도 믿기 힘든 악몽을 꾼 것 같았다. 그러나 주위 사람들의 얼굴을 보았을 때 그가 본 모든 것이 현실임을 확인할 수 있었다. 그들은 무적호로 짧은 무선을 보냈다. 팀원들 중 일부는 대충이라도 내부를 정리하고자 황폐한 콘도르호에 남기로 했다. 로한은 그 전에 먼저 우주선의 모든 공간을 세세히 촬영하고 상태를 조사해서 기록해 놓으라는 지시를 내렸다.

그는 볼민과 생물 물리학자 중 하나인 가알브와 함께 복귀하려고 차량에 탑승했다. 운전은 쟈그가 맡았다. 보통은 미소를 머금고 있던 그의 넓적한 얼굴이 어딘지 수척하고 어두워 보였다. 또 평소 침착한 사람의 부드러운 운전이라고 볼 수 없을 만큼 과격하게 차를 몰았다. 수 톤 무게의 수송 차량이 모래 언덕 사이를 지그재그로 나아가는 바람에, 차의 양 측면은 거대한 모래 분수를 뿜어 댔다. 전방의 무인 에너지봇이 방어막으로 이동 차량을 보호해 주었다. 그들은 각자 생각에 잠긴 채 내내 침묵을 지켰다. 로한은 대체 무슨 말을 어떻게 해야 할지 몰라서 선장을 만나기가 두려울 지경이었다. 너무 끔찍한 나머지, 이 말도 안 되는 일에 대해서는 아무에게도 이야기하지 않았다. 8번 갑판 화장실에서 발견한 비누 조각에는 사람의 잇자국이 선명하게 나 있었다. 거기에 있던 사람들이 굶주렸을 리는 없었다. 거의 손도 안 댄 비축 식량이 창고에 가득했고, 냉장실의 우유까지 신선한 상태로 보관되어 있었다. 기지로 돌아가는 길이 절반가량 남았을 무렵, 흙먼지를 날리며 그들을 향해 빠르게 접근하는 모래밭 주행용 소형차 한 대로부터 무선 신호를 받았다. 쟈그가 속도를 줄이자 그 차량도 멈춰 섰다. 나이 든 기술자 매그도우와 신경 생리학자 삭스가 타고 있었다. 로한은 방어막을 끄고 그들과 이야기를 나누었다. 그런데 그들은 로한이 떠나고 난 뒤 콘도르호의 동면실에서 얼어붙은 인체 하나를 발견했다. 그 사람이 동면에서 깨어날 가능성은 아직 남아 있었기 때문에, 삭스는 필요한 모든 장비를 무적호에서 챙겨 콘도르호로 돌아가는 중이었다. 로한은 그 차량에 방어막이 없다는 이유를 들면서 그들 뒤를 따라가기로 했다. 사실 호르파흐와 마주해야 하는 순간을 늦출 수 있어서 내심 기뻤다. 그리하여 그들은 차량을 돌려서 이제껏 모래바람을 일으키며 달려왔던 길로 급히 되돌아갔다.

콘도르호 주변에서 사람들이 바쁘게 움직이고 있었다. 모래 속에 파묻혔던 여러 물체들이 계속 발견되었다. 별도로 마련된 장소에는 이미 스무 구가 넘는 시체들이 흰 방수포 밑에 줄지어 누워 있었다. 램프는 바닥까지 내려와 있었고, 심지어 고정 원자로가 벌써 전류를 생성하고 있었다. 현장 사람들은 멀리서 모래바람을 몰고 오는 그들을 발견하자 방어막을 개방해 주었다. 그곳에 있던 키 작은 의사 니그렌 박사는 보조자 없이는 동면실에서 발견한 사람을 정밀 검사하지 않겠노라고 했다. 이곳에서 사령관 대행을 맡은 로한은 그 특권을 이용해서 의사 두 명을 데리고 선내로 들어갔다. 동면실 출입구를 막고 있던 다 부서진 장비들은 그사이 치워졌다. 계기판이 영하 17도를 가리켰다. 두 의사들은 이 수치를 보고 서로 말없이 눈짓을 교환했다. 로한이 동면에 대해 아는 바에 따르면, 이 온도는 사람을 소생시키기에는 너무 높고, 인공 수면으로 전환하기에는 또 너무 낮았다. 동면실의 남자는 특수한 환경에서 살아남기 위한 준비가 전혀 안

되어 있는 듯했다. 콘도르호에서 발생한 이해도 안 되고 말도 안 되는 다른 모든 사건들과 마찬가지로, 숫제 이 남자가 우연히 동면실에 들어갔다고 보는 편이 더 맞았다. 보온복을 착용하고 수동 핸들을 돌려서 육중한 문을 열자 실제로 속옷만 입고 바닥에 엎드려 누워 있는 남자의 몸이 보였다. 로한은 의사들을 도와서 무영 조명등 세 개가 비추는 작고 푹신한 테이블로 그를 옮겼다. 수술대는 아니었지만 동면실에서 때때로 간단한 시술을 진행하도록 마련된 일종의 들것이었다. 로한은 콘도르호의 수많은 승무원들을 알고 있었기 때문에 그의 얼굴을 확인하기가 두려웠다. 그러나 모르는 사람이었다. 사지가 얼음처럼 차갑고 뻣뻣하지 않았더라면 잠들었다고 생각했을 것이다. 눈꺼풀은 굳게 닫혔고, 건조하고 밀폐된 선실에 있었던 까닭인지 피부가 몹시 창백했지만 원래의 색을 유지하고 있었다. 다만 피하 조직은 미세한 얼음 결정으로 가득했다. 두 의사는 아무 말 없이 또다시 눈짓을 주고받았다. 그리고 의료 기기를 준비했다. 로한은 비어 있는 침상들 중 하나에 걸터앉았다. 두 줄로 길게 늘어선 침상에 이부자리가 단정하게 깔렸고, 그 밖에도 동면실 내부는 깔끔하게 정돈되어 있었다. 의료 기기들에서 이따금 소리가 들려왔고, 의사들끼리 무엇인가를 서로 속삭이더니 마침내 삭스가 테이블에서 몸을 떼며 말했다.

"더 이상 할 수 있는 것이 없습니다."

"죽었군요."

그 말을 듣고 내릴 수 있는 결론은 하나뿐이었기 때문에 로한은 더 이상 아무런 질문도 하지 않았다. 그러는 동안 니그렌은 에어컨 제어판으로 다가갔다. 이윽고 따뜻한 바람이 불어왔다. 로한이 밖으로 나가려고 일어났을 때 삭스가 테이블로 돌아왔다. 의사가 바닥에서 작고 검은 가방을 들어 올리더니 열었다. 로한으로서는 이야기만 몇 번 들어 봤지 실제로 사용하는 모습을 한 번도 본 적 없는 장비가 들어 있었다. 삭스는 상당히 침착한 움직임으로 끝이 납작한 전극으로 마감된 케이블을 꼼꼼하게 풀었다. 전극 여섯 개를 죽은 이의 두개골에 붙이고 고무테이프로 고정했다. 그러고는 쪼그리고 앉아 가방에서 헤드폰 세 개를 꺼냈다. 그는 여전히 몸을 구부린 채 그중 하나를 착용한 다음, 케이스 안쪽 장치의 손잡이를 조절했다. 눈을 감은 그의 얼굴에 고도로 집중한 표정이 드러났다. 그런데 갑자기 미간을 찌푸리며 몸을 더 숙이더니 손잡이를 잡고 있다가 헤드폰을 확 벗었다.

"니그렌 박사."

그가 이상한 목소리로 말했다. 키 작은 의사는 그에게서 헤드폰을 넘겨받았다.

"무슨⋯⋯?"

로한은 숨을 죽인 채 떨리는 입술로 속삭이며 물었다. 이 장비는 이른바 '사체 청진기'인데, 적어도 함선에서는 그렇게들 불렀다. 죽은 지 얼마 되지 않았거나 이번 경우처럼 낮은 온도 덕분에 부패가 아직 진행되지 않은 시신의 '뇌 감각', 더 정확히 말해서 마지막 순간의 의식이 지닌 기억을 들여다볼 수 있었다.

　　두개골 깊숙이 전기 자극을 주어서 사망 직전에 뇌 기능 전체를 형성했던 신경 섬유, 즉 최소 저항선을 따라 다시 가동하게 하는 원리였다. 그 결과를 전적으로 신뢰할 수는 없지만 이 방법을 통해서 몇 번이나 중대한 정보를 얻어 냈다는 소문을 들었다. 콘도르호의 비극에 얽힌 비밀을 밝히는 데 많은 것이 달려 있는, 바로 이러한 상황에서 '사체 청진기'의 사용은 필수적이었다. 로한은 신경학자의 방문 목적이 애초부터 얼어붙은 사람을 되살리기 위해서가 아니라 그의 뇌 감각을 알아내고 싶어서였음을 짐작할 수 있었다. 삭스가 두 번째 헤드폰을 건네자 로한은 이상하게 입속이 마르고 가슴이 마구 뛰어서 꼼짝도 못 하고 그 자리에 서 있었다. 상대의 행동이 그토록 아무렇지 않고 자연스럽지 않았더라면 그것을 쓸 용기는 나지 않았으리라. 로한이 헤드폰을 착용하는 모습을 흔들림 없는 눈빛으로 빤히 지켜보던 삭스는 장비 옆에 한쪽 무릎을 꿇은 채 미세한 손길로 앰프 손잡이를 조절

했다.

　처음에는 전류가 윙윙대며 흐르는 소리 외에 아무것도 들리지 않았다. 사실 로한은 아무 소리도 안 들리면 좋겠다고 바랐기 때문에 안도감을 느꼈다. 그는 무의식적으로 그 낯선 사람의 뇌가 쥐 죽은 듯이 조용하면 차라리 낫겠다고 생각했다. 삭스는 바닥에서 일어나더니 로한이 쓴 헤드폰 위치를 바로잡아 주었다. 그 순간 로한은 선실의 하얀 벽을 비추는 빛을 통해서 무엇인가를 보았다. 흐릿하고 잿더미로 뒤덮인 듯한 회색 이미지가 부정확한 거리에서 공중을 떠다녔다. 자신도 모르게 눈을 감자 방금 전에 본 것이 좀 더 명확하게 보였다. 그것은 함선 내부의 어떤 통로처럼 보였고, 천장에는 파이프가 이어져 있었다. 한쪽에서 다른 편까지 통로 전체가 사람들의 몸으로 막혀 있었다. 겉보기에 그들은 움직이는 듯 보였지만 사실은 잔물결이 이는 이미지였다. 그들은 반나체 상태로 다 찢겨서 너덜너덜한 옷 쪼가리를 몸에 걸쳤고, 부자연스러울 만큼 하얀 피부는 검은 점인지 어떤 발진 비슷한 것들로 뒤덮여 있었다. 어쩌면 그저 우연히 나타난 이미지 왜곡 현상일지도 몰랐다. 바닥이고 벽이고 할 것 없이 똑같이 생긴, 쉼표 모양의 검은 점들로 가득했기 때문이다. 화면 전체가 물결치듯 흐릿하게 흔들렸고, 이미지는 팽창과 수축을 반복하며 울렁거렸다. 로한은 공포에 사로잡혀서 눈을 번쩍 떴다. 이미지는 어두워지며 거의 다 사라졌고, 현실을 둘러싼 밝은 빛 너머로 여전히 그림자가 드리워져 있었다. 그런데 삭스가 또다시 장비 조절 손잡이를 조작하자, 로한은 마치 머릿속에서 누군가가 희미하게 속삭이는 듯한 소리를 들었다.

"……알라……아마……랄라……알라 마……마마……."

그게 전부였다. 앰프가 생성하는 전류 탓에, 갑자기 헤드폰에서는 가냘프게 울부짖는 소리와 윙윙거림이 함께 들려왔다. 곧 심한 딸꾹질 비슷하게 꺽꺽대는 소리가 반복적으로 났는데, 어쩌면 미친 듯이 깔깔거리며 비웃는 듯한 끔찍한 소리였다. 그러나 전류의 소음일 뿐이었다. 헤테로다인이 지나치게 강한 진동을 일으켰기 때문이다…….

삭스가 케이블을 감아서 묶더니 가방에 구겨 넣었다. 그러는 동안 니그렌은 시트 가장자리를 끌어당겨서 망자의 몸과 얼굴을 덮었다. 높은 온도 때문인지(동면실 내부는 이제 로한의 등줄기를 타고 땀이 흘러내릴 만큼 더웠다.) 이제껏 굳게 닫혀 있던 죽은 이의 입술이 조금 벌어졌고, 심히 놀란 표정을 한 채 하얀색 수의 아래로 사라졌다…….

"뭐라고 말을 좀 해 보세요. 왜 입을 다물고들 있는 겁니까?"

로한이 폭발했다. 삭스는 끈으로 케이스를 조이고 일어

나더니 그에게 한 발자국 거리로 다가섰다.

"항해사님, 진정하시지요……."

로한은 눈을 가늘게 뜨고 주먹을 움켜쥐었다. 끓어오르는 화를 참아 보려고 무던히도 애썼지만 아무 소용이 없었다. 이런 순간을 맞닥뜨릴 때면 마음속에서 감정이 북받쳐 올랐다. 가장 통제하기 힘든 상황이었다.

"미안합니다……."

그가 중얼거리듯 답했다.

"그래서 이게 대체 무엇을 의미하는 거죠?"

삭스가 불룩한 보온복을 벗어서 바닥에 내려놓자, 몸집은 확연히 줄어들어 보였다. 마르고 구부정한 몸, 빈약한 가슴에 가늘고 떨리는 손을 가진, 원래의 모습으로 돌아왔다.

"나도 항해사님이 아는 정도만큼만 압니다."

그가 말했다.

"아니면 더 적게 알거나요."

로한은 아무것도 이해할 수 없었지만 그의 마지막 말을 물고 늘어졌다.

"어떻게……? 왜 적게 안다는 거죠?"

"왜냐하면 나는 여기에 없었으니까요. 이 시체 말고는 아무것도 보지 못했습니다. 항해사님은 아침부터 여기에 있었잖습니까. 이 이미지를 보고 뭔가 떠오르는 게 없나요?"

"아뇨. 그들, 그들은 움직이고 있었어요. 그렇다면 당시에 그들이 아직 살아 있었다는 뜻인가? 몸에 있던 건 뭐죠? 점들 말이에요……."

"그들은 움직이지 않았습니다. 환각 현상이었어요. 기억 심상은 사진처럼 기록되지요. 가끔 몇 가지 이미지가 겹칠 때도 있는데, 이번 경우는 그렇지 않았습니다."

"그 점들은? 그것도 환각이라는 말입니까?"

"모르겠습니다만, 그럴 수도 있습니다. 그러나 환각은 아니라고 봅니다. 니그렌 박사는 어떻게 생각합니까?"

키 작은 의사는 이미 보온복을 벗은 상태였다.

"잘 모르겠습니다."

그가 대답했다.

"왜곡 현상이 아닐 수도 있습니다. 천장에는 그것들이 없었으니까요. 그렇지요?"

"점들 말인가요? 없었습니다. 그 사람들하고…… 바닥에만 있었어요. 그리고 일부 벽에도……."

"만약 그것이 다른 뭔가와 중첩됐다면 이미지는 온통 점들로 뒤덮였을 겁니다."

니그렌이 말을 이었다.

"하지만 확실하지 않습니다. 이런 기록물에는 예측 불가능한 변수들이 셀 수 없이 많으니까요."

"그럼 목소리는? 그…… 그 잠꼬대 같은 소리는 뭐였
죠?"

로한이 절망적으로 말했다.

"한 단어는 분명했습니다. 마마. 항해사님도 그 말을 들
었습니까?"

"네. 그런데 뭔가 더 있었어요. 알라…… 랄라…… 이 말
들이 계속 반복됐어요……."

"내가 두정엽 피질 전체를 스캔했기 때문이지요."

삭스가 중얼거렸다.

"이를테면 청각 기억이 있는 전체 영역이라는 말입니다."

로한에게 설명했다.

"그것이 가장 이상하다는 말입니다."

"그 말들 말입니까?"

"아니요. 그 말들 말고요. 죽어 가는 사람은 무엇이든지
생각할 수 있습니다. 어머니를 떠올렸다면 지극히 정상적인
반응이었을 테지요. 하지만 그의 청각 기억은 비어 있었습니
다. 완전히 텅 비어 있었다고요. 내 말 이해하시겠습니까?"

"아니요. 전혀 이해가 안 됩니다. 비어 있다니?"

"보통 두정엽 스캔은 별로 도움이 되지 않습니다."

니그렌이 설명했다.

"거기에는 기억 심상도 지나치게 많고, 인지된 말 또한

너무나 많습니다. 마치 100권의 책을 한꺼번에 살피려는 것과 비슷하다고나 할까요. 그래서 결과가 혼란 그 자체이지요. 그런데 이 남자는……."

그는 하얀 시트 아래로 비치는 기다란 형상을 바라보며 말했다.

"그 부분에 아무것도 남아 있지 않았습니다. 몇몇 음절을 제외하고는 아무런 단어도 없었다고요."

"그렇습니다. 내가 감각성 언어 중추부터 롤란도 열구까지 스캔했습니다."

삭스가 말했다.

"따라서 그 반복된 음절들은 마지막까지 존재한 음운 구조라고 할 수 있습니다."

"그럼 나머지는? 다른 것은요?"

"없습니다."

삭스는 참을성이 바닥난 듯, 가죽 손잡이에서 삐걱거리는 소리가 나도록 그 무거운 장비를 홱 들어 올렸다.

"그냥 없습니다. 그게 다입니다. 그것들이 어떻게 되었는지까지는 내게 묻지 마세요. 이 사람은 자신의 청각 기억을 잃어버렸습니다."

"그럼 그 이미지는요?"

"그것은 다른 이야기입니다. 그는 그것을 직접 봤습니

다. 스스로 무엇을 봤는지 이해하지 못했을 수도 있지만, 가령 카메라도 무심코 보이는 것을 기록하니까요. 아무튼 그가 실제로 이해했는지 못 했는지는 잘 모르겠습니다."

"박사님, 나 좀 도와주겠습니까?"

두 의사는 장비를 챙겨서 떠났다. 문이 닫히고 로한만 혼자 남았다. 그는 형언할 수 없을 만큼 절망감에 휩싸인 채 테이블로 다가갔다. 그러고는 시체 위의 시트를 걷어 치워 버리고는 남자가 입은 셔츠를 벗겼다. 옷은 온기에 녹아서 이제 꽤 부드러웠다. 로한은 가슴을 면밀하게 살폈다. 탄력이 돌아온 피부를 만지자마자 움찔하며 손을 움츠렸다. 조직이 해동됨에 따라 근육도 이완되었고, 여태껏 부자연스럽게 들어 올려져 있던 고개가 떨어졌다. 남자는 이제 정말 잠든 사람처럼 보였다.

로한은 시신에서 알 수 없는 전염병이나 중독, 혹은 곤충에 물리거나 쏘인 어떠한 흔적이라도 찾아내고자 애썼지만 아무런 성과가 없었다. 마침 왼쪽 손가락 두 개가 펴지면서 작은 상처가 드러났다. 그 가장자리가 살짝 벌어지더니 곧 피가 나기 시작했다. 시뻘건 핏방울이 들것의 폼 패드 위로 뚝뚝 떨어졌다. 로한으로서는 도저히 감당하기 힘든 광경이었다. 그는 시체를 덮지도 않은 채 동면실에서 뛰쳐나왔고, 그 앞에 모여 있던 사람들을 마구 밀치며 마치 누군가에게 쫓기듯 중앙 출입구를 향해 달렸다.

쟈그가 에어록 앞에서 그를 멈춰 세웠고, 산소마스크와 마우스피스 착용을 도와주었다.

"새로 알게 된 사실은 없습니까, 항해사님?"

"하나도 없어, 쟈그. 아무것도. 아무것도 없어!"

그는 누구와 함께 승강기를 타고 내려왔는지조차 몰랐다. 차량 엔진이 돌아가는 소리가 났다. 거세진 바람에 모래 물결이 요동치며 여기저기 움푹 패고 고르지 않은 선체의 표면을 휘갈겼다. 로한은 이 현상에 대해 완전히 잊고 있었다. 그는 선미로 가서 발끝으로 선 채 두꺼운 금속을 조심스레 만져 보았다. 장갑판은 오래되고 마모된 암석의 표면처럼 딱딱하고 고르지 않은 덩어리들로 뒤덮여 있었다. 수송 차량들 사이로 키 큰 엔지니어 가농의 모습이 보였지만, 그에게 이 현상에 대해 어떻게 생각하는지 물어보려고도 하지 않았다. 그 또한 로한이 아는 만큼만 알고 있었다. 다시 말해서 아무것도 몰랐다. 아무것도.

로한은 가장 큰 수송 차량의 운전석 바깥쪽에 자리 잡고 앉아서 열댓 명의 사람들과 함께 복귀하고 있었다. 사람들 목소리가 아주 멀리서 들리는 듯했다. 터너 갑판장은 무엇인가 중독에 관해서 이야기했는데, 다른 사람들의 고함 소리 탓에 그의 목소리가 묻혔다.

"중독이라고? 뭐 때문에? 모든 공기 필터의 상태는 완벽했네! 산소도 가득 저장되어 있었어. 식수는 건드리지도 않았고…… 식량도 넉넉했고……."

"자네들은 소항해실에서 발견한 사람이 어떻게 생겼는지 봤나?"

블랭크가 물었다.

"난 그가 누군지 아네……. 처음에는 못 알아봤는데 인장이 새겨진 반지를 낀 모습을 보고……."

아무도 그의 말에 반응하지 않았다. 로한은 기지에 돌아오자마자 곧장 호르파흐를 찾아갔다. 선장은 전송받은 영상 자료를 포함해서, 먼저 복귀한 팀이 제출한 보고서와 수백 장의 사진을 보고 벌써 상황을 파악하고 있었다. 로한은 사령관에게 자신이 목격한 것들을 들려주지 않아도 된다는 생각에 마음이 놓였다.

호르파흐는 자리에서 일어나 그를 자세히 살폈다. 테이블에 있는 현지 지도 위로 사진 인쇄물들이 흩어져 있었다. 두 사람은 대항해실에 머물렀다.

"정신 똑바로 차려야 하네, 로한."

그가 말했다.

"자네의 기분을 이해 못 하지는 않지만 우리에겐 무엇보다 이성적 판단이 필요하네. 또한 평정심을 유지해야 하고. 이 황당무계한 일의 진상을 밝혀내야 하지 않겠나."

"그들은 에너지봇, 레이저, 대포 같은 모든 보호 장비를 갖추고 있었습니다. 주요 반물질 캐넌포도 함선 바로 옆에 있었습니다. 우리가 가진 것들과 다를 바가 없었습니다."

로한은 힘없는 목소리로 대꾸했다. 그러고는 갑자기 털썩 주저앉았다.

"죄송합니다……."

그가 말했다.

선장은 벽 수납장에서 코냑 병을 꺼냈다.

"때로는 옛날 치료제가 도움이 될 때가 있지. 좀 마셔 보게, 로한. 과거 전장에서 사용했던 방식이네."

로한은 말없이 잔을 비웠다. 목이 타들어 가는 느낌이었다.

"제가 모든 동력 장치의 전기미터를 확인해 보았단 말입니다."

마치 불만을 터뜨리는 듯한 어조였다.

"공격을 받은 흔적이 아예 없었습니다. 총알 한 발도 쏘지 않았고요. 그들은 그냥, 그냥……."

"미쳐 버렸다고?"

선장이 가만히 말했다.

"그렇게라도 되었다고 믿고 싶습니다. 그런데 어떻게

말입니까?”

“자네, 항해 일지를 봤나?”

“아닙니다, 가알브가 가져갔습니다. 사령관님께서 가지고 계십니까?”

“그래. 착륙 날짜 이후로 기록은 네 개뿐이더군. 자네가 조사한 그 폐허에 관련된 것하고…… ‘파리’에 대한 것 말이야.”

“무슨 말씀이신지 모르겠습니다. 파리라니요?”

“그건 나도 모르겠네. 정확하게 뭐라고 쓰여 있느냐면…….”

그가 테이블에 펼쳐진 일지를 집어 들었다.

“지상에서는 어떠한 생명체의 징후도 찾아볼 수 없음. 대기 조성은…… 이건 데이터 분석 결과고…… 어, 여기…… 18시 40분. 폐허에서 두 번째로 돌아오던 무한궤도형 순찰차가, 공중 방전이 격심한 모래 폭풍 구간을 만남. 혼선이 있었으나 무전 교신함. 순찰팀 보고에 따르면 수많은 파리로 뒤덮여…….”

선장은 하던 말을 멈추고 일지를 덮었다.

“그다음은요? 왜 끝까지 안 읽으십니까?”

“이게 끝일세. 마지막 기록이 이렇게 중도에서 끊겼더군.”

99

"더 이상 아무것도 없습니까?"

"나머지는 자네가 직접 봐."

그는 일지를 펼쳐서 로한 쪽으로 밀었다. 거기에는 판독할 수 없을 정도로 휘갈겨 쓴 글씨들이 가득했다. 로한은 눈이 휘둥그레져서 뒤죽박죽 뒤섞인 선들을 들여다보았다.

"이건 꼭 'b'처럼 보입니다."

그가 조용히 말했다.

"맞네. 여기는 'G'. 대문자 'G'. 정말이지 어린아이가 써 놓은 것처럼 보이는군……. 자네도 그렇게 생각하지 않나?"

로한은 빈 술잔을 손에 든 채 아무 말도 없었다. 술을 다 마신 뒤 잔을 내려놓아야 함을 잊고 있었다. 그는 얼마 전까지 품고 있었던 야망을 떠올렸다. 자신이 직접 지휘하는 무적호를 꿈꿔 왔었다. 그러나 지금은 원정대의 미래를 결정해야 하는 사람이 자신이 아니라는 점에 감사했다.

"전문가팀의 각 대표들을 소집해 주게. 로한! 정신 차려!"

"죄송합니다. 위원회 말씀이십니까, 선장님?"

"그래. 도서관으로 모두 집합시키게."

십오 분 뒤, 모든 관계자들은 이미 정사각형 모양의 대형 선실에 앉아 있었다. 여러 책과 마이크로필름 들이 단색의 벽면을 뒤덮고 있었다. 가장 무서운 사실은, 아마도 콘도르호와 무적호의 선내 구조가 거의 같다는 점일 것이다. 아닌 게 아니라 두 우주선은 쌍둥이 함선이었다. 로한의 눈길이 닿는 곳마다 기억 속에 깊게 뿌리박힌 광란의 이미지들이 되살아났다.

이곳에는 각자 정해진 자리가 있었다. 생물학자, 의사, 행성학자, 전자 및 통신 엔지니어, 인공두뇌학자, 물리학자들은 반원형으로 의자에 둘러앉았다. 이 열아홉 명의 사람들이 함선의 수뇌를 구성하는 인물들이었다. 선장은 절반 정도 내려온 흰색 스크린 앞에 홀로 서 있었다.

"지금 여기 있는 모두는 콘도르호 내부에서 일어난 상황을 인지하고 있겠지?"

여기저기서 웅성거리며 그렇다는 대답이 들려왔다.

"지금까지……."

호르파흐가 말했다.

"콘도르호 주변부에서 작업 중인 인원들이 스물아홉 구의 시신을 찾아냈네. 함선 내에서는 서른네 구의 시신을 발견했고, 그중 하나는 동면실에 있었던 덕분에 보존 상태가 완벽했어. 그쪽에서 막 복귀한 니그렌 박사에게 개략적인 설명을 들어 보도록 하지……."

"제가 말씀드릴 내용은 그다지 많지 않습니다."

키 작은 박사가 자리에서 일어나며 말했다. 박사는 선장쪽으로 다가갔고, 그보다 머리 하나 정도 작았다.

"저희는 미라화된 시신 아홉 구를 발견했습니다. 사령관께서 언급하신 유해는 별도로 조사할 예정입니다. 실제로 아홉 구의 시신은 모래 속에서 파낸 유골, 아니면 그 일부입니다. 미라화는 함선 안에서 진행되었습니다. 우주선 내부의 공기 중 습도는 매우 낮았고, 부패균이 거의 존재하지 않았으며, 너무 높지 않은 온도를 비롯해서 미라화에 유리한 조건을 갖추고 있었습니다. 바깥에서 발견된 시체들은 부패가 진행된 상태였습니다. 호우 기간에 부패 속도가 빨라졌는데, 여기 모래가 상당량의 산화철과 철 황화물을 포함하고 있어서 약산과 화학 반응을 일으켰기 때문이지요……. 아무튼 이런 세부적인 사항은 별로 중요하지 않다고 여겨집니다. 만약 이런 반응에 대하여 더 자세한 설명이 필요하다면 화학 박사님들께 설명할 기회를 드리도록 하겠습니다. 어쨌든 우주선 밖에서는 물과 그 속에 녹아 있는 물질의 작용, 그와 더불어 이루어진 수년간의 모래 분사 때문에 미라화가 진행되기 더욱 어려운 조건이었습니다. 이 분사 작용으로 뼈의 표면이 연마된 이유를 설명드릴 수 있겠습니다."

"미안하네만……."

선장이 그의 말을 끊었다.

"지금 가장 중요한 것은 사망 원인이오, 박사……."

"적어도 보존 상태가 가장 온전했던 시신에서는 돌연사의 흔적이 전혀 발견되지 않았습니다."

의사는 바로 대답했다. 그는 아무도 쳐다보지 않은 채 손을 들어 올리고는, 무언가 눈에 보이지 않는 것을 관찰하고 있는 듯했다.

"외관상으로는 꼭 자연사한 것처럼 보였습니다."

"그게 무슨 뜻이오?"

"외부 폭력의 흔적은 없었습니다. 긴뼈 몇 개가 부러진 상태로 따로 발견되었는데, 이런 골절은 사후에도 일어날 수 있는 현상입니다. 확실히 알아내려면 계속해서 광범위한 검사를 실시해야 합니다. 옷을 입고 있던 사람들은 피부 조직도, 뼈대도 온전했습니다. 그들에게는 자잘하게 긁힌 자국을 제외하고 아무런 상처도 없었죠. 그 작은 찰과상이 사인이 되었을 리는 절대 없습니다."

"그렇다면 사망 원인이 무엇이오?"

"모릅니다. 기아나 갈증 때문이었을지도요."

"식수와 식량은 그대로 있었습니다."

가알브가 자리에서 말했다.

"그 점은 나도 알고 있소."

잠시 동안 침묵이 흘렀다.

"미라화는 무엇보다 체내에서 수분이 사라지는 과정입

니다.”

니그렌이 설명했다. 그는 여전히 아무도 바라보지 않고서 말을 이어 갔다.

“인체에서는 지방 조직이 변화를 일으키고, 그 변화는 확인 가능합니다. 그런데…… 이 사람들에게서는 지방 조직을 전혀 찾아볼 수 없었습니다. 그야말로 오랜 시간 굶주린 것처럼요.”

“그렇지만 동면실에 있던 남자는 아니었죠.”

로한이 맨 뒷줄의 의자 뒤에 서서 말했다.

“맞습니다. 그러나 그 남자는 아마도 동사했을 가능성이 큽니다. 우리가 알지 못하는 방법으로 동면실에 들어가서 온도가 떨어지는 동안 그냥 잠들어 버렸을지도 모릅니다.”

“집단 중독이 발생했을 가능성은?”

호르파흐가 물었다.

“없습니다.”

“아니, 박사…… 어떻게 그리 단언한단 말이오?”

“제가 확신할 수 있습니다.”

의사가 대답했다.

“행성 환경에서 중독 현상은 폐로 들이마신 가스 때문이거나 소화 기관, 혹은 피부를 통해 일어날 수 있습니다. 가장 보존 상태가 좋은 시신들 중 하나는 산소마스크를 착용하고 있었습니다. 산소통에는 아직 열몇 시간 동안 사용할 수 있는, 충분한 양의 산소가 들어 있었고요…….”

‘그 말이 맞아.’

로한은 생각했다. 곧 의사가 언급한 고인이 누구인지 떠올랐다. 두개골 전체를 감싼 피부는 말라붙고, 광대뼈 피부에 변색된 자국들이 남아 있고, 눈구멍으로 모래가 쏟아져 나오던 남자 말이다.

“이 사람들이 독이 든 뭔가를 먹었을 리 없는 까닭은, 이곳에는 먹을 수 있는 것이 전혀 없기 때문입니다. 그러니까 육지에서 말이지요. 그런데 그들은 바다낚시를 하려고도 하지 않았습니다. 비극은 착륙 후 얼마 지나지 않아서 일어났습니다. 그들은 폐허 중심부로 단 한 차례 순찰대를 파견했을 뿐입니다. 그게 전부였어요. 마침 맥민이 저기 오는군요. 맥민 박사, 다 끝냈소?”

“네.”

생화학자가 출입구 쪽에서 대답했다. 모두 고개를 돌려서 그를 쳐다보았다. 그는 앉아 있는 사람들 사이로 걸어 나와서 니그렌 옆에 섰다. 다리까지 길게 내려오는 실험실 가운을 아직 걸치고 있었다.

“분석이 끝났습니까?”

“네, 그렇습니다.”

"맥민 박사는 동면실에서 찾아낸 시신을 검사하는 중이었습니다."

니그렌이 설명했다.

"박사가 알아낸 것을 바로 알려 주겠소?"

"아무것도 발견하지 못했습니다."

맥민이 말했다. 머리카락은 다 세었다고 봐도 무방할 만큼 밝은 회색을 띠었고, 눈동자 색깔 역시 마찬가지였다. 심지어 눈꺼풀은 주근깨로 뒤덮여 있었다. 그러나 지금으로서는 그의 기다란 얼굴도 전혀 웃음을 주지 못했다.

"유기물 혹은 무기물에 의한 중독 흔적도 전혀 없었습니다. 모든 효소 조직은 정상이었습니다. 혈액도 이상 없었습니다. 위장에서는 소화되고 남은 건빵과 건조식품이 발견됐습니다."

"그렇다면 왜 죽은 것인가?"

호르파흐가 거듭 물었다. 그는 변함없이 침착함을 유지하고 있었다.

"그냥 얼어 죽은 것 같습니다."

맥민은 대답을 하고 나서야 여전히 가운을 걸치고 있음을 깨달은 모양이었다.

그는 어깨에 달린 버클을 풀고 가운을 벗은 다음, 옆에 놓인 빈 의자로 던졌다. 미끌거리는 직물이 바닥으로 스르르 떨어졌다.

"박사들의 견해는 어떻소?"

선장이 끈질기게 물었다.

"말씀드릴 수 있는 것이 아무것도 없습니다."

맥민이 말했다.

"이들의 사인이 중독 때문이 아니라는 점만큼은 분명히 말씀드릴 수 있습니다."

"어떤 급속 방사능 붕괴 물질의 피해일 가능성은 없나? 아니면 경질 방사선은?"

"치사량에 이를 정도의 경질 방사선이라면 흔적이 남았어야 합니다. 혈종, 점상 출혈, 혈중 프로필의 변화처럼요. 하지만 그러한 변화는 없었습니다. 그리고 만약 팔 년 전에 치사량을 피폭했다면, 이렇게 흔적 하나 남기지 않는 방사능 물질은 없습니다. 현지 방사능 수치는 지구보다 낮습니다. 이 사람들은 어떤 종류의 방사능에도 노출되지 않았습니다. 그건 장담합니다."

"하지만 무엇인가가 이들을 죽였단 말입니다!"

행성학자 볼민이 목소리를 높였다.

맥민은 아무 말도 하지 않았다. 니그렌이 그에게 뭐라고 조용히 속삭였다. 생화학자는 고개를 끄덕이고는 줄지어 앉은 사람들을 지나쳐서 밖으로 나가 버렸다. 니그렌은 연단에

ㅅ①ㅅ

서 내려와 자리에 앉았다.

"상황이 별로 좋아 보이지 않는군."

선장이 말했다.

"그렇담 생물학자들의 도움을 기대하긴 힘들겠군. 자네들 중 할 말이 있는 사람 없나?"

"네, 제가 한 말씀 드리겠습니다."

원자 물리학자 사르너가 자리에서 일어섰다.

"콘도르호의 최후에 대한 해답은 그 안에 있습니다."

그는 매의 눈빛으로 모든 사람을 차례차례 쳐다보았다. 그의 검은 머리카락이 거의 흰색에 가까운 홍채와 대조를 이루었다.

"다시 말해서 해답은 그곳에 있는데, 단지 우리가 알아채지 못할 뿐이지요. 엉망으로 어질러진 선실이나 손도 안 댄 식수와 식량, 발견된 시신의 자세와 위치, 기계 손상, 이 모든 것이 무엇인가를 의미하고 있습니다."

"만약 더 이상 할 말이 없다면……."

가알브가 낙심한 목소리로 끼어들었다.

"잠깐 기다려요. 지금 우리는 암흑 속에 있습니다. 무슨 방법을 찾아야 하는데 아직은 아는 바가 너무나 부족합니다. 제가 봤을 때 누군가는 콘도르호 선내에서 뭔가를 목격했음에도 두려운 나머지 언급하지 못하는 것 같습니다. 그렇기 때문에 '중독으로 인한 집단 광기'라는 가설에 끈질기게 매달리는 것입니다. 우리의 안전을 위해서, 그리고 그들을 위해서 우리는 냉혹한 사실과 마주해야 합니다. 여러분 모두 콘도르호에서 목격한 가장 충격적인 광경을 솔직히 말씀해 주시기를 부탁, 아니 강력하게 요청드리는 바입니다. 아직 아무에게도 말하지 않은 이야기, 스스로 기억 속에서 지워 버리고 싶다고 여기는 이야기 말입니다."

사르너는 자리에 앉았다. 로한은 잠시 내적 갈등을 겪었고, 자신이 욕실에서 발견한 비누 조각에 대한 이야기를 털어놓았다.

그다음으로 그랄레브가 일어났다. 찢긴 지도들과 책들 아래로 말라붙은 배설물들이 가득 있었다고 했다.

다른 누군가는 잇자국이 난 통조림 캔에 대해서 이야기했다. 캔을 물어뜯으려고 한 것 같았다고 말이다. 가알브는 항해 일지에 휘갈겨 쓴 글씨와, '파리' 이야기를 듣고 가장 겁에 질렸다. 그리고 그 일에 관해서 할 말이 남아 있었다.

"'도시'의 지각 균열 때문에 독성 가스가 발생했고, 그것이 바람을 타고 로켓까지 도달했다고 가정해 봅시다. 그리고 만약 부주의로 인해서 에어록 문이 꽉 닫히지 않았다면……."

"끝까지 닫히지 않은 건 외부 문뿐이었어요, 가알브 박사. 에어록 안에 있던 모래가 그 사실을 증명하고요. 내부 문은 닫혀 있었습니다……."

"가스의 독성이 벌써 영향을 미친 다음에 닫았을 수도 있지요……."

"가알브 박사, 일어날 수 없는 일이라는 사실을 잘 알고 있잖아요. 외부 출입구가 열려 있으면 내부 출입구는 열리지 않는단 말입니다. 모든 부주의나 과실을 막기 위해서 교대로 열어야 하니까요."

"한 가지 계속 걸리는 점은, 이 일이 갑자기 일어났다는 것입니다. 집단 광기 말이에요. 굳이 언급할 필요도 없기는 하지만, 우주 비행 중 정신 착란 증세는 언제든 생길 수 있습니다. 그러나 행성에서, 게다가 착륙하고서 몇 시간이나 지난 다음에 그런 증세는 절대 나타나지 않습니다. 승무원 전체의 집단 광기 증상은 중독으로 인한 결과라고밖에 볼 수 없습니다……."

"아니면 망령이 났든지요."

사르너가 말했다.

"뭐라고요? 지금 무슨 말을 하는 겁니까?"

가알브는 어이없어했다.

"농담…… 이지요?"

"이런 상황에서 농담이라니요. 내가 망령이라고 말한 까닭은 아무도 이에 대해 이야기하지 않아서입니다. 낙서로 가득한 항해 일지며 갈기갈기 찢긴 거성 목록표, 그 알아보기 힘든 글자들…… 모두들 봤지요?"

"그런데 그게 뭐 어떻다는 겁니까?"

니그렌이 물었다.

"그들이 무슨 병이라도 걸렸다고 말하고 싶은 겁니까?"

"아닙니다. 아마 그런 질병은 없지요, 박사?"

"확실히 없어요."

또다시 정적이 흘렀고, 선장은 머뭇거렸다.

"이것은 우리를 막다른 길로 이끌 수도 있소. 사후 기억 검사의 결과는 항상 불확실하지. 하지만 지금 상황에서는 더 나빠질 것도 없겠군. 삭스 박사……."

신경 생리학자는 동면실에서 얼어붙어 있던 남자의 뇌에서 발견한 이미지에 관해 이야기했다. 망자의 청각 기억에 남은 음절에 대해서도 말했다. 그러자 엄청난 질문 세례가 쏟아졌다. 해당 검사에 참여했던 로한에게도 질문 공세를 퍼부었다. 그러나 아무런 결론도 얻지 못했다.

"그 점들은 꼭 '파리 떼'를 연상시키는군요……."

가알브가 말했다.

"잠깐만요. 혹시 사인은 여러 가지가 아닐까요? 어떤 독충이 승무원들을 습격했다고 가정해 봅시다. 미라화된 피부에서는 벌레에 물린 작은 자국을 찾아낼 수 없지만, 여하튼

∧∧∧

동면실의 남자는 다른 동료들처럼 될까 봐 이 벌레들을 피해서 몸을 숨긴 것이지요……. 그러다가 얼어 죽어 버렸고요."

"그런데 왜 죽기 전에 건망증에 걸렸을까요?"

"기억 상실이 맞습니까? 틀림없이 확인된 사실입니까?"

"사후 기억 검사의 결과만큼은 확실합니다."

"이 벌레에 관한 가설에 대해서는 어떻게들 생각합니까?"

"라우다 박사가 이 사안에 대해 말씀해 보시지요."

무적호에서 고생물학자 수장을 맡고 있는 라우다가 일어나더니 모두 조용해질 때까지 기다렸다.

"저희가 이른바 '파리'에 대한 이야기를 꺼내지 않은 것은 우연이 아니었습니다. 조금이라도 생물학 관련 지식이 있다면 어떠한 생물이든 서식지와 그 안에 존재하는 모든 종을 구성하는 상위 단위, 다시 말해 정해진 소생활권을 벗어나서는 살지 못한다는 사실을 알 겁니다. 이것이 익히 알려진 우주 만물의 원리입니다. 생명 혹은 거대한 형태의 다양성을 만들어 내거나, 아니면 아예 아무것도 생겨나지 않습니다. 곤충은 육상 식물, 다른 종류의 좌우 대칭 생명체, 무척추동물 등의 동시적 발생 없이는 나타날 수 없습니다. 여러분께 일반 진화론에 대해서는 강의하지 않겠습니다. 불가능한 일이라고 말씀드리는 것만으로도 충분해 보입니다. 이 행성에는 독성 파리나 절지동물, 막시목, 아니면 거미류…… 그 어느 것도 존재하지 않습니다. 또한 이것들과 관련된 어떠한 종도 없습니다."

"그렇게 단정 지어서 말씀하시면 안 됩니다!"

볼민이 외쳤다.

"자네가 내 학생이었다면, 볼민 박사, 여기에 승선하지 못했을 걸세. 내 시험에서 떨어졌을 테니까 말이네."

고생물학자가 냉정을 유지한 채 쏘아붙이자, 심각한 와중에도 나머지 사람들 얼굴 위로 미소가 번졌다.

"행성학은 어떤지 모르겠지만 진화 생물학은 불합격일세!"

"이제 전문가들의 전형적인 대결로 번지는 듯한데, 이거 시간 낭비 아닙니까?"

누군가가 뒤에서 로한에게 속삭였다. 로한이 고개를 돌리자 햇볕에 그을린 넓적한 얼굴의 쟈그가 그를 쳐다보며 한쪽 눈을 찡긋했다.

"그렇다면 그 벌레들은 이 행성에서 기원한 것이 아닐 수도 있겠네요."

볼민은 자신의 입장을 고수하며 말했다.

"다른 곳에서 데리고 왔을 수도요."

"어디를 말하는 거지?"

"노바의 행성⋯⋯."

그러자 갑자기 전문가들이 한꺼번에 떠들어 대기 시작했다. 좌중이 진정할 때까지 시간이 좀 걸렸다.

"여러분!"

사르너가 말했다.

"볼민 박사의 생각이 어디서 나왔는지 알겠습니다. 그랄레브 박사군요⋯⋯."

"이렇게 된 마당에 부인하지는 않겠습니다."

물리학자가 말했다.

"알겠네. 가능한 가설은 이미 다 나왔다고 해 두겠네. 이제는 허무맹랑한 가설이 필요하네. 그럼, 그렇게 해 보도록 하지. 한번 생물학 박사들이 답해 보세요. 어떤 우주선이 노바의 행성에서 여기로 그 곤충들을 가져왔다고 칩시다⋯⋯. 그것들이 현지 환경에 적응하는 것이 가능할까요?"

"만약 가설이 허무맹랑하다면 그럴 수도 있지요."

라우다가 앉은 자리에서 인정했다.

"하지만 허무맹랑한 가설이라도 모든 것을 설명해야 하지요."

"그게 무슨 말인가요?"

"콘도르호의 외부 장갑판 전체를 무엇이 물어뜯어 놓았는지 밝혀야 한다는 말입니다. 엔지니어들에게 들은 바로는,

함선을 대규모로 수리하기 전까지 전혀 비행할 수 없을 만큼 상태가 엉망이라더군요. 여러분은 정말 어떤 벌레가 몰리브덴 합금을 먹어 치우고자 진화했다고 생각하는 겁니까? 우주 전체에서 가장 단단한 물질 중 하나입니다. 피터슨 엔지니어, 무엇이 이 장갑판을 손상시킬 수 있죠?"

"만약 표면 경화가 제대로 되었다면 사실상 아무것도 그 금속판을 손상시킬 수 없습니다."

부수석 엔지니어가 대답했다.

"다이아몬드로 일부분 구멍을 뚫을 수는 있지만 엄청난 양의 드릴 날과 어마어마한 시간이 필요합니다. 차라리 산을 이용하는 편이 더 빠릅니다. 다만 알맞은 촉매제의 사용 아래, 적어도 2000도에서 작용하는 무기산을 사용해야 합니다."

"콘도르호 장갑판이 손상된 원인을 무엇이라고 생각하나요?"

"전혀 감이 잡히지 않습니다. 마치 적당한 온도에서 산으로 목욕을 시킨 것 같은 모습이랄까요. 그런데 플라스마 아크 토치도, 촉매제도 없이 어떻게 이런 반응이 일어났는지 정말 모를 노릇입니다."

"볼민 박사, 자네가 말한 '파리' 가설은 이게 전부인가?"

라우다가 그렇게 말한 뒤 자리에 앉았다.

"더 이상 토론을 이어 나갈 의미가 없어 보이는군."

이때까지 침묵하고 있던 선장이 입을 열었다.

"현 단계에서 이야기하기에는 시기상조였던 듯하네. 조사를 진행하는 것 외에는 우리에게 다른 방법이 남아 있지 않아. 이제 세 그룹으로 나누겠소. 첫 번째 팀은 폐허를 조사하도록. 두 번째 팀은 콘도르호를 맡고, 세 번째 팀은 서쪽 사막의 중심부로 원정대를 꾸려서 몇 차례 다녀오도록 해. 이게 우리가 할 수 있는 최대한의 조치일세. 설령 콘도르호의 로봇 몇 대를 작동시킬 수 있더라도, 이 주변의 에너지봇은 열네 대만 투입할 수 있기 때문이네. 게다가 계속해서 3단계를 유지해야 하니까⋯⋯."

STANISLAW LEM

검은 그을음이 미끄러지며 사방으로 둘러쌌다. 숨이 막혀 왔다. 눈에 보이지 않는 고리가 그를 휘감더니 점점 어둠 속으로 끌어당겼다. 그는 그것을 밀어내려고 절망적으로 발버둥치며 소리를 질렀지만 부어오른 목에서는 아무 소리도 나오지 않았다. 발가벗은 상태로 무엇이든 무기를 찾아보고자 애썼으나 아무 소용이 없었다. 마지막으로 있는 힘껏 소리를 지르려고 했다. 고막을 찢을 듯한 굉음이 그를 잠에서 깨웠다. 로한은 반쯤 정신을 차리며 어둠 속에서 끊임없이 경보기가 울린다는 사실만을 인지한 채 침상에서 뛰어내렸다. 이것은 이미 악몽이 아니었다. 그는 불을 켜고 작업복을 걸친 뒤 승강기 쪽으로 달려갔다. 갑판마다 승강기를 타려는 사람들로 붐볐다. 경보기가 쉴 새 없이 울려 댔고, 벽에는 '경보' 글씨가 붉게 빛났다. 그는 함교로 뛰어 들어갔다. 선장은 낮에 입었던 옷차림으로 중앙 모니터 앞에 서 있었다.

"이미 경보 장치를 해제했네."

그는 침착하게 말했다.

"그냥 비가 오는 걸세, 로한. 그런데 저기 좀 보게. 정말 장관이 아닌가."

실제로 밤하늘 상단부를 비추는 화면 속에서 전기 불꽃이 무수하게 타들어 가고 있었다. 하늘에서 떨어지는 빗방울이 무적호를 보호하는, 눈에 보이지 않는 거대한 반구형 방어막에 부딪히자 눈 깜짝할 사이에 미세한 폭발이 일어났다. 북극광을 백 배나 확대한 듯 번쩍이는 섬광이 풍경 전체를 비추었다.

"계기 장치를 조절해야 하겠습니다……."

이제 완전히 정신을 차린 로한이 희미한 목소리로 말했다. 어느 순간 잠이 달아나 버렸다.

"터너에게 반물질 캐넌포를 발사하지 말라고 지시하겠습니다. 안 그러면 고작 바람에 날려 온 한 줌의 모래 때문에 우리가 한밤중에 깰 수 있으니까요……."

"그냥 훈련이었다고 말하세. 일종의 기동 연습이라고 말이야."

뜻밖에도 선장은 유쾌하게 대답했다.

"현재 새벽 4시군. 로한 자네는 객실로 돌아가게."

"솔직히 말씀드리자면 그다지 자고 싶지 않습니다. 선장님께서는……?"

"다 잤네. 네 시간만 자면 충분해. 우주 비행을 16년 동안 하다 보면 수면-각성 리듬이 지구에 있었을 때와는 완전히 달라지지. 그나저나 로한, 원정팀을 최고 수준으로 보호할 수 있는 방법에 대해 고민 중이었네. 이거 꽤 번거로운 일이더군. 어디를 가든 에너지봇을 끌고 다니면서 방어막을 설치해야 하니까. 자네 생각은 어떤가?"

"대원 각각에게 휴대용 송신기를 지급할 수 있습니다. 하지만 그것만으로는 완벽하게 해결할 수 없습니다. 방어막 내에서는 아무것도 만질 수 없습니다……. 선장님께서도 잘 아시지 않습니까. 만일 에너지 돔의 반경을 지나치게 줄이면 사람들이 화상을 입을 수도 있습니다. 제가 그런 경우를 이미 목격했습니다."

"아무도 육지에 내려보내지 않고, 로봇을 원격 조종해서 탐사하는 방법까지도 고려해 봤네."

선장이 고백했다.

"몇 시간, 길어도 하루라면 괜찮겠지. 하지만 내가 보기에 우리는 여기에 더 오래 있어야 할 것 같네……."

"그럼 선장님께서는 어떻게 하실 계획입니까?"

"팀마다 방어막을 둘러친 베이스캠프가 있어야 하고, 또 선발된 연구원들은 완전히 자유롭게 이동할 수 있어야 하네. 무리하게 위험 방지책만 세우면, 우리는 임무를 아무것도 완수할 수 없을 거야. 사람을 방어막 밖에서 작업하게 하려면, 방어막 내에 그 움직임을 주시하는 참관인을 두는 것이 기본 원칙이네. 항상 시야 안에 두어야 해. 이게 레기스 3에서 가장 중요한 규칙이야."

"저는 어디로 파견됩니까?"

"자네, 콘도르호에서 임무를 수행하고 싶나……? 그렇지 않은 걸로 보이네만. 좋네, 도시와 사막이 남았는데 자네가 직접 고르게."

"도시로 가겠습니다, 선장님. 저는 여전히 그곳에 많은 비밀이 숨겨져 있다고 생각합니다……."

"그럴 수도 있고. 그럼 내일, 아니 벌써 새벽이니까 사실상 오늘, 자네는 어제의 팀원들을 다시 데려가게. 자네에게 스노 로봇 두 대를 내주겠네. 레이저 소총도 좀 챙겨 가게, 필요할 거야. 내 느낌에 '그것'은 근거리에서 공격하니까."

"무엇을 말씀하시는 건지요?"

"그걸 알면 좋겠단 말이지. 아, 그리고 기지로부터 완전히 독립 가능하고, 필요에 따라서는 함선의 지속적인 보급

없이도 임무 수행할 수 있도록 취사 차량을 끌고 가게……."

열기가 거의 없는 적색 태양은 동쪽 하늘에서 서쪽으로 대부분 넘어갔다. 기괴한 구조물들의 그림자가 길게 뻗어 나가면서 서로 합쳐졌다. 바람은 금속 피라미드 사이에 위치한 모래 언덕을 계속 다른 곳으로 옮기고 있었다. 로한은 육중한 수송 차량 꼭대기에 앉아 그랄레브와 첸이 방어막 경계선의 바깥, 검은 벌집형 구조물의 밑부분에서 천천히 작업하는 모습을 망원경으로 지켜보았다. 메고 있는 레이저 소총 끈 때문에 목덜미가 눌렸다. 로한은 두 사람에게서 눈을 떼지 않은 채 끈을 최대한 뒤쪽으로 돌려 멨다. 첸의 손에 들린 작은 플라스마 절단기가 다이아몬드처럼 눈부시게 빛났다. 차량 내부에서 똑같이 반복되는 호출 신호가 들려왔지만 그는 단 한 번도 고개를 돌리지 않았다. 운전기사가 함선에 응답하는 소리가 들렸다.

"항해사님! 지금 즉시 복귀하라는 사령관님의 명령입니다!"

쟈그가 포탑 해치에서 고개를 내밀고 격앙된 목소리로 외쳤다.

"복귀라고? 도대체 왜?"

"잘 모르겠습니다. 즉각 복귀 신호와 대피 코드를 네 차례나 송신하며 반복하고 있습니다."

"대피 코드라고? 아, 몸이 뻐근해지는군! 그렇다면 빨리 움직여야 해. 이쪽으로, 내게 마이크를 주고 신호탄을 꺼내."

십 분 뒤 방어막 밖에서 작업하던 모든 사람들이 차량에 탑승했다. 로한은 소규모 부대를 이끌고 구릉 지형에서 낼 수 있는 최고 속도로 이동했다. 옆에서 통신관 역할을 하던 블랭크가 갑자기 그에게 헤드폰을 건넸다. 금속 차량의 지붕에 앉아 있던 로한이 내부로 내려갔을 때 가열된 플라스틱 냄새가 났고, 에어컨에서 불어오는 바람이 그의 머리카락을 흩날렸다. 그는 서쪽 사막에서 작업 중인 갤러거팀과 무적호 사이에서 오가는 무선 통신을 듣고 있었다. 곧 폭풍우가 불어닥칠 듯했다. 아침부터 기압계는 저기압을 가리켰는데, 이 제야 지평선 위로 납작한 남색 구름들이 떠오르고 있었다. 구름 위 하늘은 맑았다. 강력한 공전 방해 탓에 헤드폰의 잡음이 심해져서 모스 부호로만 의사소통이 가능했다. 로한은 일련의 전기 신호를 들었다. 너무 늦게 듣기 시작해서 당최 무슨 이야기들을 하는지 이해하기 힘들었다. 유일하게 알아 들은 소리는 갤러거팀 역시 전속력으로 복귀하고 있다는 것 과, 함선이 경계 태세를 강화했으며 모든 의사들이 대기 중이라는 점이었다.

"응급 의료팀이라니……."

그는 호기심 어린 눈빛으로 자신을 바라보는 볼민과 그

랄레브에게 말했다.

"무슨 사고가 있었나 봅니다. 분명히 큰 사고는 아닐 겁니다. 어쩌면 산사태가 나서 누구를 덮쳤는지도……."

그렇게 말한 이유는, 갤러거의 팀원들이 초기 정찰대가 정해 준 장소에서 지질 조사를 수행했다는 사실을 모두가 알고 있었기 때문이다. 사실대로 말하자면 그 스스로도 작업 중 일어난 보통의 사고이리라고는 생각하지 않았다. 그들은 기지로부터 6킬로미터밖에 떨어져 있지 않았으므로, 다른 팀은 훨씬 이전에 호출받았음이 분명했다. 어둑하게 수직으로 솟은 무적호의 모습이 보였을 때, 로한팀은 새로 생긴 무한궤도형 바퀴자국 위를 지나고 있었다. 현재의 바람 상태를 보아서, 삼십 분 이내에 지나간 차량의 흔적이 틀림없었다.

그들은 외부 방어막 경계에 다가가서 통로 개방을 요청하고자 함교에 연락을 취했다. 응답을 받기까지 이상할 만큼 오래 기다려야 했다. 마침내 평상시처럼 푸른빛이 들어오자 방어막 내부로 진입할 수 있었다. 콘도르호에 갔던 팀은 벌써 당도해 있었다. 그러니까 앞서 도착한 이들은 갤러거의 지질학 탐사팀이 아니라 그들이었다. 무한궤도형 차량 중 일부는 램프 옆에 걸쳐서 있었고, 일부는 길을 막고 있었다. 사람들이 이리저리 뛰어다니고, 모래는 무릎까지 차오르고, 오토마톤들까지 손전등을 휘저어 대는 통에 일대는 그야말로

125

혼돈 그 자체였다.

벌써 땅거미가 내리고 있었다. 한동안 로한은 이 무질서 속에서 갈피를 잡을 수 없었다. 갑자기 위쪽에서 번쩍거리며 빛기둥이 밝아졌다. 커다란 탐조등이 로켓을 거대한 등대처럼 보이게 했다. 사막 멀리서부터 한 줄로 늘어선 차량들이 빛을 뿜으며 다가왔는데 위로, 아래로, 또 좌우로 흔들리는 광채 때문에 마치 미지의 함대가 들이닥치는 듯 보였다. 방어막의 개방을 알리는 불빛이 다시 들어왔다. 차량들이 완전히 멈추기도 전에 그 안에 타고 있던 갤러거의 팀원들은 벌써 모래 위로 뛰어내리기 시작했다. 무적호 램프 쪽에서 두 번째 탐조등이 접근해 왔다. 길 양옆에 빽빽하게 들어선 차량들이 길을 내어 주자 그 사이로 한 무리의 사람들이 환자를 실은 들것을 둘러싸고 걸음을 재촉했다.

로한은 사람들을 밀치고 앞으로 나갔다. 그 순간 들것이 옆을 지나갔고, 그 모습에 너무 놀라서 말이 나오지 않았다. 처음에 봤을 때는 정말로 심각한 사고가 일어난 줄 알았는데, 다시 보니 들것에 실린 사람은 팔과 다리가 묶인 상태였다.

그는 결박한 밧줄이 삐걱거릴 만큼 온몸에 경련을 일으키며 입을 크게 벌린 채 끔찍한 신음 소리를 내고 있었다. 그 무리는 탐조등의 원형 불빛이 움직이는 대로 이미 지나갔지만 로한은 어둠 속에 서 있었다. 지금까지 한 번도 들어 본

적 없고 무엇과도 닮지 않은, 짐승 같은 울부짖음이 여전히 귓가를 맴돌았다. 사람들의 형상을 비추는 하얀 불빛은 차차 작아지더니 램프로 올라갔고, 활짝 열린 화물실 입구 안으로 사라졌다. 로한은 대체 무슨 일이 있었는지 사람들에게 물어보았지만 주위에 있던 콘도르호 쪽 팀원들 역시 그가 아는 것 이상으로는 알지 못했다.

그가 정신을 다잡고 현장을 정리하기까지 제법 오랜 시간이 걸렸다. 멈춰 있던 차량 행렬은 요란한 엔진 소리와 함께 램프 위로 움직이기 시작했다. 승강기 위에 불이 들어왔고, 그 아래에 모여 있던 사람들 수는 점차 줄어들었다. 마지막 탑승자 중 하나인 로한은 함께 승강기에 올라탄, 짐을 가득 실은 스노 로봇들의 평온한 모습을 보면서 참으로 아이러니한 상황이라고 느꼈다. 로켓 내부에서는 경보를 알리는 벨소리와 인터폰이 쉴 새 없이 울렸고, 의사들을 호출하는 벽면의 신호등도 계속 번쩍이다가 이내 꺼졌다. 그리고 조금씩 한산해지기 시작했다. 승무원 일부는 식당으로 향했고, 발자국 소리로 가득한 복도에서는 사람들의 말소리가 들렸으며, 늦게 도착한 스노 로봇 한 대가 쿵쿵거리면서 로봇 적재실로 무거운 걸음을 옮겼다. 마침내 모두 흩어지고 로한만 혼자 남았다. 사건의 전말을 알아낼 기회를 잃어버린 듯, 이제는 설명할 수 없고 앞으로도 그러리라는 확신을 얻은 양, 그는 깊은 충격에 빠졌다.

"로한!"

가알브가 앞에 서 있었다. 로한은 정신이 번쩍 들어서 몸을 움찔했다.

"가알브……? 박사님…… 그를 보셨나요? 누구였죠?"

"케르틀렌이었어요."

"뭐라고요? 그럴 리가."

"내가 거의 끝까지 그를 지켜봤습니다."

"무슨 끝을 말하는 건가요?"

"나는 그와 함께 있었어요."

가알브는 이상하게 차분한 목소리로 말했다. 로한은 복도 불빛이 그의 안경에 반사되는 모습을 보았다.

"사막 원정대……."

로한이 웅얼거렸다.

"맞습니다."

"그에게 무슨 일이 일어난 건가요?"

"갤러거는 그곳을 지진 탐사 장소로 지정했죠……. 우리는 작고 구불구불한 협곡의 미로를 발견했어요."

가알브는 로한에게 이야기하는 것이 아니라, 마치 스스로 사건의 순서를 정확하게 기억해 내려고 애쓰는 듯 천천히 말을 이었다.

"그곳은 유기물의 기원이라고 할 수 있는, 물로 인해 움푹 파인 부드러운 암벽들을 비롯해서 수많은 석굴과 동굴로 가득했기 때문에 무한궤도형 바퀴 차량을 밖에 놔둘 수밖에 없었습니다……. 우리는 서로 가까이 붙어서 걸었고, 모두 열한 명이었어요. 근방에 상당량의 철이 있다고 페리미터에 나타났기 때문에 그것을 찾아다니고 있었죠. 케르틀렌은 어딘가에 어떤 기계 같은 것이 숨겨져 있으리라고 생각했어요……."

"맞아요, 나한테도 비슷한 이야기를 한 적이 있어요……. 그래서 어떻게 됐습니까?"

"어느 동굴 속 입구로부터 얼마 떨어지지 않은 곳에서, 거기는 종유석과 석순까지 진흙층으로 덮여 있었는데, 그가 오토마톤 종류로 보이는 것을 찾아냈죠."

"정말인가요?!"

"아니, 지금 생각하는 그런 것이 아닙니다. 완전히 기계의 잔해더군요. 어떤 스테인리스 합금으로 만들어졌는데 녹이 슬지는 않았지만 부식되고 반쯤은 타 버린, 그냥 폐물이었어요."

"그래도 아마 다른 것들이……."

"그 오토마톤은 만들어진 지 최소 30만 년은 됐을 거예요, 아마도……."

"그것을 어떻게 알죠?"

"천장의 종유석에서 떨어지는 물이 증발하면서 기계 위쪽 표면에 석회 물질이 쌓였어요. 수분 증발률, 침전물 형성 속도와 그 두께에 의거해서 갤러거가 직접 추정했습니다. 아무리 짧게 잡아도 30만 년이라는 결과가 나왔어요······. 그건 그렇고, 오토마톤이 무엇과 비슷하게 보이는지 알아요? 바로 그 폐허예요!"

"그렇다면 그건 오토마톤이라고 할 수 없겠군요······."

"아니, 움직였음은 확실한데 두 발로 걸어 다니지는 않았을 겁니다. 게처럼 옆으로 기어 다닌 것도 아니었을 테고. 어찌 됐든 우리는 제대로 조사할 시간이 없었습니다. 왜냐하면 바로 그 후에······."

"어떻게 되었는데요?"

"일정 시간마다 사람들 수를 세고 있었어요. 나는 방어막 안쪽에서 그들을 지켜보고 있었습니다. 무슨 말인지 알겠죠······. 그런데 모두가 마스크를 쓰고 있었고, 어떤지 알지 않습니까, 모두가 비슷해 보이는 거예요. 게다가 작업복까지 진흙으로 범벅이 돼 버려서 색깔도 구분이 안 되고. 어느 순간 한 명이 사라졌어요. 내가 모두를 불러 모은 다음에 수색을 시작했는데, 케르틀렌은 자기가 발견한 것에 흥분을 감추지 못하고 계속 주위를 기웃거리고 다녔죠······. 나는 그저 그가 어떤 협곡의 지류를 거닐며 돌아다니고 있으리라고 생각했어요……. 거기는 빛이 잘 들어오는 골목길로 가득했어요, 하나같이 길이가 짧았죠……. 그런데 모퉁이를 돌았을 때 갑자기 그가 튀어나온 거예요. 이미 그 상태로 말이죠. 우리와 같이 있던 니그렌은 그가 열사병에 걸렸다고 생각했어요……."

"그래서 대체 그의 상태는 어떤가요?"

"현재 의식을 잃었어요. 아니, 그게 아니에요. 걸어 다니고 움직일 수는 있는데 의사소통이 불가능해졌습니다. 게다가 말하는 능력도 잃어버렸어요. 그의 목소리를 들었나요?"

"들었어요."

"지금은 좀 지친 것 같지만 훨씬 상태가 안 좋았어요. 우리 중 누구도 알아보지 못하더라고. 그때가 제일 끔찍했지……. 내가 '케르틀렌, 어디에 있다가 오는 건가?' 하고 물었지만 귀가 먹은 사람처럼 나를 지나쳐서 우리 사이로 나아가더니 협곡을 오르기 시작하더라고요. 그런데 그가 걷고 움직이는 모습을 보고서 우리는 모두 얼어붙어 버렸어요. 그냥, 뭐랄까, 다른 사람이 된 것 같았죠. 아무리 불러도 반응이 없어서 우리가 쫓아가야 했어요. 그게 무슨 난리던지! 한마디로 말해서 우리는 그를 묶어야만 했어요. 그러지 않았다면 데리고 돌아오지 못했을 테니까."

"의사들은 뭐라던가요?"

"늘 그렇듯이 라틴어로 뭐라고 하던데, 사실 아무것도 모르는 것 같더군요. 니그렌이 삭스와 함께 사령관에게 가 있으니까 거기 가서 물어보죠……."

가알브는 언제나 그랬듯이 머리를 한쪽으로 기울인 채 무거운 발걸음으로 자리를 떠났다. 로한은 승강기를 타고 함 교로 올라갔다. 아무도 없었다. 그러나 지도 제작실을 지나 자 열린 문 사이로 삭스의 목소리가 들려왔다. 로한은 안으 로 들어갔다.

"완전한 기억력 상실 같습니다. 그렇게 보입니다."

신경 생리학자가 말했다. 그는 로한을 등지고 서서 손에 든 엑스선 사진을 바라보고 있었다. 항해 일지가 펼쳐진 책 상 뒤로 단단히 말린 별 지도들이 들어찬 책장이 놓였고, 선 장은 팔로 머리를 받친 채 거기에 기대어 앉아 있었다. 그는 봉투에 사진을 천천히 집어넣는 삭스의 말을 조용히 듣고 있 었다.

"기억 상실증입니다. 하지만 그중에서도 상당히 특이한 종류의 증상이라고 할 수 있습니다. 그는 자신이 누구인지 에 대한 기억뿐 아니라 말하고 쓰고 읽는 능력까지 잃어버 렸습니다. 사실 기억 상실을 넘어선 증세입니다. 자아가 완전히 붕괴, 소멸되었습니다. 가장 원초적인 반사 행동 외에는 아무것도 남지 않았습니다. 걷고 먹을 수 있지만 그것도 음식이 입에 들어올 때뿐입니다. 물건을 잡을 수도 있습니다만……."

"듣고 볼 수는 있소?"

"네. 그건 확실합니다. 하지만 자신이 보는 것을 이해하지 못합니다. 사람과 물건을 구별하지 못합니다."

"반사 반응은?"

"정상입니다. 이건 중추부의 문제입니다."

"중추부라고?"

"네. 뇌의 중추 말입니다. 이건 마치 모든 기억의 흔적이 한 번에 완전히 지워진 것처럼 보입니다."

"그렇다면 콘도르호의 그 사람도……."

"네, 틀림없습니다. 같은 증상이었습니다."

"이런 것을 전에 본 적이 있네……."

들릴 듯 말 듯 거의 속삭이듯이 선장이 말했다. 멍한 눈빛으로 로한을 바라보고 있었다.

"우주에서 봤지……."

"아, 맞습니다! 내가 왜 그 생각을 못 했을까요!"

신경 생리학자가 외쳤다.

"자기 뇌졸중 이후 기억 상실증에 걸린 사례 말씀이시

지요?"

"그렇소."

"나는 지금까지 그런 경우를 한 번도 본 적이 없습니다. 단지 이론을 통해서 그 현상을 접했을 뿐이지요. 아주 오래전에 엄청난 속도로 강력한 자기장을 통과할 때 생겼던 일이 아닙니까?"

"그렇소. 다시 말해 특정한 환경에서 발생했다고 할 수 있지. 장의 세기 자체보다는 자기장의 기울기와 변화가 얼마나 급격히 일어났는지도 중요해. 만일 우주에 거대한 자기장 변화가 발생할 경우, 그중에서도 급격한 수치 변화가 생길 경우, 센서는 그것을 멀리서부터 감지하지. 오래전에는 이런 센서들이 없었네……."

"선장님 말씀이 맞습니다……."

의사가 말을 되풀이했다.

"맞아요……. 아메르하텐이 원숭이와 고양이 들을 대상으로 그러한 실험을 진행했지요. 동물들이 기억을 잃을 때까지 엄청난 세기의 자기장에 노출시켰습니다……."

"그렇소. 무엇인가 뇌의 전기 자극과 관련이 있다는 말이지……."

"하지만 이번 경우는……."

삭스가 자신의 생각을 입 밖으로 꺼냈다.

"가알브의 보고서 외에도 우리는 그의 모든 팀원들에게 진술을 받았습니다. 강력한 자기장이라면…… 그건 수십만 가우스는 돼야 하지 않겠습니까?"

"수십만도 부족하지. 수백만은 필요할 테지."

선장은 무뚝뚝하게 대꾸했다. 그제야 그의 눈길이 로한에게서 멈췄다.

"자네, 들어와서 문을 닫게."

"수백만이라고요? 그만한 자기장이 있었다면 선내 센서들이 찾아내지 않았을까요?"

"반드시 그렇지만은 않아."

호르파흐가 대답했다.

"만일 아주 작은 공간에 집중되어 있었다면, 예컨대 이 지구본만 한 용적을 가졌다고 가정하고, 또 그곳이 자기 차폐 공간이었다면 말이네……."

"한마디로, 만약 케르틀렌이 거대한 전자석 극 사이에 머리를 집어넣었다면 말이지요……?"

"그걸로도 충분하지 않아. 자기장은 특정 발진 주파수로 진동해야 하네."

"그렇지만 그곳에는 녹슨 폐물을 빼고는 어떠한 자석도, 기계도 없었어요. 물에 씻겨 내려간 협곡, 자갈, 모래를 제외하고는 다른 건 아무것도 없었다고요……."

"그리고 동굴이 있었지."

호르파흐가 무심한 듯 말을 툭 던졌다.

"동굴도 있었지요……. 선장님께서는 누군가가 그를 자석이 있는 동굴로 끌고 들어갔다고 생각하시는 겁니까? 설마 그럴 리가요……."

"그렇다면 박사는 어떻게 설명하겠소?"

지휘관은 이 대화에 낙심한 듯한, 혹은 지루한 듯한 말투로 물었다. 의사는 아무 말도 하지 않았다.

새벽 3시 40분, 무적호의 전 갑판에서 경보음이 쉬지 않고 울렸다. 사람들은 심하게 욕설을 내뱉으며 침대에서 뛰어내리더니 옷을 걸치고 자기 위치로 서둘러 뛰어갔다. 로한은 첫 번째 신호음이 울리고 오 분 뒤 함교에 도착했다. 선장은 아직 없었다. 로한은 중앙 모니터 쪽으로 급히 다가갔다. 동쪽에서부터 수많은 하얀 불빛이 깜깜한 밤을 밝혀 오고 있었다. 그 모습은 마치 하나의 복사점에서 떨어져 나온 유성우가 로켓을 공격하는 듯 보였다. 방어막의 제어 장치를 살펴보았다. 컴퓨터는 그가 직접 프로그래밍을 했기 때문에 비나 모래 폭풍에 반응할 수 없었다. 사막의 보이지 않는 어둠 속으로부터 무엇인가 날아와서 터지며 불타는 파편이 되었다. 방어막 표면에서 방전이 일어나자 특이한 발사체들이 연소하며 튕겨 나오더니 흐릿해지는 빛의 포물선 궤적을 형성하거나 방어막의 볼록한 외관을 따라서 미끄러져 내려갔다. 모래 언덕의 꼭대기가 아주 잠깐 어둠 속에서 모습을 드러냈다가 금세 사라졌다. 미지의 폭격에 대응하기 위해 사용된 디랙 방사체의 실제 동력은 상대적으로 높지 않아서 측정기의 바늘은 별다른 움직임이 없었다. 등 뒤에서 사령관의 발걸음 소리가 들려오자 로한은 분광 분석기의 배열을 확인했다.

"니켈, 철, 망간, 베릴륨, 티타늄."

선장이 그의 옆에 서서 밝게 불이 들어온 화면을 읽어 내려갔다.

"이것들의 정체가 도대체 뭔지 정말 궁금하군."

"비처럼 금속 입자들이 쏟아지고 있습니다."

로한이 천천히 말했다.

"방전된 걸로 봐서는 입자가 작은 것 같습니다……."

"저것을 가까이서 봐야 하는데……."

사령관이 중얼거렸다.

"자네 생각은 어떤가? 위험을 한번 무릅써 볼까?"

"방어막을 해제하자는 말씀이십니까?"

"그래. 눈 깜짝할 동안 말이네. 소량의 금속 입자가 경계 안으로 들어오면 방어막을 재가동하면서 나머지는 끊어내는 거지."

로한은 잠시 대답이 없었다.

"해 볼 수 있을 것 같습니다."

결국 그는 확신 없는 목소리로 말했다. 그러나 사령관이 중앙 제어 콘솔로 다가서기도 전에, 그 수많은 빛들은 처음 나타났을 때와 마찬가지로 순식간에 사라져 버렸다. 은하계 중앙에 있는 별들로부터 멀리 떨어진, 달 없는 행성에서만 찾을 수 있는 암흑이 내려앉았다.

"사냥감을 놓쳐 버린 모양이군."

호르파흐가 중얼거렸다. 그는 중앙 차단기에 손을 댄 채 얼마간 서 있다가 로한에게 가볍게 고개를 끄덕이고 밖으로 나갔다. 윙윙대는 경보 해제 신호음이 선내 전체에 울려 퍼졌다. 로한은 한숨을 내쉬고 까만 어둠으로 충만한 화면을 다시 한 번 바라본 뒤 방으로 돌아갔다.

STANISLAW LEM

구름

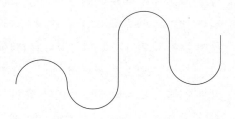

사람들은 이미 행성 환경에 익숙해지고 있었다. 사막은 여전히 변함없이 같은 모습이었고, 이상할 만큼 밝은 구름이 옅은 그림자를 드리우고 있었기 때문에 언제나 녹아내리는 듯 보였다. 빛이 강한 별들은 낮에도 구름 사이로 반짝이고 있었다. 차바퀴와 사람들 발밑에서 모래가 내는 휘파람 소리, 느릿느릿 움직이는 새빨간 태양에도 익숙해지기 시작했다. 그것은 지구의 햇살과는 비교할 수 없을 정도로 부드러워서 태양을 등지고 섰을 때 따뜻함 대신 무엇인가 존재하는 듯한 느낌만이 들었다. 아침이 되자 각 팀들은 현장으로 저마다 목적지를 향해 흩어졌고, 에너지봇들은 모래 언덕 사이에 파묻혀서 바다에 떠 있는 불안정한 보트처럼 흔들거렸다. 모래가 서서히 가라앉자 무적호 부근에서 작업하던 사람들은 점심 메뉴가 무엇일지, 레이더 갑판장이 오늘 통신관에게 무슨 이야기를 할지에 대해 이야기하거나 아니면 육 년 전 테라 5 항행 위성에서 사고로 한쪽 다리를 잃은 조종사의 이름을 기억해 내려고 애썼다. 그들은 선체 아래쪽의 텅 빈 연료 보관통에 앉아서 이야기를 나누었다. 거대한 해시계 바늘처럼 보이는 선체 그림자가 돌면서 에너지봇 라인까지 늘어지기 시작하자 비로소 자리에서 일어나 복귀 예정자들이 오는지 살폈다. 돌아온 인원들은 허기와 피로에 지쳐 있었고, '도시'의 금속 폐허에서 일할 때의 모든 활력을 한순간에 잃어버렸다. 발견된 유골에서 누군가의 신원을 밝혀냈다는 깜짝 놀랄 만한 뉴스를 전했던 콘도르호팀마저 일주일 넘게 새로운 소식을 들고 오지 않았다. 처음 며칠간 공포에 떨며 콘도르호에서 찾아낸 것들은 정성껏 포장되어(발견한 모든 유골을 저장함에 하나씩 배열해 넣은 뒤 함선 밑바닥에 보관하는 과정을 달리 표현할 방법이 없다.) 눈에 띄지 않는 곳으로 사라져 갔다. 그렇게 되자 콘도르호 선미 주변의 모래 속을 꼼꼼히 살피거나 선함 내부를 샅샅이 뒤져 보던 이들은 당연히 느껴야 할 안도감 대신, 일종의 지루함을 느끼기 시작했다. 마치 그곳 승무원들에게 일어난 일들을 잊어버리기라도 한 듯 말이다. 그리고 누가 언제 쓰던 것인지도 모르는, 주인 없이 남겨진 물건들 중에서 별 필요 없는 사소한 잡동사니 따위를 수집하는 데 시간을 쏟았다. 결국 그들이 가지고 돌아온 것은 이 수수께끼를 풀 만한 단서가 아니라, 오래된 하모니카나 탱그램 같은 물건들이었다. 묘하고 신비한 장소에서 발견되었다는 사실이 잊히자, 이 물건들은 승무원들 사이에서 돌고 돌아 마치 공동 소유물처럼 되어 버렸다. 이런 일이 가능하리라고 절대 생각하지도 않았던 로한 역시 일주일 뒤에는 이미 다른 사람들과 똑같이 행동하고 있었다. 단지 이따금 혼자 있을 때 이곳에서 도대체 무엇을 하고 있는지 자문해 보곤 했다. 엑스선, 표본 수집, 지질 시추라는 복잡한 검사 과정은 3단계 유지, 다시 말해서 방어막 개폐, 정교하게 설정된 사정 범위를 갖춘 레이저 총열의 확인, 지속적인 시각 감독, 끊임없는 계산, 다중 채널을 이용한 통신 탓에 더욱 번거로워졌다. 그들이 열의에 차서 분주하게 진행하는 모든 일들이 어떤 거대한 자기기만으로 느껴졌다. 한마디로 그들은 또 다른 사고나 새로운 불행을 기다릴 뿐, 단지 그렇지 않은 척하고 있었다. 처음에는 아침이면 케르틀렌의 상태에 새로운 변화가 있는지 듣고자 사람들이 무적호 병실 앞에 모였다. 그들에게 그 남자는 미지의 공격에 의한 희생자가 아니라, 인간이 아닌 존재이자 그들 모두와 다른 생명체로 여겨졌다. 어떤 판타지에나 나올 법한 이야기처럼, 그들 중 하나가 행성의 외계 세력에게 당해서 괴물로 변할 수도 있다고 여기는 것 같았다. 그러나 실제로 그는 불구자가 되었을 뿐이었다. 지적 능력은 신생아와 다를 바 없었고, 의사들이 가르쳐 주는 것을 받아들이면서 완전히 어린아이처럼 점진적으로 말을 배우는 중이었다. 이제 병실에서는 인간이 낸다고 생각하기 힘든, 칭얼대며 훌쩍거리는 목소리가 더 이상 들리지 않았다. 성인 남성의 후두에서 나오는 옹알이를 듣는 일은 참으로 끔찍했다. 일주일이 지나자 케르틀렌은 처음으로 음절을 말했고, 이제 의사들을 알아보게 되었다. 비록 이름은 발음하지 못했지만 말이다. 둘째 주가 시작되자 그에 대한 사람들의 관심이 점차 줄었다. 케르틀렌이 정상 상태로 돌아오더라도, 아니 그보다는 특이하면서도 필수적인 교육 과정이 끝나더라도 사고 당시의 상황에 대해 설명하지 못하리라는 의사의 말을 들었기 때문이다.

그러는 사이에 작업은 작업대로 진행되었다. '도시' 지도들을 비롯해, 여전히 건축 목적이 불명확한 '덤불형 피라미드'의 세부 설계도는 계속 작성되었다. 선장은 더 이상 무의미하다고 결론을 내린 후, 콘도르호의 조사를 중단시켰다. 우주선 자체만 보면 폐기해도 전혀 이상할 것이 없는 상태였다. 엔지니어들이 수리할 수준을 완전히 넘어서기도 했지만, 그들이 해결해야 할 다른 긴급한 문제들이 쌓여 있었기 때문이다. 수많은 에너지봇, 수송 차량, 지프차, 그리고 여러 장치들이 무적호로 이송되었다. 그렇게 텅 빈 다음에야 콘도르호는 비로소 난파선으로 보였고, 결국 폐쇄되었다. 사람들은 자신들, 혹은 훗날 방문하는 원정대가 순양함 콘도르호를 어쩌면 모항으로 돌려보낼 수 있으리라고 생각하며 위안을 삼았다. 호르파흐는 콘도르호팀, 즉 레그너팀을 북쪽으로 이동시킨 뒤 갤러거팀에 합류시켰다. 로한은 이제 모든 조사 작업의 총책임자가 되었기 때문에 무적호 인근을 떠나지 않았다. 자리를 비워야 할 경우는 아주 잠시뿐이었고, 그런 일이 매일 있는 것도 아니었다.

두 팀은 지하수로 뚫린 계곡망 안에서 기묘한 현상을 발견했다.

퇴적암 지층 사이사이에 지질학적 결과로 볼 수 없고, 그곳 행성에서 기원한 것도 아닌 검붉은 물질층이 섞여 있었다. 전문가들조차 더 이상 자세히 설명하지 못했다. 그것은 수백만 년 전 무수히 많은 금속성 파편이나 부스러기들이 지각판 저층을 형성하고 있던 오래된 현무암층 표면에 퇴적된 듯 보였다.(고대에 거대한 니켈철 유성이 레기스 대기에서 폭발했고, 여기서 떨어져 내린 불비가 암석과 융합했다는 가설이 제기되었다.) 어쩌면 단순히 환경적 화학 작용으로 점차 산화된 뒤, 결국 군데군데 진홍색이 섞인 흑갈색 침전물

ㅅ ▷ㅅ

의 퇴적층으로 바뀌었을 수도 있었다.

　지금까지 시추 작업은 지층 지형의 일부만 겨우 손댄 상태였는데, 그곳의 지질 구조가 워낙 복잡했기에 노련한 행성학자들마저 고개를 내저을 정도였다. 10억 년 전에 생성된 현무암층까지 시추공을 뚫었고, 그 위로 쌓인 암석은 상당히 재결정화된 상태인데도 유기 탄소를 함유하고 있음이 밝혀졌다. 처음에는 해저라고 생각했다. 그런데 실제 역청탄층에서 건조한 환경에만 자라는 무수한 종류의 식물 화석이 발견되었다. 행성의 대륙 생물 목록은 계속 작성되며 늘어나고 있었다. 3억 년 전 원시 파충류가 이 행성의 정글을 돌아다녔음은 이미 알려진 사실이었다. 연구원들이 그중 한 마리의 척추뼈와 뾰족한 턱뼈 조각을 의기양양하게 가지고 돌아왔지만 다른 승무원들은 달리 반응을 보이지 않았다. 마치 육지에서 진화 과정이 두 차례 일어난 듯 보였다. 생명체 세계는 대략 1억 년 전에 첫 번째 쇠퇴기를 맞이했다. 근방에 위치해 있던 노바 항성의 폭발은 식물과 동물의 급격한 멸종을 불러왔을 것이다. 그 후 생명체는 다시금 회복 과정을 거쳐서 새로운 형태로 번창하였다. 그들이 발견한 유해의 수와 상태는 모두 정확히 분류하기에는 충분하지 않았지만 말이다. 이 행성은 포유류와 비슷한 형태의 생명체를 절대 만들어 내지 않았다. 9000만 년이 지난 뒤 또 다른 항성이 폭발했으나 이번에는 거리가 상당히 멀었다. 그 흔적이 방사성 동위 원소 형태로 발견되었다. 당시 행성 표면에 조사(照射)된 경질 방사선의 세기가 강하지 않았으므로 대규모 멸종을 피했다고 추정되었다. 그런데 더 이해가 안 되는 일은 그때부터 일어났다. 최근 암석층으로 오면서 동식물의 흔적이 점점 드물게 발견되었다는 점이다. 반면에 황화 안티몬, 산화 몰리브덴, 산화 제이철, 니켈염, 코발트염, 티타늄염을 함유한 압축된 형태의 '실트층'을 점차 자주 찾아볼 수 있었다.

과거 800만 년에서 600만 년 사이에 형성된 이 금속층은 비교적 얇은 두께를 이루면서 곳곳에 강한 방사선원을 포함하고 있었는데, 행성이 존재한 시간에 비하면 단기간 지속된 것이었다. 무언가가 당대에 일련의 격렬하고도 국지적인 핵반응을 불러일으켜서 그 결과물이 '금속 실트층'에 남아 있는 듯했다. '방사선 금속 유성'을 비롯해서 기이한 방사선 열 발생지와, 라이라 행성계에 닥친 참사 그리고 문명 소멸을 결부한 특이하고 기상천외한 가설들이 등장했다.

레기스 3 행성을 식민지화하려고 시도하는 과정에서 멸종 위기에 처한 행성계와 파견된 함선들이 핵 충돌을 일으켰으리라는 추측이 거론되었다. 그러나 이 역시 멀리 떨어진 다른 지역에서 시추 작업 중에 발견한 금속 지층의 규모를 설명하지는 못했다. 여하튼 수수께끼 같으면서도 어찌 보

ㅅㅿꓭ

면 당연한, 불가피한 결론에 도달하게 되었다. 행성에서 금속 지층이 생성되기 시작하고 수백만 년 내에 육지의 생명체가 멸종한 것이다. 생명체 멸종의 원인이 방사능 때문이라고는 단정하기 힘들었다. 전반적인 방사선 양은 핵폭발 당량으로 환산하면 겨우 20메가톤에서 30메가톤이었다. 만일 폭발이 몇십만 년에 걸쳐서 일어났다면(다른 어떤 핵반응이 아닌, 실제 원자 폭발이었다면) 생명체 진화에 심각한 위협을 가할 수 없었으리라는 점은 너무나 당연했다.

연구원들은 금속 지층과 폐허가 된 '도시' 사이의 어떤 연관성을 의심하면서 더 많은 조사가 진행되어야 한다고 주장했다. 그러나 시추 작업 때 거대한 흙덩어리를 옮겨야 하는 문제로 많은 어려움을 겪었다. 유일한 해결책은 갱도를 뚫는 방법이었는데, 땅속에서 일하는 작업자들이 방어막의 보호를 받지 못한다는 문제가 있었다. 그럼에도 작업을 계속 진행하기로 결정했다. 미세한 기계 장치의 부식되고 부서진 부품들 일부, 또 그것과 비슷하게 생긴 상당히 기이한 모양의 녹슨 조각들이 (땅속 20여 미터쯤 되는 산화 제이철이 풍부한 층에서) 발견되었기 때문이다.

착륙한 지 십구 일째 되는 날, 시추팀 작업장 위쪽으로 이 행성에서는 지금까지 보지 못한 너무나 짙고 어두운 구름둑(雲堤)이 다가오고 있었다. 정오쯤 되어 매서운 폭풍우가

⋋ ▽ ▽

몰아쳤고, 방전의 세기는 지구의 그것을 훨씬 뛰어넘고도 남을 만큼이나 강력했다. 벼락이 쉴 새 없이 뒤엉키며 하늘과 땅을 가로질렀다. 굽이굽이 협곡을 따라 거세게 흐르며 갑작스레 불어난 물에 갱도가 잠기기 시작했다. 사람들은 그곳을 빠져나와서 오토마톤들과 함께 수 킬로미터 길이의 번개가 내리꽂히는 방어막 중심 아래쪽으로 대피해야 했다. 폭우는 매우 느린 속도로 서쪽을 향해 움직였고, 번개를 동반한 시커먼 벽이 바다 위 수평선 전체를 뒤덮었다. 시추팀원들은 무적호로 복귀하는 길에 조그맣고 검은 금속 알갱이들이 모래 속에 꽤 많이 떨어져 있는 모습을 발견했다. 그들은 악명 높은 '파리'로 여겨지던 것들을 조심스럽게 모아서 우주선으로 돌아왔다. 과학자들은 뜨거운 관심을 보였으나 곤충의 유해라고 볼 수 없다는 데에는 의문의 여지가 없었다. 다시 한번 전문가 대표들이 소집되었고 여러 차례 격렬한 논쟁을 벌였다. 마침내 구불구불한 협곡 지대와, 철광상 너머 북동쪽으로 원정대를 파견하자는 결정이 내려졌다. 콘도르호의 무한궤도형 바퀴 차량에서 이전에 조사한 지역에서는 발견하지 못한, 충분히 관심을 끌 만한 미네랄이 소량 검출됐기 때문이다.

　　호송대는 에너지봇, 콘도르호의 이동식 대포, 수송 차량과 스노 로봇 열두 대를 포함한 로봇들, 자동 굴착기와 여러 시추 장비들로 구성되었다. 다음 날 산소 공급기, 식량과 핵연료를 적재한 후, 레그너의 지휘 아래 스물두 명의 인원이 출발했다. 직선으로 뻗어 나가는 초단파가 행성 표면의 만곡에 간섭받기 전까지 그들과 음성 및 영상 통신을 주고받았지만, 연락이 끊긴 뒤 무적호는 다시 수신이 가능하도록 릴레이 위성을 정지 궤도로 발사했다. 호송대는 하루 종일 이동했다. 밤이 되면 차량들은 원형 대형을 이루어 방어막을 만들었고, 다음 날 행군을 계속 이어 나갔다. 정오 무렵 레그너는 면밀한 조사를 진행하고자 폐허 가장자리에서 정차할 예정이라고 로한에게 알렸다. 그다지 크지 않고 얕은 분화구 내부에 자리한 폐허는 거의 대부분 모래로 뒤덮여 있었다. 한 시간쯤 지나자 심한 전자파 방해로 무선 수신 상태가 악화되기 시작했다. 무선 기술자들은 더 잘 들리는 단파 방송 주파대로 바꾸었다. 동쪽으로 이동하는 원정대와 함께 움직이는 폭풍우의 천둥 소리가 점점 잦아드는가 하더니 잠시 후 연락이 뚝 끊겼다. 통신이 두절되기 전에 열몇 차례에 걸쳐 점점 강력한 페이딩이 발생했다. 그와 동시에 영상 수신 상태가 악화되었다는 점이 가장 이상했다. 대기권 밖 우주 위성에서 전달되므로 전리층 상태와는 상관없는데도 말이다. 연결은 1시에 완전히 끊겼다. 기술자들이나, 문제를 해결하려고 소환된 물리학자들까지 모두 그 현상을 이해하지 못했다. 마치 어떤 금속 벽이 사막 어딘가로 내려와서 무적호와 170킬로미터 떨어진 지점의 탐사팀 사이를 가로막은 것처럼 보였다.

줄곧 선장 곁을 지키던 로한은 그가 얼마나 불안해하는지 알 수 있었다. 처음에는 근거 없는 불안감이라고 여겼다. 어쩌면 기이한 차폐성을 지닌 뇌운이 마침 원정대가 있는 쪽으로 이동했을 수도 있다고 생각했다. 그러나 이온화된 공기가 그렇게 두꺼운 층을 형성하는 것이 가능한지 묻자 물리학자들은 의문을 나타냈다. 폭풍우가 잠잠해졌지만 통신은 여전히 끊긴 상태였다. 연속적으로 신호 송신을 반복했으나 끝내 답이 없자, 6시경 호르파흐는 비행접시형 정찰선 두 대를 파견했다.

한 대는 사막 위 몇백 미터 상공으로 띄웠고, 또 다른 한 대는 4킬로미터 떨어진 높이에서 첫 번째 정찰기 위를 맴돌며 그 중계기 역할을 하도록 했다. 로한, 선장, 그랄레브 그리고 볼민과 삭스를 포함한 열몇 명의 사람들은 함교의 중앙 스크린 앞에 서서 첫 번째 정찰기의 시야에 잡히는 모든 것들을 직접 살폈다. 짙은 그림자가 깔린 구불구불한 협곡지대 너머, 끝없이 펼쳐진 모래 언덕 위로 석양이 검은 줄무늬를 만들어 내고 있었다. 그 비스듬한 빛으로 경관은 독특한 침울함을 자아냈고, 가장자리까지 모래가 가득 찬, 그다지 크지 않은 분화구 위를 낮게 나는 정찰기의 모습이 이따금 보였다. 몇몇 분화구는 수백 년 된 사화산의 중심 화구를 통해서만 형체를 알아볼 수 있었다. 서서히 높이가 상승하는 지형에 이르자 점차 다양한 모습이 드러났다. 삐죽삐죽 기이하게 형성된 암석 표면이 모래 파도 아래에서 높게 올라와 있었다. 덩그러니 솟은 암석 봉우리는 찌그러진 우주선의 선체, 혹은 거대한 인간의 형상을 연상시켰다. 경사지에 또렷하게 난 도랑에는 움푹 팬 구멍으로 가득한 원뿔 모양의 암석들이 빼곡히 들어차 있었다. 마침내 모래가 전부 사라지자 가파른 절벽과 돌무더기로 이루어진 야생 불모지가 나타났다. 행성 지각의 구조적 균열로 생겨난 틈이 여기저기 지그재그로 퍼져 있었고, 멀리서 바라보니 마치 강처럼 보였다. 그 풍경은 달의 표면을 닮아 가고 있었다. 이때 화면이 흔들리면서 비디오 동기화가 끊기는, 영상 신호의 저하 문제가 최초로 발생했다. 신호 강도를 올리라고 명령을 내렸지만 화질은 아주 잠깐 동안 나아졌을 뿐이었다.

황백색의 암석들이 점차 어두운색으로 바뀌었다. 높이 솟아오른 흑갈색 산등성이는 뚜렷한 금속빛으로 번쩍이며 시야에서 멀어졌다. 여기저기 검정 벨벳 같은 반점들이 땅위로 드러난 바위에 죽은 식물들처럼 잔뜩 붙어 있었다. 아무 말이 없던 첫 번째 정찰기의 조종사가 입을 열었다. 그는

⟩▽☉

원정대 선두 차량에 장착된 자동 위치 전송기의 소리가 들린다고 외쳤다. 그러나 함교에서는 레그너팀을 부르는 조종사의 목소리만 들릴 뿐, 나머지 신호는 점점 약하고 희미해져 갔다.

태양은 벌써 아주 낮게 떠 있었다. 핏빛에 물든 시커먼 벽이 정찰기 항로에 구름 같은 형상으로 소용돌이치면서 나타났다. 그것은 암석 표면 위쪽으로 1000미터가량 길게 걸쳐 있었다. 그 너머의 것은 하나도 보이지 않았다. 어떤 곳은 광택이 없고, 또 어떤 곳은 진홍색으로 번쩍이는 검은 구름층이 천천히, 그리고 규칙적으로 움직이면서 피어오르지 않았다면 여느 산등성이로 착각했을지도 모른다. 석양 광선이 구름 속의 동굴을 비출 때마다 검정 얼음 결정체는 무리지어 맹렬하게 회전하듯, 도무지 종잡을 수 없는 찰나의 빛이 번쩍거렸다. 언뜻 보기에는 비행하는 정찰기 쪽으로 구름이 움직이는 것 같았지만 착시 현상이었다. 오히려 비행접시가 일정한 속도로 그 정체불명의 장애물에 접근하고 있었다.

"여기는 비행선 4호. 구름 위로 이동하나? 오버."

조종사의 희미한 목소리가 들려왔다. 선장이 곧바로 대답했다.

"여기는 일등 항해사. 비행선 4호는 구름 앞에서 정지해 있도록 한다."

"비행선 4호. 정지하겠다."

조종사가 즉각 대답했고, 로한은 그의 목소리에서 안도감을 느꼈다. 비행선은 양쪽으로 길게 펼쳐지며 뻗어 나가더니 지평선에 맞닿은 듯 보이는 기이한 형성물로부터 겨우 몇백 미터 떨어져 있는 상태였다. 석탄처럼 새카만 거대한 바다가 수직으로 물결치는 불가해한 광경이 거의 화면 전체를 가득 채우고 있었다. 정찰선이 구름 앞에서 움직임을 멈춘 순간, 누군가 입을 열기도 전에 갑자기 어마어마한 물결 덩어리에서 연기 기둥이 뻗어 나오더니 화면을 뿌옇게 만들었다. 그와 동시에 영상이 흐릿해지면서 떨리더니 지지직거리다가 사라져 버렸다.

"비행선 4호, 4호!"

무선 통신사가 불렀다.

"여기는 비행선 8호."

이때까지 첫 번째 정찰선의 중계기 역할만 하던 두 번째 정찰선에서 조종사의 목소리가 들려왔다.

"영상 송신 여부를 알려 달라, 오버."

"비행선 8호는 본부로 영상을 송신하라!"

화면은 거세게 휘몰아치는 검은 기류의 혼돈으로 가득했다. 조금 전에 보았던 것과 동일한 영상이었지만 4킬로미터 높이에서 내려다보는 이미지였다. 구름은 솟아오른 산등성이를 따라서 기다랗고 균일한 덩어리 형태로 걸려 있었고, 마치 그쪽으로의 접근을 막는 것처럼 보였다. 표면은 찐득한 물질이 엉겨 붙은 듯 느릿하게 유동했는데, 방금 전에 집어삼킨 첫 번째 비행선은 어디에서도 보이지 않았다.

"여기는 본부, 비행선 8호는 4호와 통신이 가능한가? 오버."

"여기는 비행선 8호, 불가능하다, 저주파수로 변경한다, 비행선 4호는 주목하라, 여기는 비행선 8호다, 응답하라, 4호, 4호!"

조종사의 목소리가 들렸다.

"비행선 4호가 응답하지 않는다, 적외선 주파수로 변경한다, 비행선 4호는 주목하라, 여기는 비행선 8호다, 응답하라, 비행선 4호가 응답하지 않는다, 레이더로 구름을 탐지해 보겠다……."

어둑어둑해진 함교에서는 사람들의 숨소리조차 들리지 않았다. 모두 안절부절못했다. 화면 속 이미지는 이전과 달라진 점 없이 그대로였다. 칠흑 같은 바다 위로 산등성이가 튀어나온 광경은 검은 바다 속에 떠 있는 섬을 연상시켰다. 하늘 높이 뭉게구름이 금빛으로 충만했고, 태양 표면은 이미 지평선에 닿아 있었다. 몇 분이 지나자 어둠이 깔리기 시작했다.

"여기는 비행선 8호. 본부 나와라."

조종사의 목소리는 십여 분 전, 마지막으로 통신했을 때와 사뭇 다르게 들렸다.

"레이더에서 전금속 에코가 탐지되었다, 오버!"

"비행선 8호는 레이더 이미지를 영상으로 송출하라, 오버!"

화면은 점점 어두워지다가 완전히 깜깜해졌다. 일순간 백색 빛이 터져 나오더니 녹색으로 바뀌면서 무수한 불빛으로 반짝거렸다.

"저 구름은 철로 이루어졌군."

로한의 등 뒤에서 누군가가 숨을 들이켜며 말했다.

"야존!"

선장이 소리쳤다.

"여기에 야존 있나?"

"네, 선장님."

함교에 선 사람들 속에서 핵물리학자가 앞으로 나왔다.

"저곳에 열을 가해도 괜찮겠나……?"

선장이 화면을 가리키면서 침착하게 질문하자 모두 무슨 의미인지 알아챘다. 야존은 마지못해 대답했다.

"비행선 4호에게 방어막을 최대로 확장하라고 알려야 합니다."

"말도 안 되는 소리 말게, 야존. 연결이 안 된다는 것을 알지 않나……."

"4000도까지는…… 그다지 큰 위험이 없을 것 같습니다……."

"고맙네. 블라르, 마이크 연결! 비행선 8호, 여기는 선장이다. 구름을 조준하여 레이저를 준비한다. 목표물 중심을 향해 저출력으로 10억 에르그까지 직선 연속 발사!"

"비행선 8호, 10억 에르그까지 연속 발사."

조종사가 곧바로 응답했다. 일 초쯤 아무 일도 일어나지 않았다. 그리고 섬광이 번쩍이자 화면 하단부에 위치한 구름 중심부의 색이 변했다. 처음에는 흐릿해지는가 하더니 점차 붉어졌고, 급기야 끓어올랐다. 중심부 표면이 불타오르는 깔때기 형상으로 바뀌더니, 인접해 있던 구름 일부가 그 속으로 빨려 들어갔다. 그러다 돌연 움직임을 멈추고, 구름이 거대한 원형으로 입을 벌렸다. 그 공간으로 뒤죽박죽 중첩된 암석들이 모습을 드러냈고, 공중에서는 여전히 시커먼 미세먼지가 그을음처럼 떠다니고 있었다.

"여기는 일등 항해사. 비행선 8호는 발포 효율을 최대화하여 하강하라!"

조종사는 명령을 반복해서 말했다. 구름은 뚫린 부분 주위를 성벽처럼 에워싼 채 회전하면서 그 구멍을 메우려고

했다. 한편 더듬이처럼 뻗어 나온 실구름들은 열 섬광을 맞을 때마다 다시 오므라들었다. 이 과정이 몇 분간 이어졌지만 상황은 오래 지속되지 않았다. 깊은 구름 속 어딘가에 비행선이 있었으므로 선장은 레이저 대포의 출력을 최대화하기를 주저했다. 로한은 호르파흐가 뭘 기대하는지 짐작할 수 있었다. 벌어진 공간으로 비행선이 빠져나오기를 바라는 것이다. 그런데 여전히 그럴 기미는 보이지 않았다. 이제 거의 움직임 없이 공중에 떠 있던 비행선 8호는, 휘몰아치는 시커먼 원의 가장자리로 눈부신 레이저 광선을 마구 쏘아 댔다. 그 위쪽 하늘은 아직 꽤 밝았지만 비행선 아래로 보이는 암석들은 천천히 어둠에 휩싸이기 시작했다. 해가 지고 있었다. 갑자기 엄청난 빛이 폭발하면서 암흑 깔린 골짜기 내부가 번쩍거렸다. 자욱한 연기에 감싸인 분화구를 연상시키듯 벌그죽죽한 빛이 반짝이며 인근 전체를 뒤덮었다. 깊은 내부에서부터 맹렬하게 불을 토해 내던 검은 덩어리들은 이제 하나의 흐릿한 덩어리로 보일 뿐이었다. 그 구름 물질이, 아니 그게 무엇이든지 첫 번째 비행선을 완전히 에워싼 채 공격해 댔고, 방어막 때문에 엄청난 기세로 불타고 있었다.

　로한은 미동도 없이 서 있는 선장을 쳐다보았다. 무표정한 얼굴 위로 떨리는 불빛이 반사되어 비쳤다. 소용돌이치는 어둠과 그 안에서 거세게 타오르는 불길, 그리고 이따금 격렬하게 명멸하는 불꽃이 화면 중앙을 채우고 있었다. 마침 저 멀리 높이 솟은 암석 꼭대기가 진홍색으로 물들었는데, 그 순간 차가운 석양빛은 지구의 태양광과 놀랄 만큼 똑같았다. 구름 속에서 일어나는 현상은 더더욱 믿기 힘들었다. 로한은 잠자코 기다렸다. 선장의 얼굴에서는 아무것도 읽어 낼 수 없었다. 사령관은 결정을 내려야만 했다. 더 높이 자리한 비행선에게 다른 정찰선을 도와주러 내려가라고 하거나, 그 일은 운명에 맡기고 북동쪽으로 계속 비행하라고 지시하거나 말이다.

갑자기 예상하지 못한 일이 발생했다. 구름 속에 갇힌 아래쪽 비행선의 조종사가 분별력을 잃었는지, 아니면 선내에서 뭔가 비상사태가 발생했는지 모르겠지만, 거세게 요동치는 까만 소용돌이의 가운데 부분이 눈부시게 빛나는 섬광으로 번쩍였다. 그러자 폭발 탓에 구름의 기다란 타래가 사방으로 흩어졌고, 충격파가 얼마나 셌던지 비행선 8호마저 강풍에 휩쓸려 덜컹거리면서 화면 전체가 흔들렸다. 그러고는 검은 덩어리가 제자리로 돌아와서 서로 엉겨 붙는 광경 외에 아무것도 보이지 않았다.

선장이 몸을 구부리고 마이크 옆에 있던 무선 통신사에게 무엇인가를 말했지만 그 소리가 너무 작아서 로한은 들을 수 없었다. 그러나 곧이어 무선 통신사가 소리치듯 선장의 말을 반복해서 말했다.

"반양성자 무기를 준비하라! 전출력으로 구름을 조준하여 연속 발사하라!"

조종사가 명령을 반복해서 말했다. 그 순간 비행선 뒤쪽에서, 진행 상황을 전부 살필 수 있는 보조 모니터를 관찰하던 기술자 하나가 외쳤다.

"조심해! 비행선 8호! 위로 이동해! 위로! 위로!"

여태껏 텅 비어 있던 서쪽 하늘에서 검은 구름이 소용돌이치면서 허리케인과 맞먹는 속도로 접근하고 있었다. 그것은 아주 잠시간 중심 구름의 측면에 연결되어 있다가 이내떨어져 나갔고, 길게 늘어진 곁가지 모양의 꼬리구름을 남긴채 엄청난 속도로 솟아올랐다. 조종사는 경고를 받기 직전에이미 상황을 인지하고 수직으로 고도를 높였지만 검은 기둥형상의 구름이 그를 쫓아 올라갔다. 조종사는 각 기둥을 향해서 차례로 발사했다. 가장 앞쪽의 검은 소용돌이가 직격탄을 맞아서 둘로 갈라지더니 컴컴해졌다. 갑자기 화면 전체가흔들리기 시작했다.

구름 일부가 비행선과 기지 사이의 송신 전파 지역으로유입되어서 통신 상태가 원활하지 않자 조종사는 아마도 처음으로 반물질 캐넌포를 사용한 모양이었다. 그것에 맞은 행성 대기 전체가 하나의 불바다로 변했다. 진홍색 석양빛은 바람에 휩쓸려 날아간 듯 자취를 감췄다. 지그재그형 전파 장애로 구름과, 그 위로 하얗게 부풀어 오른 연기 기둥이 잠시 흐릿하게 보이다가 연이어 더 끔찍한 폭발이 일어났다. 온통 연기와 가스로 뒤덮이면서 빛나는 불줄기가 암석 능선 위로 쏟아져 내렸다. 그들이 본 마지막 장면이었다. 이내 화면 전체가 흔들리다가 지지직거리며 번쩍이더니 사라져 버렸기 때문이다. 컴컴해진 함교에서는 텅 빈 백색 화면만이 빛나며, 그것을 응시한 채 사색이 된 사람들의 얼굴을 비추었다.

호르파흐는 무선 통신사들에게 비행선 두 대와 연락을 취하라고 지시한 다음, 로한과 야존 그리고 나머지 전문가들과 함께 옆쪽 항해실로 자리를 옮겼다.

"자네들이 보기에 그 구름은 무엇인 것 같나?"

선장이 단도직입적으로 물었다.

"금속 입자로 이루어져 있었습니다. 동일 요소로 구성되어서 뭔가의 원격 조종을 받는 모종의 현탁액 물질로 보입니다."

야존이 말했다.

"가알브, 자네 생각은?"

"같은 의견입니다."

"다른 제안 사항은? 아무것도 없나? 오히려 잘됐군. 수석 엔지니어, 우리가 보유 중인 슈퍼콤터와 콘도르호에서 가져온 것 중 무엇이 더 상태가 나은가?"

"두 대 모두 가동하는 데에는 문제가 없습니다, 선장님. 하지만 개인적으로 저희 것이 더 낫다고 봅니다."

"좋아. 로한, 내 기억으로는 자네가 방어막 밖으로 나가 보고 싶어 했지……. 지금이 그 기회일세. 자네에게 팀원 열여덟 명과 오토마톤 두 그룹, 이동식 레이저, 그리고 반물질 무기를 내주겠네……. 또 우리가 무엇을 가지고 있나……? (아무도 대답하지 않았다.) 하긴 아직까지 반물질 캐넌포보다 강력한 무기는 찾아내지 못했지……. 일출 시각인 4시 31분에 출발하고, 레그녀가 마지막 보고에서 언급한 북동쪽 분화구를 찾아가도록 하게. 거기 개방된 방어막 내부로 착륙해. 도중에 뭐가 됐든 사격을 해야 하면 최대 거리를 유지하고. 기다림, 관찰, 실험, 그 어떤 것도 하지 말게. 화력 사용도 주저하지 말고. 만약 나와 통신이 끊긴다면 자네가 알아서 계속 임무를 수행하게. 분화구를 발견하고 착륙할 때, 그 아래에 사람들이 있을 수도 있으니까 조심하고……. 내 생각에는 여기 어디쯤일 것 같군……."

그는 벽 전체를 뒤덮은 지도의 한 지점을 가리켰다.

"여기 빨간색으로 표시한 지역 말이야. 약도지만 이것 말고 더 나은 게 없네."

"착륙 후에는 무엇을 하면 됩니까, 선장님? 그들을 찾아야 합니까?"

"그것은 자네 판단에 맡기겠네. 한 가지만 기억하게. 어떤 경우에도 목표물이 분화구로부터 50킬로미터 이내일 때는 사격을 해서는 안 되네. 우리 사람들이 지면에 있을지도 모르기 때문이지."

"지상에 있는 표적은 공격해도 됩니까?"

"어떤 것이라도 안 되네. 이 경계까지는."

선장은 손가락을 움직여 가며 지도의 지역을 두 부분으로 나누었다.

"자네 무기를 공격용으로 사용해도 괜찮네. 다만 이 선부터는 방어막으로 자신을 보호만 하게. 야존! 슈퍼콥터의 방어막이 얼마나 견딜 수 있나?"

"1제곱센티미터당 100만 기압이라도 가능합니다."

"'이라도'라니 그게 무슨 말인가? 나한테 판매라도 할 셈이야? 정확히 얼마만큼이냐는 말이야. 500만? 2000만?"

호르파흐는 모든 내용을 완전히 침착한 어조로 확인했다. 사령관의 이러한 성향이야말로 선내 사람들이 가장 두려워하는 것이었다. 야존이 헛기침을 했다.

"방어막은 250만 기압까지 검증되었습니다……."

“바로 그거야. 로한, 자네 들었나? 만약 구름이 이 정도까지 좁혀 온다면 도망가게. 가장 좋은 방법은 위쪽으로 이동하는 거야. 사실 내가 모든 걸 예측해서 말해 줄 수도 없는 노릇이고…….”

그는 자신의 시계를 바라보았다.

“출발 여덟 시간 뒤에 모든 주파수를 활용해서 자네에게 연락하겠네. 만약 그것이 실패한다면 트로이 위성이나 광학적 방법을 동원해서라도 연결해 보겠네. 모스 부호를 레이저로 송신하도록 하지. 이 방법이 실패했다는 이야기는 아직 듣지 못했어. 그래도 우리가 아는 바 이상으로 예측해 보자고. 만일 레이저 통신마저 실패하면 그때부터 세 시간 후에는 복귀하도록 하게. 그리고 내가 이 자리에 없을 경우에는…….”

“선장님께서 이륙하실 생각이십니까?”

“내 말을 끊지 말게, 로한. 아니, 이륙 계획은 없지만 모든 것이 우리 생각대로 되지는 않을 테니까. 만약 내가 여기에 없으면 행성 궤도로 진입하게. 자네, 예전에 슈퍼콥터로 이 작업을 수행해 본 적이 있나?”

“네, 라이라 델타에서 두 번 해 봤습니다.”

“잘됐어. 그러면 조금 복잡하기는 하지만 전적으로 가능한 일임을 자네도 알겠군. 반드시 정지 궤도에서 진입해야 하네. 정확한 궤도 데이터는 출발 전에 스트로엠이 알려 줄 거야. 자네는 그 궤도에서 나를 서른여섯 시간 동안 기다리게. 만일 그 시간 내에 나한테서 연락이 없다면 이곳 행성으로 돌아오도록. 그리고 콘도르호를 작동해 보도록 해. 별로 좋은 계획이 아니라는 점을 알고 있네. 하지만 다른 방도가 없군. 자네가 그 일을 용케 해낸다면 콘도르호를 타고 기지에 돌아가서 이곳의 일을 보고하도록 하게. 다른 질문 있나?"

"네. 만약에라도 구름을 통제하는 그 무엇인가를 찾아낸다면 연락을 취해도 괜찮겠습니까?"

"그것은 자네 판단에 맡기겠네. 어느 쪽이 되었든 위험부담은 합리적인 범위 내에서만 감수해야 하네. 물론 나는 아무것도 아는 바가 없지만, 그 통제 센터라는 게 행성 표면에 위치해 있지는 않을 것 같네. 게다가 존재 여부조차 의심스럽고……."

"무슨 말씀이신지요?"

"우리는 전자기 스펙트럼 전체를 지속적으로 전파 감시하고 있지 않았나. 만약 누군가가 전파를 통해서 구름을 조종하려고 했다면 우리는 분명 그 신호를 포착했을 거야."

"그 센터가 구름 속에 있을지도 모르지요……."

"그럴 수도 있고. 알 수 없는 일이지. 야존, 전자기 외에 다른 원격 통신 방법이 존재할 가능성은 있나?"

"제 의견을 물으시는 건가요? 아니요, 그런 방법은 없습니다."

"자네 의견을 묻는 거냐고? 그럼 내가 뭐 다른 것을 물어보고 있겠나?"

"제가 아는 방법이 전부가 아니라는 말씀을 드리는 겁니다. 어떤 다른 것이 존재할 가능성까지 배제할 수 없지요. 우리는 그런 방법을 알지 못합니다. 그게 다입니다."

"텔레파시……."

뒤쪽에 선 사람들 중 누군가가 끼어들었다.

"그 주제에 대해서는 아무 할 말이 없네."

야존이 무미건조하게 말했다.

"어쨌든 관측된 우주 안에서는 그 어떤 종류의 비슷한 것도 발견되지 않았습니다."

"제군들, 우리는 아무 소득 없는 토론에 시간을 낭비할 여유가 없네. 자네는 팀원들을 데리고 가게, 로한. 그리고 슈퍼콥터를 준비시키도록. 궤도의 황도 좌표는 스트로엠이 한 시간 이내에 전달해 줄 거야. 스트로엠, 5000킬로미터 정점의 고정 궤도를 계산하게."

"네, 선장님."

선장은 함교 문을 반쯤 연 채 말했다.

"터너, 어떻게 되어 가나? 뭔가 알아낸 거 없나?"

"아무것도 없습니다, 선장님. 치지직 소리뿐입니다. 잡음이 많은 것 외에는 별다른 점이 없습니다."

"복사 스펙트럼의 흔적은 전혀 없고?"

"전혀 없습니다……."

바꿔 말하자면, 비행선 두 대 모두 이미 자신의 무기를 사용하고 있지 않는다는 의미였다.

'싸움을 멈췄군.'

로한은 생각했다. 그들이 레이저를 쏘았거나 유도 무기를 발사했다면 무적호의 센서가 수백 킬로미터 떨어진 거리에서도 탐지했을 터다.

로한은 이 극적인 상황에 너무 흥분한 나머지, 선장에게 부여받은 임무에 대해서는 불안해하지도 않았다. 사실 걱정할 겨를도 없었다. 그날 밤 로한은 뜬눈으로 밤을 지새웠다. 슈퍼콥터의 모든 시스템을 정비하고 몇 톤가량의 추가 연료와 식량, 무기 들을 실어 날라야 했으므로 지정된 출발 시각을 맞추기도 빠듯했다. 2층으로 된, 70톤 무게의 비행체는 모래 구름을 일으키며 공중으로 떠올랐고, 붉은 태양 표면의 가장자리가 지평선 너머로 드러나자 곧장 북동쪽을 향해서 이동을 시작했다. 이륙하자마자 로한은 15킬로미터 상공으로 올라갔다. 성층권에서는 최대 속력을 낼 수 있을 뿐 아니라, 검은 구름과 마주칠 가능성도 낮기 때문이었다. 적어도 그는 그렇게 생각했다. 그의 생각이 맞았는지, 아니면 단순히 운이 좋았는지 몰라도 그들은 한 시간도 채 되지 않아서, 태양 광선을 비스듬히 받으며 모래로 뒤덮인 분화구에 도착했다. 그곳 하부에는 여전히 그늘이 드리워져 있었다.

엔진에서 분출되는 고온 가스 기둥이 아래쪽으로 내리꽂히며 모래 폭풍을 일으키기 직전, 영상 관리자들이 분화구 북쪽 부근에서 무언가 의심스러운 정황이 포착되었다고 항해실에 알려 왔다. 육중한 비행체가 투명한 용수철에 매달린 듯 가볍게 진동하며 상공에 멈춰 섰고, 그 속의 사람들은 5○○미터 높이에서 문제의 지점을 정밀하게 관찰했다.

화면을 확대하자 회색빛이 도는 붉은색을 배경으로, 철회색을 띠는 거대한 직사각형 형상 주위에 조그마한 직사각형 물체들이 기하학적 형상으로 배열되어 있는 광경이 눈에 들어왔다. 로한과 더불어 슈퍼콥터를 조종하던 가알브, 볼민은 레그너의 원정대 차량들을 동시에 알아보았다.

그들은 지체 없이, 그리고 모든 안전 수칙을 엄수하면서 그곳으로부터 그다지 멀지 않은 장소에 착륙했다. 트랩을 내리고 이동식 방어막의 보호 아래 정찰 차량 두 대를 내보내는 동안에도 비행체의 접이식 다리는 여전히 구부러진 채 움직임을 멈추지 않았다. 분화구 내부는, 마치 이가 빠진 얕은 접시를 떠올리게 했다. 화산의 중앙 화구에는 검붉은 용암이 딱딱하게 말라붙어 있었다.

대략 1.5킬로미터 정도 되는 목적지까지 도달하는 데 차량으로 몇 분이나 걸렸다. 무선 통신은 원활했다. 로한은 앞쪽 수송 차량에 있던 가알브와 이야기를 나누었다.

"오르막길이 끝나 갑니다. 이제 곧 그들을 볼 수 있겠어요."

가알브는 비슷한 말을 몇 차례 반복했다. 잠시 후 그가 소리쳤다.

"저기요! 그들이 보입니다!"

이윽고 조금 진정하고 나서는,

"다 괜찮아 보이는데요. 하나, 둘, 셋, 넷. 차량들도 모두 제자리에 있고요. 그런데 왜 햇빛 아래에다 차를 세워 놨을까요?"

"사람들은? 그들이 보입니까?"

로한은 눈을 가늘게 뜨고 마이크 앞에 서서 연신 물었다.

"네, 저기에서 뭔가가 움직이고 있네요……. 두 사람이요……. 어, 한 명 더 있어요……. 그리고 다른 사람이 그늘에 누워 있고요……. 그들이 보입니다, 항해사님!"

목소리가 멀어졌다. 로한은 그가 기사에게 무언가 말하는 소리를 들었다. 신호탄을 쏘아 올렸음을 알리는 둔탁한 굉음이 들려왔다. 가알브의 목소리가 다시 들렸다.

"그들에게 인사를 할까요······. 연기가 저들이 있는 방향으로 조금 날아갔네요······. 곧 걷힐 거예요······. 쟈그······ 잘 있었어? 뭐야! 왜 저러지······. 어이! 거기 자네들!"

그의 외침이 선실을 가득 메웠다가 돌연 뚝 끊겼다. 로한은 엔진이 꺼지는 소리를 들었다. 달려가는 발소리와 멀리서 울리는 불분명한 목소리, 외침과 고함이 들리더니 정적이 흘렀다.

"여보세요! 가알브! 가알브!"

로한은 얼어붙은 입술로 반복해서 불렀다. 모래를 밟는 소리가 가까워지더니 스피커에서 찌지직거리는 잡음이 들렸다.

"항해사님!"

가알브가 숨이 차서 달라진 목소리로 말했다.

"항해사님! 케르틀렌과 똑같습니다! 의식이 없고, 우리를 못 알아보고, 아무 말도 안 해요······. 항해사님, 내 말 들리세요?!"

"듣고 있습니다······. 모두 같은 상태인가요?"

"그런 것같이 보이는데요······. 아직은 잘 모르겠습니다. 쟈그와 터너가 한 명씩 살펴보고 있습니다."

"무슨 말이죠, 그럼 방어막은?"

"방어막은 꺼져 있어요. 없는데요. 나도 영문을 모르겠습니다. 저들이 꺼 버린 것 같아요."

"어떤 전투의 흔적은?"

"없어요, 아무것도요. 차량들은 그대로 서 있고, 부서진 데 없이 모두 멀쩡해요. 사람들은 그냥 누워 있거나 앉아 있고요. 저들을 잡고 흔들어도…… 뭐? 뭐라고?"

길게 끌며 꺽꺽거리는 소리와 불분명한 목소리가 뒤섞인 채 들려왔다. 로한은 이를 악물었지만 가슴이 조여 오는 느낌만큼은 어쩔 수가 없었다.

"오, 세상에, 그랄레브잖아!"

가알브의 외침이 들렸다.

"그랄레브! 이보게! 나를 못 알아보겠나?"

갑자기 스피커를 통해서 들리던 그의 숨소리가 선실 전체를 채웠다.

"그랄레브도……." 그가 헐떡이면서 말했다. 그리고 잠시 숨을 고르는 듯 침묵을 지켰다.

"항해사님…… 우리만으로 이 상황을 해결할 수 있을지 모르겠습니다……. 그들을 모두 여기서 데리고 가야 해요. 더 많은 인원을 보내 주십시오."

"당장 그렇게 하죠."

한 시간 뒤, 언뜻 보기에도 섬뜩한 행렬이 슈퍼콥터의

금속 선체 아래로 도착했다. 원정을 떠났던 스물두 명의 대원 중 열여덟 명만이 남아 있었다. 나머지 네 사람의 생사는 알 수 없었다. 대다수가 저항 없이 자발적으로 따라왔지만 다섯 명은 있던 곳을 떠나고 싶어 하지 않아서 강제로 데려와야 했다. 그 다섯 사람은 들것에 실려서 비행체 하부 갑판에 마련된 즉석 진료소로 이송되었다. 가면을 쓴 것 같은 표정이 섬뜩한 인상을 주는 나머지 열세 명은 격리실에 수용된 뒤 아무런 반항 없이 침상에 누웠다. 그들은 신생아처럼 무력했기에 옷과 신발도 하나하나 벗겨 줘야 했다. 로한은 양쪽으로 줄지어 늘어선 침대 사이 통로에 말없이 서서 이 광경을 지켜보았다. 구조된 사람들 대부분이 수동적이고 차분하게 행동하는 반면에, 강제로 끌려온 소수의 인원은 소름 끼치는 목소리로 울부짖었다.

로한은 그들 모두를 의사 손에 맡기고, 실종자를 수색하고자 동원 가능한 모든 차량들을 내보냈다. 탐사팀의 방치된 차들에도 자신의 팀원들을 배치했기 때문에 현재 보유한 차량은 꽤 되었다. 마지막 순찰대를 보냈을 때, 통신 기사가 그를 호출했다. 무적호에서 연락이 온 것이다.

그는 선장을 맞닥뜨린 사실에 놀라지 않았다. 그를 놀라게 할 것은 이제 아무것도 없어 보였다. 호르파흐에게 이곳에서 일어난 일들을 간략하게 보고했다.

"누가 실종된 건가?"

선장이 궁금해했다.

"레그너를 포함해서 베닝센, 코로트카, 메드가 없습니다. 그런데 그 비행선은 어떻게 되었습니까?"

이번에는 로한이 질문했다.

"아무런 소식이 없네."

"그러면 구름은요?"

"아침에 세 대씩 조를 이루어 정찰대를 보냈고 한 시간 전에 돌아왔네. 그곳에서는 구름의 흔적조차 찾아볼 수 없었어."

"전혀요? 전혀 아무것도 없었다는 말씀이십니까?"

"전혀."

"비행선의 흔적도요?"

"전혀 없었네."

라우다 박사의 가설

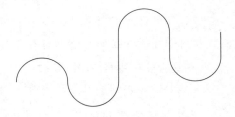

라우다 박사가 선장실 문을 두드렸다. 그 안으로 들어서자 사진 측정 지도에 무엇인가를 표시하고 있는 선장의 모습이 보였다.

"무슨 일이오?"

호르파흐가 고개를 들지 않은 채 물었다.

"선장님께 드릴 말씀이 있습니다."

"급한 일인가? 우린 십오 분 뒤에 이륙해야 하네."

"이게 급한 일인지는 모르겠습니다만 여기에서 무슨 일이 벌어지고 있는지 조금씩 이해되기 시작한 것 같습니다……."

라우다가 말했다.

ᄉᄉᄉ

선장은 손에 든 컴퍼스를 내려놓았고, 그들 눈이 마주쳤다. 생물학자인 그는 사령관보다 결코 젊지 않았다. 그 나이에 비행이 허락된 것 자체가 신기한 일이었다. 그는 과학자라기보다 차라리 늙은 정비공처럼 보였다.

"그렇다고 생각하오, 박사? 어디 한번 들어 봅시다."

"해양에는 생물체가 존재하지요."

생물학자가 말을 이어 갔다.

"해양에는 존재하지만 육지에는 없습니다."

"왜 그렇게 생각하지? 육지에서도 생물체의 흔적을 볼민이 찾아내지 않았소."

"맞습니다. 그렇지만 500만 년이 넘는 시간 이전의 것으로 측정되었습니다. 그 이후에 육지에서 존재하던 모든 것들이 멸종했고요. 제가 이제 드리려는 말씀은 허황되게 들릴 수도 있습니다. 사실 아무 증거도 없으니까요. 하지만……제 생각은 이렇습니다. 예전에, 그러니까 500만 년 전에 다른 행성계의 로켓이 이곳에 왔다고 상상해 보십시오. 노바 지역에서 온 것일 수도 있고요."

그는 아까보다 말이 빨라졌지만 침착함을 유지했다.

"라이라 제타가 폭발하기 전, 그 행성계의 여섯 번째 행성에 지적 생명체가 존재했다는 점은 우리도 아는 사실입니다. 그들은 기술적 형태로 진보한 고도의 문명을 지니고 있었고요. 그런데 라이라인들의 정찰선이 여기에 착륙하고 나서 어떤 비극이 발생했다고 가정해 봅시다. 아니면 전 승무원이 사망하게 된 다른 불행한 사고라든지요. 예컨대 원자로 폭발이라든가, 혹은 그 연쇄 반응일 수도 있고요…… 아무튼 레기스 행성에 추락한 난파선 내에는 단 하나의 생명체도 남지 않게 된 것입니다. 살아남은 것은 오직…… 오토마톤들뿐이었지요. 우리가 가진 것들과는 다릅니다. 휴머노이드가 아니지요. 라이라인들 역시 인간과 비슷한 존재가 아니었을 가능성이 높습니다. 이런 식으로 오토마톤들은 살아남았고, 우주선을 빠져나왔습니다. 그것들은 고도로 전문화된 항상성을 갖춘 기계였기 때문에 혹독한 조건에서도 버틸 수 있었지요. 그들에게는 더 이상 명령을 내릴 그 누구도 없었습니다. 그중 지능적인 면에서 라이라인들과 가장 비슷한 일부는 우주선을 수리해 보려고 했을지도 모릅니다. 비록 주어진 상황에서는 의미 없는 일이었겠지만 말입니다. 하여튼 선장님도 수리 로봇이 어떤지 잘 아실 겁니다. 누구에게 유용하든, 그렇지 않든 상관없이 자기가 고쳐야 할 부분을 수리합니다. 그런데 그 후에 어떤 오토마톤들이 우위를 차지하게 된 겁니다. 이들은 수리 로봇들로부터 독립했습니다. 현지 동물군이 그들을 공격하려고 했을 수도 있습니다. 여기에 도마뱀과 비슷한 파충류가 존재했고, 그랬다면 포식자도 있었을 텐데,

어떤 종류의 포식자는 움직이는 모든 것을 공격합니다. 오토마톤들은 그들과 싸우기 시작했고, 결국 그들을 물리쳤습니다. 이 전투를 위해서 오토마톤들은 환경에 순응해야만 했지요. 그들은 행성 환경에 최대한 잘 적응하도록 스스로를 변화시켜야 했습니다. 제가 봤을 때 핵심은, 그 오토마톤들이 필요에 따라서 다른 로봇을 제조할 능력을 갖추고 있었다는 점입니다. 날아다니는 도마뱀들을 이기려면 그들에게도 비행 가능한 기계 장치가 필요했을 겁니다. 물론 저는 자세한 사항들에 대해서는 알지 못합니다. 자연 진화 조건 아래, 이 행성에서 생겼을 법한 일을 상상해 보고 말씀드리는 것입니다. 어쩌면 날아다니는 도마뱀이 아니라 땅을 파는 파충류가 있었을지도요. 그것은 알 수 없습니다. 어쨌든 시간이 경과함에 따라 육지에 존재했던 그 기계들은 환경에 완벽하게 적응했고, 행성에서 모든 종류의 동물군을 정복하는 데 성공한 것입니다. 식물군도 마찬가지고요.”

"식물군도 그렇다고? 왜 그런지 설명해 주겠소?”

"잘은 모릅니다. 여러 다양한 가설을 제시할 수도 있지만 그러지 않는 편이 좋겠습니다. 게다가 가장 중요한 부분을 아직 말씀드리지 않았는데, 이곳 행성에서 존재하는 동안 수백 세대를 거쳐 후손 기계들의 형태가 초기의 것과 달라졌다는 점입니다. 다시 말씀드리자면 라이라 문명의 결과물과 다르다는 뜻입니다. 이해하시겠지요, 선장님? 즉 무생물 진화가 시작되었다는 뜻이지요. 기계 장치의 진화 말입니다. 항상성의 제1원칙이 무엇입니까? 어떠한 난조건 혹은 악조건도 견뎌 내는 것입니다. 자기 조직이 가능한 금속 시스템의 진화를 이루어 내는, 그런 존재의 모든 후대를 위협하는 주요 요소는 현지 동물도 식물도 결코 아니었습니다. 그들은 대체 부품과, 후속 기계 제작에 필요한 에너지원과 자재원을 손에 넣어야 했지요. 그리하여 광석을 찾고자 채굴 비슷한 것도 시도하게 되었습니다. 초기 세대의 기계들이 우주선을 타고 여기에 도착했다고 가정해 본다면 방사성 에너지를 동력으로 사용했음은 의심할 여지가 없습니다. 그러나 레기스에는 방사성 원소가 하나도 없습니다. 따라서 그 에너지원은 제한적일 수밖에 없었습니다. 다른 것을 찾아야 했지요. 마침내 심각한 에너지 위기가 닥쳤고, 제 생각에는 그때 그들 사이에 싸움이 벌어졌으리라고 봅니다. 순전히 생존을 위한 투쟁이었지요. 이게 바로 진화이고 자연 도태입니다. 지적 측면에서는 고도로 발전했지만, 예컨대 그 크기 때문에 많은 양의 에너지를 필요로 해서 생존 유지 능력이 없는 기계 장치는, 그들보다 지적 수준은 떨어지지만 에너지 측면에서 더 경제적이고 효율적인 로봇들과 경쟁할 수 없었을 것입니다……."

"잠깐만, 박사의 상상력을 떠나 진화론에서는, 즉 진화라는 경기에서는 신경계가 더 발달한 존재가 항상 이기지 않소? 이 경우에 신경계 대신 전기계라고 하더라도 원칙은 똑같으니까."

"네, 선장님 말씀이 맞습니다만 그것은 다른 행성계에서 온 존재가 아닌 지구상에서 자연적으로 생겨난 동종 유기체에 한해서입니다."

"이해가 안 되는군."

"간단히 말씀드리자면 지구상에 존재하는 생물체가 기능하기 위한 생화학 조건은 과거에도 언제나 거의 동일했었고 지금도 마찬가지라는 점입니다. 조류, 아메바, 식물, 하등 및 고등 동물은 사실상 거의 같은 세포로 구성되어 있고, 단백질에 기반을 둔 거의 동일한 신진대사를 가집니다. 이렇게 대등한 출발점에 서 있는 상태에서 구별 지어지는 요소란, 바로 선장님께서 말씀하신 내용입니다. 그것이 유일한 요인은 아니지만 가장 중요한 점 중 하나입니다. 그렇지만 이곳에서는 달랐습니다. 레기스에 착륙한 가장 고도로 발달한 로봇은 자신의 방사성 자원으로부터 에너지를 공급받은 반면에 단순한 기계 장치, 이를테면 소형 수리 로봇은 태양광으로 전지를 능히 충전할 수 있다고 해 보지요. 만약 그렇다면 수리 로봇들은 다른 로봇들에 비해서 상당히 유리한 위치에 있었을 겁니다."

"하지만 그 고도로 발달한 로봇이 태양 전지를 빼앗아 갔을 수도 있겠지……. 그나저나 박사는 논의를 어느 쪽으로 끌고 가는 것이오? 이에 대한 토론은 이제 그만하는 편이 낫지 않겠소, 라우다 박사?"

"아니요, 이것이 바로 요점이고 핵심입니다, 선장님. 왜냐하면 제 의견으로는 우연히 형성된 매우 특별한 환경을 바탕으로 아주 특이한 종류의 무생물 진화가 이곳에서 발생한 것 같기 때문입니다. 간략하게 말씀드리자면 제 생각은 이렇습니다. 이 진화에서 승리한 로봇은 우선 가장 효과적으로 자신을 소형화한 것들이고, 둘째는 이곳에 정착한 것들입니다. 그 첫 번째가 이른바 먹구름이 되었습니다. 저는 개인적으로 그들이 필요하다면 상호 이익을 위해서 더 큰 상위 체계로 결합 가능한, 초미세 곤충형 기계라고 생각합니다. 다름 아닌 구름의 형상으로 말이지요. 이런 방법으로 이동식 로봇의 진화가 이루어진 것입니다. 한편 정착 로봇의 경우, 우리가 도시라고 부르는 곳에서 발견한 그 기이한 금속 초목 종으로 진화한 것이죠……."

"그럼 박사의 의견에 따르자면, 그건 도시가 아니라는 말이오?"

"당연히 아니지요. 그것은 어떤 형태의 도시가 아니라, 정

ㅅㅅㅅ

착 로봇이 형성한 하나의 거대한 집합체라고 할 수 있습니다. 자기가 가진 일종의 장기를 통해서 태양 에너지를 흡수하고, 또 증식할 수 있는 무생물체이지요……. 저는 바로 작은 삼각판을 그것들의 장기라고 추측합니다……."

"그럼 박사는 '도시'가 계속 성장하고 있다고 보시오?"

"아닙니다. 알 수 없는 어떤 이유 탓에 '도시', 그러니까 '금속 숲'은 사실상 생존 전투에서 패배하였고, 지금은 녹슨 폐허밖에 남지 않았다는 인상을 받았습니다. 오직 한 가지 형태만 살아남았는데, 그것이 바로 행성의 육지 전체를 장악한 이동형 무생물체입니다."

"왜 그렇게 된 것이오?"

"그건 저도 모르겠습니다. 여러 가지 가능성을 고려해 봤는데, 지난 300만 년 동안 레기스 3의 태양이 이전보다 빠르게 온도가 식어서 거대한 정착형 '유기체'가 더 이상 충분한 에너지를 얻을 수 없었을지도 모릅니다. 그러나 단지 불확실한 추측에 불과합니다."

"박사가 말한 내용이 맞다고 칩시다. 박사는 행성 표면 혹은 지하에 '구름'의 지휘 본부 비슷한 것이 있다고 보시오?"

"그런 것은 존재하지 않는다고 생각합니다. 소형 로봇들이 특수한 방법으로 결합한다면 그 자체가 지휘 본부, 아니면 일종의 '무생물 뇌' 같은 것을 구성할 수 있겠지요. 서로 분리된 상태가, 어쩌면 생존에 유리할 수 있습니다. 그들은 느슨한 무리를 이룸으로써 햇빛 속에 계속 거주할 수도 있고, 아니면 폭풍우 구름을 쫓아다닐 수도 있겠지요. 이러면 공중 방전을 통해서 에너지를 공급받기 때문에 전혀 불가능한 이야기가 아닙니다. 그러나 위험한 순간, 좀 더 넓게 봐서 그들 존재를 위협하는 어떤 갑작스러운 변화가 생긴다면 서로 결합할 테지요……."

"도대체 무엇이 그런 결합 반응을 촉발하는 것이오. 게다가 그것들이 무리 지어 날아다니는 동안, 지극히 복잡한 전체 시스템의 정보는 어디에 저장된다는 말이지? 전기적 뇌는 그 전체를 구성하는 모든 부품을 합친 것보다 더 우월하지 않나, 라우다 박사. 그리고 그 부품들이 흩어진 뒤에는 어떻게 제자리로 돌아가지? 우선적으로 전체 뇌가 설계되어야 했을 것이오……."

"반드시 그렇지만은 않습니다. 각각의 부품에 자신과 직접적으로 결합하는 다른 부품들의 정보가 저장되어 있다면 그걸로 충분했을 것입니다. 가령 부품 1번이 다른 여섯 대와 정해진 표면으로 결합해야 한다고 가정해 보지요. 이를테면, 각 부품이 그 결합 정보를 '알게' 되는 것입니다. 이런 방법으로 개별 부품에 저장된 정보의 양은 무시해도 될 정도이지만 이 밖에도 일종의 기폭제, 즉 '주의! 위험!'과 같은 종류의 신호가 필요합니다. 그러면 모든 부품들이 올바른 구조를 이뤄서 순식간에 '뇌'를 구성하는 것입니다. 물론 이런 가정은 지나친 단순화에 지나지 않습니다, 선장님. 저는 사안이 좀 더 복잡하리라고 생각합니다. 왜냐하면 이 같은 부품들은 꽤 자주 파손되는데, 그럼에도 불구하고 이게 구조 전체에는 영향을 미치지 않게끔 설계되어 있기 때문입니다…….."

"잘 알겠소. 우리는 더 이상 이런 세부 사항까지 자세히 살펴볼 시간이 없소. 박사는 본인의 가설로부터 우리를 위해서 어떤 구체적 결론을 이끌어 낼 수 있겠소?"

"어떻게 보면 그렇습니다. 비록 부정적이지만은요. 수백 년에 걸쳐 진행된 기계적 진화와 그 현상은 이때까지 인류가 은하계에서 접하지 못한 사건입니다. 가장 근본적인 문제에 주목해 보십시오. 우리가 아는 모든 기계들은 그들 자신이 아닌 누군가를 위해서 작동합니다. 그러므로 인간의 관점에서 레기스의 금속성 덤불이나, 철로 이루어진 구름의 존재는 무의미하다고 볼 수 있습니다. 이러한 측면에서 지구 사막의 선인장도 똑같이 무의미한 것이지요. 다만 중요한 점은, 그들이 생물체들과의 전투에 완벽하게 적응했다는 것입니다. 제가 봤을 때, 육지가 생명체들로 가득했던 전투 초반에만 로봇들이 직접 살생했던 것 같습니다. 살생에 소비하는 에너지가 비효율적이라고 판단했기 때문입니다. 그런 이유로 접근 방법을 바꾸었지요. 그 결과 콘도르호에 비극이 닥쳤고, 케르틀렌은 사고를 당했습니다. 마침내 레그너팀도 섬멸됐고요…….”

“그게 무슨 방법인가?”

“어떤 식으로 진행되는지는 정확하게 모릅니다. 저는 오직 개인적인 의견만을 말씀드릴 수 있습니다. 케르틀렌의 경우, 인간의 뇌에 저장된 거의 모든 정보가 말소되었지요. 동물도 마찬가지였을 겁니다. 불구가 된 생물체들의 멸망은 지극히 당연한 결과입니다. 직접 죽이는 행위보다 더 간단하고 빠르고 효율적인 방법이지요. 따라서 제가 내린 결론은 불행하게도 비관적입니다. 어쩌면 이 표현조차 너무 낙관적일 수 있겠네요……. 우리 상황은 여러 가지 이유로 그들과 비교할 수 없을 만큼 좋지 않습니다. 제일 먼저 생물체는 기계나 장치보다 훨씬 쉽게 파괴됩니다. 게다가 그들은 살아 있는 생명체뿐 아니라 자신의 금속 ‘형제’인 지적 오토마톤들과 동시에 전투를 벌이는 환경에서도 진화를 이루었습니다. 다시 말해, 모든 생체 대응 기제와 더불어 지적 기계의 모든 지능 형태와 투쟁하며 양측 전선에서 전쟁을 치렀던 것입니다. 100만 년에 걸친 분투의 결과가 바로 탁월한 보편

성과 완벽함을 갖춘 그들의 파괴력입니다. 유감스럽게도 우리가 그들을 정복하려면 사실상 그것들 모두를 전멸시켜야 하는데 거의 불가능한 일입니다…….”

“박사는 그렇게 생각하오?”

“네, 그렇습니다. 제 생각에, 물론 파괴 장비가 충분하다면 행성 전체를 없앨 수 있을 것입니다……. 그러나 그게 우리의 임무도 아닐뿐더러 그럴 만한 여력이 없음은 더 말할 필요도 없습니다. 참으로 특수한 상황입니다. 제 관점에서, 우리가 지각 측면에서는 우월하기 때문입니다. 그 기계들은 어떠한 지적 역량도 보여 주지 않았습니다. 단지 행성 환경에 완벽하게 적응했을 뿐이지요……. 모든 지적인 것들과 모든 살아 있는 것들을 파괴하는 데 적응했다는 뜻입니다. 반면에 그들 자체는 무생물입니다. 그렇기 때문에 그들에게 아직 무해한 것들이 우리에게는 치명적일 수도 있습니다.”

“하지만 그들에게 사고력이 없음을 어떻게 확신하시오?”

“여기서 제 부족한 지식을 핑계 삼아 대답을 회피하고자 합니다. 물론 저도 별로 확신할 수 없지만, 방금 말씀드린 부분만큼은 확실합니다. 왜 그들은 뛰어난 지능을 발휘하지 않는 걸까요? 자! 만약 그런 지능이 있었다면 벌써 우리를 죽이고도 남았을 겁니다. 선장님께서, 우리가 레기스에 착륙한 이후부터 일어난 일련의 모든 사건들을 생각해 보신다면, 알고 계시겠지만 그들은 아무런 전략적 계획 없이 움직입니다. 사건이 발생할 때마다 공격을 가하는 것이지요."

"음…… 그럼 어떤 방법으로 레그너와 우리의 통신을 차단했다는 말인가? 그다음에 또 정찰기를 공격한 것도……."

"그들은 수천 년 전에 이미 했던 일을 동일하게 그냥 반복할 뿐입니다. 그들이 완전히 파괴한, 그 고도로 발달한 오토마톤들은 틀림없이 무선 전파를 이용해서 의사소통했을 것입니다. 즉 정보 교환의 방해나 통신 교란은 그들의 첫 번째 임무 중 하나였겠지요. 일단 금속 구름이 세상의 다른 그 무엇보다도 차단제 역할을 훌륭히 해 주었기에 임무는 저절로 해결되었지요. 그렇다면 우리는 지금 무엇을 해야 할까요? 우리 자신을 비롯해서, 우리가 가진 모든 오토마톤과 기계 들을 보호해야 합니다. 이것들 없이 우리는 아무것도 할 수 없으니까요. 반면에 그들은 이동에서 완전히 자유롭습니다. 그뿐 아니라 실질적으로 고갈되지 않는 재생 자원을 현지에 보유하고 있으며, 만일 우리가 그들 일부를 파괴하더라도 스스로 복제할 수 있습니다. 무엇보다 생명체에게는 치명적인 어떤 것도 그들을 해치지 못합니다. 우리의 가장 강력한 수단을 동원하는 일이 불가피하게 되었습니다. 반물질 공격 말입니다……. 하지만 이 방법으로도 그것들을 섬멸할 수는 없습니다. 선장님도 그들이 공격당한 후에 어떻게 행동하는지 보시지 않았습니까? 그냥 흩어져 버렸습니다……. 게다가 우리는 계속 방어막 안에서 움직여야 하므로 전략을 선택할 때 제한이 있지만 그들은 자유로이 분산할 수도, 이곳저곳으로 이동할 수도 있습니다……. 우리가 그들을 이곳 대륙에서 없애 버리려 하면, 곧 다른 대륙으로 옮겨 가겠지요. 그런데 그것들의 몰살은 우리 임무가 아닙니다. 제 생각에 우리는 이 행성을 떠나는 것이 맞습니다."

"아, 그렇군."

"네. 무생물 진화의 산물이면서, 아마도 사고할 줄 모르는 상대가 적군인 마당에 콘도르호 승무원들의 죽음에 대해서 복수 또는 보복하는 문제를 고려할 수는 없습니다. 이것은 배와 선원들을 침몰시킨 벌로 바다를 채찍질하는 짓과 다를 바 없습니다."

"실제로 박사가 말한 것과 같은 일이 일어났다면, 그 말은 상당히 일리 있을 것이오."

호르파흐가 자리에서 일어서며 말했다. 그는 두 손을 지도 위에 올리고 몸을 기댔다.

"그러나 결국 가설에 불과하고, 우리는 가설만 가지고는 복귀할 수 없소. 지금은 확실한 것이 필요해. 복수가 아닌 확실성 말이야. 정확한 진단을 통해서 사실을 입증해야 하네. 그럴 수 있다면, 그러니까 만약 무적호가 그 존재의 샘플을 얻게 된다면, 그때는 더 이상 할 일이 없음을 받아들이지. 물론 날아다니는 기계 동물군이 실제로 존재한다고 가정했을 때의 이야기지만. 그때부터 어떻게 진행할지는 본부의 결정에 달렸네. 그리고 덧붙여 말하자면, 그 무생물체가 이 행성에만 존재하리라는 보장은 없네. 장차 이 지역 은하계에서의 우주여행을 위협할지도 모르지."

"만약 그런 일이 일어나더라도 수십만 년, 아니 수백만 년 후에나 가능할 겁니다. 선장님께서는 여전히 우리가 맞닥뜨린 상대한테 지각이 있다고 생각하시나 봅니다. 예전에는 이성적 존재의 도구였다가 주인이 사라진 뒤 자주독립을 이루었고, 수백만 년에 걸쳐 이 행성에서 적응하며 사실상 자연력의 일부가 되어 버렸습니다. 기계적 진화가 바다까지 확장되지 않은 까닭에, 거기엔 생명체가 남았지만 육지로의 접근은 차단되었습니다. 이 점은 대기에 포함된 적당량의 산소가 설명해 주는데, 바로 산소를 배출하는 해양 조류가 있기 때문이지요. 또한 이로써 대륙의 모습도 설명이 가능합니다. 온통 사막인 이유는 그들이 아무것도 짓지 않고, 아무 문명도 형성하지 않고, 오직 자신을 제외하고는 실제로 가진 것이 없기 때문입니다. 어떤 가치 있는 것도 만들어 내지 않지요. 따라서 우리는 자연력을 대하듯 그들을 마주해야 합니다. 자연 역시 어떤 판단이나 가치를 만들어 내지 않습니다. 그 형성물들은 존재하기 위해 실존하고, 지속적으로 존재를 이어 가기 위해 작동하는, 그냥 그들 자체인 것입니다…….”

“그렇다면 비행체를 격파한 것에 대해서는 어떻게 설명할 수 있나? 방어막의 보호를 받고 있었는데…….”

“방어막은 다른 방어막으로 파괴할 수 있습니다. 게다가 선장님, 인간 두뇌에 저장된 기억 전체를 순식간에 지우려면 순간적으로 머리 주변에서 자기장을 형성해야 하는데, 그 세기는 우리가 선내에 보유한 모든 자원들로도 발생시키기 힘들 만큼 강력합니다. 그뿐 아니라 어떤 거대한 변류기와 변압기, 전자석도 필요할 테고요…….”

“박사는 그들이 그것들을 모두 가졌다고 보시오?”

“그럴 리가요! 그들은 아무것도 가지고 있지 않습니다. 그들은 긴급한 순간에 즉각 필요한 것을 형성하는 데 사용되는 그저 작은 블록들이라고 볼 수 있습니다. 유도 변화를 탐지하는 무언가가 나타나면 ‘위험!’ 신호를 받는 거지요. 예를 들어 정전기장의 변화라든지요……. 그러면 곧바로 날벌레 떼가 일종의 ‘구름형 뇌’를 구성하고, 그것의 집단 기억이 떠오르는 겁니다. 이러한 생명체가 벌써 있었고, 어떻게 처리해서 섬멸했는지……. 그리고 그때의 행동 방침을 반복하는 것이지요…….”

"알겠소."

호르파흐가 답했다. 그는 이미 오래전부터 노생물학자의 말을 귀담아듣지 않고 있었다.

"출발을 연기하고 회의를 소집하겠소. 과학적 열의로 격렬한 토론이 벌어질 것 같아서 내키지 않지만, 다른 방법이 안 떠오르는군. 삼십 분 후에 주 도서관에서 봅시다, 라우다 박사……."

"그들이 제 가설이 틀렸음을 부디 납득시켜 주기를 간절히 바라고 있겠습니다……."

박사는 차분히 대꾸하고는, 들어왔을 때와 마찬가지로 조용히 선실에서 나갔다. 호르파흐는 허리를 펴고 벽면의 인터콤으로 다가가서 내부 스피커 시스템을 통해 모든 과학자들을 차례로 소환했다.

알고 보니 대다수 전문가들은 이미 라우다와 비슷한 가설을 설정하고 있었고, 단지 라우다가 최초로 그것을 명확하게 구상해 낸 것이었다. 그들이 치열하게 주고받은 유일한 논쟁거리는 '구름'의 사고력 유무였다. 인공두뇌학자들은 그것을 전략적 대응이 가능한 의식 체계로 여겼으므로, 라우다를 맹렬하게 비판했다. 호르파흐는 그토록 사납게 공격하는 까닭이 라우다의 가설 때문이 아니라, 다른 과학자들과 미리 논의하지 않고 먼저 상관에게 보고했기 때문임을 잘 알고 있었다. 승무원들 사이의 모든 유대 관계에도 불구하고 함선의 과학자들은 일종의 '국가 내의 국가'를 이루며 독자적인 불 문율을 따르고 있었다.

수석 인공두뇌학자 크로노토스가 라우다에게, 지각 없 는 '구름'이 과연 어떻게 사람들을 공격하는 방법을 배웠을 지 물었다.

"간단하네."

생물학자가 말했다.

"수백만 년 동안 아무것도 하지 않고 그것만 했기 때문 이지. 레기스에 원래 존재했던, 중추 신경계를 가진 동물들, 즉 생물체들과의 대결 말이네. 그것들은 지구 곤충들이 목표 물을 공격할 때와 마찬가지로 그 방법을 습득했어. 말벌이 메뚜기나 딱정벌레의 신경절에 독을 쏘아 주입하는 것과 맞 먹는 정확성을 지녔네. 이건 지각이 아니라 본능이지……."

"그렇다면 비행선을 공격하는 법은 어떻게 알았단 말인 가? 이제껏 본 적도 없었을 텐데……."

"그건 우리가 확실히 모르는 일이네, 박사. 내가 이미 자네들에게 말했듯이 그들은 양측 전선에서 전투를 벌이고 있었어. 레기스에 거주했던 생물체와, 무생물체인 다른 오토 마톤들 말일세. 그 오토마톤들은 싫든 좋든 방어와 공격을 목적으로 다양한 에너지를 사용해야만 했을 거야……."

190

"그렇지만 비행할 수 있는 오토마톤이 없었다면⋯⋯."

"박사님께서 무슨 말씀을 하시려는지 알겠습니다."

부수석 인공두뇌학자 사우라한이 입을 열었다.

"거대한 로봇, 즉 매크로 오토마톤들은 협력하기 위해서 의사소통을 했습니다. 분해, 분리되어서 상대를 파괴하는 것이 가장 쉬운 방법이었고, 통신을 차단하는 것이야말로 가장 효과적인 방법이었겠지요⋯⋯."

"지각 유무를 떠나서 '구름'의 세부적 행동 형태를 알아낼 수 있느냐는, 문제가 아닙니다."

크로노토스가 말했다.

"왜냐하면 우리는 오컴의 면도날 원리에 얽매일 필요가 없기 때문이지요. 가장 경제적인 방식으로 모든 것을 해명할 수 있는 가설을 만들어 내는 일은 적어도 현재 우리의 임무가 아닙니다. 그보다 최대한 우리의 안전을 지켜 줄 가설을 찾아야지요. 따라서 '구름'을 사고 가능한 존재로 봐야 합니다. 그래야 더 신중을 기하고, 우리로서도 더 조심히 행동할 수 있습니다. 만약 구름이 지각을 지니지 않았다는 라우다 박사의 가설을 받아들였다가 어긋나 버리면 우리는 잘못된 판단에 대해 혹독한 대가를 치러야 합니다⋯⋯. 이는 이론가로서가 아니라 무엇보다도 전략가로서 제가 드리는 말씀입니다."

"자네가 도대체 누구를 물리치려는지 모르겠군. 구름인지 나인지."

라우다가 침착하게 말했다.

"내 말은 조심하지 말자는 이야기가 아니야. 구름은 곤충과 같은 종류의 지각을 가졌네. 자세히 말하자면 곤충 한 마리가 아니라, 가령 개미집에 가깝다고나 할까. 그게 아니라면 지금 우리는 벌써 죽었을 테니까."

"증명해 보시죠."

"그들에게 우리는 처음 상대하는 호모사피엔스가 아니네. 우리 이전에 콘도르호가 왔었다는 사실을 떠올려 보게나. '파리'처럼 미세한 그것들이 방어막 안으로 침투하려 했다면 모래 속에 잠복해 있었을 거야. 방어막은 모래 표면까지만 미치지 않나. 이미 콘도르호의 방어막을 봤고, 거기에 맞는 공격법을 배웠을 테니까. 그런데 그런 비슷한 행동을 보이지도 않았지. 그러니 '구름'은 지성이 없거나 본능에 따라서 움직이는 것이네……."

크로노토스는 물러서려 하지 않았지만 이때 호르파흐가 끼어들었고, 더 이상의 논의는 미루자고 했다. 선장은 논의를 마무리하면서 유력하고 구체적인 안을 제시하라고 요구했다. 니그렌은 사람들을 보호하는 차원에서 자기장 작동을 막는 금속 헬멧을 착용하면 어떨지 물었다. 물리학자들은 효과적인 방법이 아니라고 결론을 내렸다. 매우 강력한 자기장이 와상 전류를 발생시켜서 헬멧을 뜨겁게 달구면 열상을 입은 사람들로서는 장비를 벗을 수밖에 없기 때문이다.

어느새 밤이 되었다. 호르파흐는 선실 한구석에서 라우다, 의사들과 이야기를 나누었고, 인공지능학자들도 따로 모여서 대화를 했다.

"그런데 정말 신기한 것은, 높은 지각력을 갖춘 매크로오토마톤이 왜 정상에 오르지 못했느냐는 점이야."

누군가가 말했다.

"그게 사실이라면 규칙을 입증하는 하나의 예외였을 테지. 진화는 항상 복합적인 방향으로 이루어지니까. 항상성을 완성하려고…… 정보를 이용하기 위해……."

"그 오토마톤들은 애초부터 이미 고도로 발달하고 복잡하게 만들어졌기 때문에 승산이 없었던 거지요."

사우라한이 말했다.

"생각해 보십시오. 그것들은 라이라인들이 목적에 맞게 부리려고 제작한 고도로 전문화된 기계였습니다. 그런데 라이라인들이 사라지고 지도력도 잃자 그들은 불구가 되어 버린 거지요. 반면에 현재의 '파리 떼' 형태는……. 일단 저는 결코 그것들이 당시에 이미 존재했다고 말씀드리는 게 아닙니다. 사실 그랬을 리도 없고, 그보다 훨씬 나중에 생겨났음이 분명하다고 생각하니까요. 아무튼 그 형태는 비교적 초기 단계의 구조였기 때문에, 발전해 갈 수 있는 수많은 방법이 눈앞에 있었던 것이지요."

"어쩌면 그보다 중대한 요인이 있었을지 모르지."

그들에게 다가온 삭스 박사가 말을 꺼냈다.

"결국 기계 작용에 관한 이야기인데, 기계는 생명체의 세포 조직처럼 부상을 입으면 저절로 재생되는, 자체 수리 성향을 전혀 보이지 않네. 매크로 오토마톤이 다른 매크로 오토마톤을 고칠 수 있었더라도 수리를 위한 장비, 즉 모든 종류의 기계류가 필요했을 테지. 그들을 무력하게 하는 방법으로는 그 수리 장비들을 없애기만 해도 충분했을 거야. 그리하여 그들은 파손에 훨씬 덜 취약한 비행체들의 쉬운 먹잇감이 되었고……."

"정말 흥미로운 이야기네요."

갑자기 사우라한이 말했다.

"그 말씀은 정말로 보편적인 오토마톤을 제작하기 위해서는 우리가 만드는 것과 완전히 다른 방법을 사용해야 한다는 뜻이군요……. 상호 교체할 수 있는, 세포 형태의 소형 기본 블록에서부터 시작해야 하고요."

"그건 그리 새로운 사실이 아니네."

삭스가 웃으며 말했다.

"살아 있는 형태의 생명체 진화는 바로 그런 식으로 진행되지, 우연이 아니라……. 같은 이유로 '구름'이 상호 교환할 수 있는 부품들로 구성된 것 또한 절대 우연이 아닐 거야……. 이는 자재 문제라고 볼 수 있어. 파손된 매크로 오토마톤은 고도의 정교한 공정에 따라 생산된 부품으로만 수리할 수 있네. 반면에 몇몇 결정체나 서미스터, 혹은 어떤 단순한 전지로 이루어진 구조라면 파괴되더라도 즉각 10억 개의 비슷한 것들 중 하나로 대체할 수 있을 테고, 아무런 악영향도 끼치지 않겠지."

호르파흐는 그들로부터 이 이상의 내용을 기대할 수 없자 회의장을 떠났고, 대부분의 학자들은 토론에 열중한 나머지 그 사실을 알아차리지 못했다. 선장은 '무생물 진화'에 관한 가설을 로한팀에 알려 주고자 함교로 향했다. 무적호가 분화구 내부의 슈퍼콤터와 연락이 닿았을 때, 바깥은 이미 깜깜해져 있었다. 가알브가 교신에 응답했다.

"현재 여기에는 저를 제외하고 일곱 명뿐입니다."

그가 말했다.

"안타깝게 되어 버린 사람들을 돌보는 의사 두 명을 포함해서 말입니다. 제 옆의 무선 통신사를 제외한 나머지 인원은 현재 취침 중입니다. 네……. 방어막은 최대로 가동하고 있습니다. 로한 항해사는 아직 돌아오지 않았습니다."

"아직도 안 돌아왔다고? 언제 떠났지?"

"오후 6시쯤입니다. 차량 여섯 대와 나머지 모든 인원을 데리고 갔습니다……. 일몰 후에 복귀하겠다고 했습니다. 태양은 십 분 전에 졌습니다."

"무선 연락은 계속 취하고 있나?"

"한 시간 전에 연락이 두절되었습니다."

"왜 나에게 이 사실을 즉각 알리지 않았나, 가알브?"

"로한 항해사가 깊은 협곡으로 진입하면 어느 순간 분명히 통신이 끊기리라고 확신했기 때문입니다. 선장님도 아시지 않습니까. 거기 경사지는 전파를 반사하는 금속 쓰레기 따위로 덮여서 신호 수신이 사실상 불가능합니다……."

"로한이 복귀하면 곧장 나한테 알리도록 하게……. 이 문제에 대해서 그가 책임져야 할 거야……. 이런 식으로 하면 모두를 잃는 것은 시간문제니까……."

선장이 이야기를 이어 가는데, 갑자기 가알브가 말을 끊었다.

"선장님, 저기 옵니다! 불빛이 보이고, 언덕을 올라오고 있습니다. 저기 로한 항해사 일행입니다……. 하나, 둘, 아니요, 차량은 한 대뿐입니다……. 지금 바로 전체 상황을 알아보겠습니다……."

"기다리고 있겠네."

헤드라이트 빛줄기는 베이스캠프를 비췄다가 파상 지형 속에 묻히기를 반복했다. 가알브는 지면 가까이 위아래로 흔들리는 빛을 보면서 조명탄 총을 집어 들고 하늘로 두 번 발사했다. 곧 반응이 나타났다. 잠자던 모두가 벌떡 일어났다. 그러는 동안 차량이 포물선을 그리며 다가왔다. 근무 중인 무선 통신사가 방어막 벽면에 출구를 열었다. 그러자 먼지로 뿌옇게 뒤덮인 무한궤도형 바퀴 차량이 하늘색 불빛으로 표시된 좁고 긴 길을 따라 들어왔고, 슈퍼콥터가 자리한 모래 언덕 앞에서 속도를 줄였다. 가알브는 무선 장비를 갖춘 3인승 소형 수륙 양용 트럭을 보고 경악했다. 다른 사람들과 함께 급히 설치한 투광 조명등의 불빛을 받으며 가알브는 다가오는 차량 쪽으로 달려갔다. 차가 멈춰 서기도 전에 안에서 남자가 뛰어내렸다. 다 찢긴 점프 슈트에, 얼굴은 진흙과 피로 범벅이었고, 입을 열기 전까지 누군지조차 알아볼 수 없었다.

"가알브."

그는 신음을 내뱉으며 가알브의 어깨를 움켜잡자마자 휘청거리더니 고꾸라졌다. 사람들이 뛰어가서 부축하며 소리쳤다.

"어떻게 된 겁니까? 다른 사람들은 어디에 있습니까……?"

"그들은…… 이제…… 아무도…… 없어……."

로한은 속삭이듯 말하고는 몸을 축 늘어뜨리며 정신을 잃었다.

자정 무렵, 의사들의 노력으로 그가 겨우 의식을 회복했다. 로한은 알루미늄 지붕 막사의 산소 텐트에 누워서 어떻게 된 일인지 이야기했고, 삼십 분 뒤 가알브가 무적호에 무선 전보를 보냈다.

로한의 수색

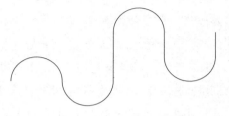

로한이 이끄는 호송대는 거대 에너지봇 두 대와 무한궤도형 바퀴 차량 네 대, 소형 수륙 양용 트럭으로 구성되었다. 로한은 운전을 맡은 쟈그, 갑판장 터너와 함께 트럭에 앉아 있었다. 그들은 규정된 3단계 절차에 따라 대형을 갖춰 움직였다. 사람을 태우지 않은 에너지봇이 선두에서 천천히 나아가고, 로한의 수륙 양용 트럭이 그 뒤를 따랐다. 그다음에는 두 명씩 탑승한 네 대의 차량이, 그리고 두 번째 에너지봇이 대열의 후미를 지켰다. 이 두 에너지봇이 방어막을 생성해서 그들 모두를 보호하고 있었다.

로한이 원정대를 꾸린 까닭은, '전자 블러드하운드'라고 불리는 후각 측정 센서로 분화구에서, 실종된 레그너의 팀원 넷의 흔적을 발견했기 때문이다. 아이들보다 무력해진 실종자들을 찾지 못하면 그들은 험악한 암석 지대를 정처 없이 돌아다니다가 결국 굶주림이나 탈수로 죽을 것이 불 보듯 뻔했다. 로한의 팀은 처음 몇 킬로미터 동안 센서 판독 결과에 의존한 채 움직였다. 그러다 7시쯤 넓고 얕은 계곡들을 지나던 중 어떤 어귀 앞에서 개울물이 말라붙은 진흙 속에 또렷이 찍힌 발자국을 발견했다. 낮 동안에 겉만 살짝 마른 물렁한 진흙 위로 세 종류의 발자국이 명확하게 남아 있었다. 네 번째 흔적도 있었지만 바위 사이로 흐르는 물에 씻겨 버린 탓에 형태가 불분명했다. 발자국들의 특징적 모양으로 봐서 육중한 부츠를 신은 레그너의 팀원들은 계곡 깊은 곳으로 향하고 있었다. 조금 더 들어가자 발자국이 암석 지대 앞에서 끊겼다. 그러나 로한은 점점 비탈지게 형성된 계곡을 보고 희망의 끈을 놓지 않았다. 기억 상실 증세를 보이며 도망친 인원들이 그곳에 올라갔을 가능성은 극히 적기 때문이었다. 로한은 무수히 많은 험한 굽잇길 탓에 시야를 확보하기 어려운 협곡 안쪽에서 곧 그들을 찾을 수 있기를 바랐다. 원정대원들은 잠시 상의한 뒤 계속 이동했고, 경사면 양쪽이 기이한 금속 수풀로 뒤덮인 장소에 도착했다. 높이가 1~1.5미터 정도 되는 땅딸막한 솔 유형의 형성물이었는데, 거무스름한 흙으로 가득 찬 암석 틈새에서 자라고 있었다. 처음에는 가지가 하나씩 돋아나다가, 점점 녹슬고 뻣뻣한 층을 이루면서 협곡 양쪽 경사면의 거의 밑바닥까지 늘어졌다. 그곳에서 암벽 아래로 가느다란 물줄기가 흘렀다.

덤불 사이사이로 동굴들의 입구가 보였다. 그중 몇몇 곳에서 실개천이 흘렀고, 나머지는 말랐거나 마른 듯 보였다. 로한의 팀원들은 손전등을 비추며 상대적으로 낮은 자리에 위치한 입구 안쪽을 들여다보았다. 그중 한 동굴에서, 천장으로부터 떨어져 내리는 물에 부분적으로 잠긴, 무수한 조그만 삼각 결정체를 발견했다. 로한은 그것을 한 줌 가득 주머니에 넣었다. 차량에 올라타고 협곡 안쪽을 향해서 500미터가량을 달리니 바닥 경사가 점차 가팔라졌다. 지금까지 무한궤도형 바퀴 차량이 경사진 지형에서 아무런 문제 없이 작동했고, 상류 부근 두 군데에서 마른 진흙에 찍힌 발자국을 발견했으므로 올바른 길로 가고 있다고 확신했다. 그런데 어느 모퉁이를 돌고부터 슈퍼콥터와 유지해 왔던 무선 통신이 급격히 약화되었고, 로한은 이것을 금속 덤불의 차폐 작용 탓이라고 여겼다. 협곡 사이의 간격은 위로 20미터, 아래로 12미터쯤 되어 보였고, 벽은 군데군데 거의 수직으로 솟아올랐다. 뻣뻣한 검정 모피 같아 보이는 철사 뭉치가 골짜기 양측 절벽 꼭대기까지 뻗어서 수풀을 이룬 채 한데 엉켜 있었다.

호송대는 꽤 넓은 아치형 암석 두 개를 통과해야 했다. 방어막이 살짝이라도 바위에 스치지 않도록 기술자들은 아주 정확하게 범위를 좁혀야 했고, 그 때문에 적잖은 시간이 소요되었다. 암석들은 심하게 무너지고 침식 탓에 균열되어 있었으므로 방어막이 기둥 바위와 부딪치기라도 하면 낙석 사고를 초래할 수 있었다. 당연히 그들은 스스로를 걱정하기보다 만약의 암석 붕괴로 근처에서 부상을 입거나 목숨을 잃을지도 모르는 실종자들을 더 염려했다.

연락이 두절되고 대략 한 시간쯤 지나자 자기 센서 화면에서 촘촘한 불빛들이 깜빡이기 시작했다. 그들이 방향 탐지기를 확인했을 때 동시에 모든 방향을 가리키고 있던 터라 얼핏 오작동하는 것 같았다. 자기계와 편광자를 통해서 비로소 자기장 변동의 원인이 협곡 벽면에 우거진 수풀이라는 사실을 알아냈다. 그제야 지금 보이는 협곡의 덤불이 앞서 지나가며 봤던 것과 겉모습에서 차이를 보이고 있음을 눈치챘다. 녹슨 부분도 없고, 철사와 가지 들이 기이할 만큼 두껍게 뒤덮여서 덤불은 더 크고 풍성하고 까맣게 보였다. 로한은 방어막을 해제하는 위험을 무릅쓰고까지는 그것을 조사하지 않기로 결정했다.

그들이 조금 더 속력을 높이자 충격 측정기와 자기 센서에 점점 다양한 움직임들이 나타났다. 시선을 위로 돌리면 거무스름한 덤불 표면 위의 공기가 고온으로 가열된 듯 여기저기 떨리는 광경을 볼 수 있었다. 두 번째 암석 통로 너머의 덤불 위에는 흩어진 한 줄기의 연기 비슷한 무언가가 빙글빙글 돌고 있었다. 그러나 경사지의 무척 높은 지대에서 일어나고 있었기 때문에 쌍안경으로도 좀체 형체를 알아보기 힘들었다. 다만 로한의 차량을 운전하던 쟈그의 시력은 상당히 좋았는데, 그 '연기'가 마치 작은 벌레 떼처럼 보인다고 했다.

예상보다 이동 시간이 길어지자, 로한은 약간 불안 증세를 나타내기 시작했다. 협곡의 굽잇길은 여전히 끝날 기미가 보이지 않았다. 그러나 개울 바닥에 깔려 있던 돌무더기들이 사라져서 더욱 속력을 낼 수 있었다. 시내가 거의 자갈들 밑으로 깊숙이 자취를 감추었으므로, 그들이 차량을 멈춰 세워야만 정적 속에서 물 흐르는 소리를 희미하게 들을 수 있었다.

또 한 굽이를 돌자 이전보다 더 좁은 아치형 암석 통로가 나타났다. 크기를 재어 본 기술자들은 방어막을 가동한 상태에서는 그곳을 지나갈 수 없다고 말했다. 방어막은 자유롭게 형태를 바꿀 수 없고 항상 회전체가 변형된 모양으로, 그러니까 구나 타원체, 아니면 쌍곡면 같은 모양으로만 변경할 수 있음은 잘 알려진 사실이다. 이전에는 성층권에서 납작해진 기구 모양으로 방어막을 만들어서 협곡의 좁은 공간을 지나갈 수 있었다. 당연히 눈에는 보이지 않았지만 말이다.

그런데 지금은 어떠한 작전으로도 이 임무를 수행할 수 없었다. 로한은 물리학자 토만, 두 명의 방어막 기술자들과 상의한 뒤 위험을 감수하고라도 잠시만, 그리고 부분적으로만 방어막을 해제하고 이동해 보기로 합의했다. 사람을 태우지 않은 에너지봇이 가장 먼저 방어막 생성기를 끄고 통로를 지나가는 즉시, 암석 저편에서 다시 생성기를 가동함으로써 볼록한 방패 형태로 앞면 전체를 보호한다. 네 대의 대형 수송 차량과 로한의 소형 정찰 트럭이 좁은 통로를 지나는 동안, 사람들은 단지 위쪽만 방어막의 보호를 받지 못할 것이다. 그리고 두 번째 에너지봇이 마지막으로 암석 통로를 지나면 자신의 '방패'와 선두 에너지봇의 '방패'는 합쳐질 테고, 그때 다시금 방어막이 재개되어서 완벽하게 제 역할을 시작하리라.

모든 것이 계획에 따라서 진행되었다. 네 대 중 마지막 무한궤도형 바퀴 차량이 바위기둥 사이를 지나가고 있었다. 바위가 가까이에서 소리 없이 떨어진 듯 공기가 특이하게 진동하는 순간, 뻣뻣한 털로 가득한 협곡 벽면에서 연기가 뿜어져 나왔다. 급기야 먹구름이 일면서 호송대를 향해 맹렬한 속도로 곤두박질치기 시작했다.

로한이 대형 수송 차량들을 먼저 보내고, 마지막 차량이 통과하기를 기다릴 때였다. 갑자기 협곡 벽면에서 새까만 무엇인가가 터져 나옴과 동시에, 암석 통로 너머로 벌써 방어막을 작동 중이던 첫 번째 에너지봇 정면에서 엄청난 섬광이 발생했다. 공격하는 구름의 일부만 방어막에 타 버렸을 뿐, 나머지 대부분은 불꽃 위로 통과하더니 모든 차량을 한꺼번에 급습했다. 로한은 쟈그에게, 즉시 후방 에너지봇을 가동시켜서 전방 에너지봇의 방어막과 합체하라고 소리쳤다. 현재 상황에서 낙석 위험 따위는 중요하지 않았다. 쟈그는 로한의 명령대로 조치하고자 애썼지만 방어막은 작동하지 않았다. 나중에 듣게 된 수석 엔지니어의 말로는, 아마도 기계 내부의 속도 변조관이 과열된 것 같았다. 만약 쟈그가 몇 초만이라도 상승 전류를 유지했더라면 방어막은 작동했으리라. 하지만 그는 다시 시도하는 대신, 평정을 잃고 차량에서 뛰어내렸다. 로한이 점프 슈트를 붙잡았으나 공포에 질린 쟈그는 손을 뿌리치고 협곡 아래쪽으로 도망쳤다. 로한이 조종 장치에 도달했을 때는 이미 너무 늦어 버렸다.

혼비백산한 채 차량에서 뛰어내려 사방으로 뛰어가는 사람들의 모습은 소용돌이치는 구름에 가려서 거의 보이지 않았다. 도저히 믿기 힘든 광경 앞에서 로한은 더 이상 어떠한 시도도 하지 않았다.(게다가 방어막을 켜기는 불가능했다. 금속 덤불 속에서 피난처를 찾듯 경사면까지 기어오르려는 사람들을 감전시킬 위험이 있었기 때문이다.) 로한은 텅 빈 차량 안에 멍하니 서서 자신에게도 똑같이 들이닥칠 운명을 기다렸다. 로한의 등 뒤에 있던 터너가 첨탑에서 상반신을 내민 채 허공에 대고 압축 레이저를 발사했는데, 이미 구름 대부분이 너무 근접해 있었기 때문에 아무 소용도 없었다. 나머지 호송대는 로한으로부터 60미터가량 떨어져 있었다. 그 사이에서 사람들은 검은 불길에 휩싸인 듯 땅에 누워 온몸을 비틀었다. 분명히 소리를 지르고 있었지만 절규를 비롯해서 다른 모든 소리는 구름이 지속적으로 발생시키는 저음 속에 파묻혀 버렸다. 무수히 많은 공격 무리가 전방 에너지봇 방어막의 흔들리는 화염 속에서 연신 타들어 가며 내는 굉음도 들리지 않았다.

로한은 트럭에서 몸을 반쯤 내밀고 서 있었다. 안으로 숨으려고 하지도 않았다. 그것은 자포자기한 상태에서 샘솟은 담력이 아니었다. 나중에 직접 말했듯이 그는 그냥 숨는 것에 대해서, 아니 그 어떤 것에 대해서도 생각하고 있지 않았다.

검은 폭우 속에서 사람들이 허우적대는 잊지 못할 광경은 갑자기 경악스럽게 변해 버렸다. 공격당한 사람들은 암석 위에서 몸부림치거나 도망치고, 아니면 뻣뻣한 금속 수풀로 기어 들어가던 행동을 돌연 멈췄다. 그들은 차츰 일어서거나 자리에 앉았다. 구름이 갈라지며 사람들에게서 흩어졌고, 몸통이나 머리를 회오리처럼 살짝 휘감아 돌았다. 그러다가 굉음과 함께 맹렬히 협곡 벽면 사이로 점점 더 높게, 하늘의 석양빛을 가릴 때까지 멀어졌다. 그리고 웅웅거리는 소리가 서서히 희미해지면서 암벽 속 깜깜한 정글로 미끄러져 들어가더니 모습을 감추었다. 움직임 없는 사람들 사이에 흩어져 있는 몇몇 미세한 검정 알갱이들만이, 방금 벌어진 일이 실제 상황이었음을 보여 주었다.

로한은 아직 자신이 살아 있다는 사실을 믿기 힘들었고, 어떻게 그럴 수 있는지 이해할 수 없었다. 터너를 찾아서 주위를 둘러봤지만 첨탑은 비어 있었다. 언제, 어떤 방법으로인지는 몰라도 뛰어내렸음이 분명했다. 그는 얼마쯤 떨어진 장소에서 발견됐는데, 바닥에 누워 레이저 총 두 자루의 총개머리를 여전히 가슴에 꼭 안은 채 멍하니 허공을 응시하고 있었다.

차량에서 내린 로한은 뛰어다니며 한 명 한 명을 살펴보았다. 사람들은 그를 알아보지 못했고, 아무도 그에게 말을 건네지 않았다. 대부분은 차분해 보였다. 바위에 눕거나 앉았고, 두세 명은 일어나서 차량 쪽으로 걸어가더니 그 측면부를 손으로 더듬더듬 서툴게 만지기 시작했다.

로한은 쟈그의 친구이자 뛰어난 레이더 기사 젠리스가 마치 난생처음 기계를 마주한 미개인처럼 입을 반쯤 벌린 채 화물 차량의 출입구 손잡이를 열려 하는 모습을 보았다.

　　이제 로한은 콘도르호 함교 구획 중 한 군데에서 보았던, 즉 불타서 생긴 둥근 구멍의 원인을 알게 되었다. 그가 꿇어앉아서 볼민 박사의 어깨를 잡고 정신을 차리도록 절망적으로 흔들었을 때, 굉음과 함께 바로 그의 머리 옆에서 보랏빛 광선이 터졌다. 멀리 떨어져 앉아 있던 사람들 중 하나가 바이어 레이저 총을 꺼내서 무심코 방아쇠를 당긴 것이다. 로한이 남자를 향해 소리를 질렀지만 그는 전혀 개의치 않았다. 불꽃놀이를 보고 즐거워하는 어린아이처럼 그 빛이 마음에 들었는지 총을 마구 쏘아 대기 시작했다. 결국 원자력 탄창이 바닥날 때까지 사격을 이어 나갔다. 레이저의 열기 때문에 공기가 아른거렸고, 로한은 바닥에 엎드린 채 바위 사이로 기어 들어가서 몸을 숨겨야 했다. 그때 길모퉁이에서 쿵쾅거리는 발소리가 들리더니 쟈그가 땀범벅이 된 얼굴로 가쁜 숨을 몰아쉬며 달려왔다. 그는 레이저 총 사격에 빠진 정신 나간 남자 쪽으로 곧장 뛰어가고 있었다.

　　"멈춰! 엎드려! 엎드리라고!"

　　로한이 힘껏 소리를 지르자 당황한 쟈그가 미처 멈춰 서기도 전에 왼쪽 팔에 광선을 맞았고, 그 순간 로한과 눈이 마주쳤다. 그의 팔 전체가 공중으로 날아가 버렸고, 끔찍하게 절단된 부위에서는 피가 솟구쳤다. 총을 쏜 남자는 그 광경에 전혀 관심이 없었고, 경악에 질린 쟈그는 피를 쏟아 내는 자신의 몸과 잘려 나간 팔을 번갈아 보더니 빙그르 돌면서 땅에 쓰러졌다.

바이어 총을 든 사내는 서 있었다. 가열된 레이저 총으로 쉬지 않고 광선을 쏘아 대자, 암석에서 실리콘 타는 냄새와 함께 연기가 일며 불꽃이 튀었다. 남자는 비틀거렸다. 그의 움직임은 딸랑이를 쥔 아기를 연상시켰다. 나란히 앉은 두 사람 사이로 빛줄기가 공기를 가르며 날아갔다. 그들은 밝은 섬광에 눈을 감지도 않았다. 조금만 늦었더라면 한 명은 얼굴이 잘려 나갔으리라. 로한은 이번에도 판단이 아닌 반사 신경으로 자신의 권총집에서 바이어 총을 꺼낸 뒤 그를 향해 딱 한 번 발사했다. 사내의 구부러진 두 팔이 제 가슴을 탁 치면서 들고 있던 총 또한 덜커덕 소리와 함께 땅에 떨어졌고, 곧이어 남자도 총 위로 엎어졌다.

그제야 로한은 땅을 짚고 일어났다. 날이 어두워지고 있었다. 최대한 빨리 그들 모두를 기지로 데려가야 했다. 그는 수륙 양용 트럭밖에 가지고 있지 않았다. 수송 차량의 시동을 걸려다가, 기중기의 도움 없이는 암석 통로 사이의 가장 좁은 부분에서 충돌해 버린 두 대의 수송 차량을 움직이기 어려우리라는 사실을 깨달았다. 남은 것은 후방 에너지봇뿐이었다. 거기에 최대 다섯 명까지 태울 수 있었는데, 생존자는 비록 정신이 온전하지는 않더라도 아홉 사람이었다. 로한은 그들을 모아서 아무 데도 도망가지 못하도록, 그리고 자신을 해치지 못하도록 묶어 놓는 것만이 최선의 방법이라고 생각했다. 그런 다음 에너지봇 두 대의 방어막을 작동시켜서 그들을 보호하고, 자신은 도움을 요청하러 가기로 했다. 그가 누구도 데려가지 않은 이유는, 차량에 아무런 보호 장치가 없었으므로, 만일 공격을 받더라도 혼자만 당하면 그만이었기 때문이다.

그가 그 엄청난 일을 마무리했을 무렵에는 벌써 깜깜한 밤이었다. 사람들은 아무런 저항 없이 순순히 묶였다. 로한은 수륙 양용 트럭이 빠져나갈 만한 빈 공간을 만들고자 후방 에너지봇을 옮기고 양쪽 에너지봇의 방어막 생성기를 조정한 뒤, 원격으로 방어막을 가동했다. 그 안에 사람들을 모두 남겨 두고, 자신은 왔던 길로 되돌아갔다.

이렇게 해서 행성에 착륙한 지 이십칠 일 만에 무적호 승무원의 거의 절반 가까이가 무력화 상태로 변해 버렸다.

패배

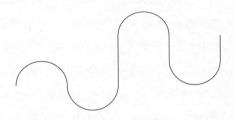

실제 사건이 모두 그렇듯, 로한의 이야기는 이상하고 앞뒤가 안 맞았다. 왜 구름은 그와 쟈그를 공격하지 않았을까? 왜 구름은 터너가 수륙 양용 차량에서 내리기 전까지 역시 해치지 않았을까? 왜 쟈그는 처음에 도망쳤다가 나중에 되돌아왔을까? 마지막 질문에 대한 답은 상대적으로 쉬웠다. 쟈그가 공황 상태에서 벗어났을 때 자신이 기지로부터 50킬로미터쯤 떨어져 있고, 보유 중인 예비 산소만으로는 그곳까지 걸어서 갈 수 없음을 깨달았기 때문이리라고 추측했다.

　나머지 질문들은 수수께끼로 남았다. 그 답이 곧 모든 승무원의 생사가 걸린 문제의 해답이 될 수도 있었다. 그러나 이제는 분석과 가설에 휘둘리지 말고 직접 행동으로 옮겨야 할 때였다.

호르파흐는 로한팀의 소식을 자정이 지난 다음에야 알게 되었다. 그러고 나서 삼십 분 뒤에 출발했다.

겨우 200킬로미터밖에 떨어지지 않은 장소로 우주 순양함을 이동하기란 보람 없는 일이었다. 화염을 방사하는 우주선을 공중에 수직으로 떠 있게 유지한 채 비교적 낮은 속도로 움직이게끔 조종해야만 하는데, 이때 많은 연료를 소비할 수밖에 없다. 이런 일에는 적합하지 않은 변속기가 연신 전자 오토마톤의 개입을 요구했다. 그럼에도 강철로 만들어진 대형 우주선은 해수면 위에서 온화하게 파도치듯 가볍게 흔들리며 밤새도록 움직이고 있었다. 붉은 불빛으로 인해 무적호의 형태가 희미하게 보이며, 마치 어둠을 통과하는 불기둥 같았다. 만약 레기스 3 행성 표면에서 그 모습을 관찰했다면 분명히 색다른 광경이었으리라.

정확한 항로를 유지하기도 쉽지 않았다. 대기권 위로 솟아올랐다가 다시 선미 쪽부터 먼저 대기권으로 진입해야 했기 때문이다.

게다가 그들이 찾는 분화구는 얇은 구름층에 가려져 있어서 선장은 전방의 모든 과정에 온전히 주의를 집중했다. 마침내 동이 트기 전, 무적호는 분화구 안에 자리한 예전 레그너팀의 기지와 2킬로미터 떨어진 지점에 착륙했다. 슈퍼콥터와 차량과 막사가 방어막 내부로 옮겨졌고, 중무장한 구호반이 제정신은 아니었지만 육체적으로 이상 없는 로한팀의 생존자들을 정오 무렵에 모두 데리고 왔다. 사실상 함선 병실의 자리는 이미 모자랐기 때문에 추가적으로 선실 두 곳을 의무실로 개조해야 했다. 이 일을 마무리하고 나서야 과학자들은 로한이 어떻게 살아남았는지, 그 미스터리에 관해서 논의하기 시작했다. 그리고 레이저 총을 쏘아 댄 미친 사람만 아니었다면 역시나 생존했을 쟈그의 경우에 대해서도 이야기했다.

이해가 안 되는 점은 두 사람의 옷차림이나 무기, 외모 그 어느 것도 다른 이들과 다르지 않았다는 사실이다. 그들을 포함해서 터너까지 세 사람이 소형 수륙 양용 차량에 탑승해 있었다는 점도 그다지 중요해 보이지 않았다.

더불어 호르파흐는 앞으로 무엇을 해야 할지 딜레마에 빠졌다. 상황은 분명했다. 퇴각의 정당함을 보여 주고, 콘도르호의 비극적 종말을 설명하는 자료들을 가지고서 본부에 돌아갈 수 있었다. 과학자들을 가장 매혹시킨 것은 금속 곤충과 암석에서 자라는 기계적 '식물'의 공생, 마지막으로 구름의 지각 유무였다. 하나만 존재하는지, 아니면 여럿인지, 또는 작은 구름들이 뭉쳐서 하나로 합체할 수 있는지도 알지 못했다. 그러나 이 모든 것 역시 선장에게는 레기스 3 행성에 한 시간이라도 더 머물러야 할 이유가 되지 못했다. 만약 레그너를 포함한 팀원 넷이 사라지지 않았다면 말이다.

실종자들의 흔적은 로한팀을 협곡으로 이끌었다. 비록 레기스의 무생물 거주자들이 그들을 가만히 두었더라도 무방비 상태로는 살아남지 못할 것이 명백했다. 합리적 사고 능력을 상실한 불쌍한 사람들은 무적호 말고는 도움받을 데가 없었으므로 그 인근 지역을 꼭 살펴봐야만 했다.

동굴과 협곡에서 실종된 이들이 분화구에서 몇십 킬로미터 이상 더 멀어지지는 못했을 테니, 이제 할 수 있는 단한 가지 조치는 탐색 반경을 적정 수준으로 정하는 일이었다. 보유한 산소가 이미 얼마 남지 않았을 테지만, 의사들은 행성 대기에서 호흡하는 것이 생명에는 지장이 없으리라고 확신했다. 게다가 현재 상태에서 혈중 메탄 수치가 오르면서 나타나는 정신 착란은 별로 중대한 문제가 아니었다.

탐색 지역은 넓지 않았지만 지형 자체가 유독 험하고 시야를 확보하는 데에 어려움이 있었다. 골목, 틈새, 구덩이, 그리고 동굴 하나하나를 철저하게 수색하기란 가장 유리한 조건에서도 몇 주나 걸릴지 모르는 일이었다. 구불구불한 협곡과 골짜기 들은 물이 흐르면서 생성된 몇몇 통로, 동굴과 연결되어 있었다. 그런 은신처들 중 어딘가에 실종자들이 있을지도 모른다고 판단할 수 있으나 사실 한곳에 모여 있으리라고 단정하기는 힘들었다. 기억력을 상실한 그들은 아이들보다 무력한 상태였다. 아이들은 적어도 함께 뭉쳐 있을 것이기 때문이다. 무엇보다 그 주변은 검은 구름의 본거지였다. 무적호의 강력한 무기와 그 기술적 성능도 수색에 별다른 도움이 되지 못할 터다. 가장 확실한 보호책인 방어막도 행성 표면 아래의 공간에서는 무용지물이었다. 그리하여 남은 대안은 실종자들에게 사형 선고를 의미하는 즉각적인 철수, 혹은 위험을 감수하고서라도 수색을 개시하는 방법이었는데 현실적으로 앞으로 며칠, 길어야 일주일밖에 시간이 없었다. 그 후의 수색 작업으로는 온전한 상태가 아닌 실종자들의 유해만 찾게 되리라는 사실을 호르파흐는 잘 알고 있었다.

다음 날 아침, 선장은 전문가들을 소집해서 상황을 설명하고 도움을 요청했다. 그들에겐 로한이 겉옷 주머니에 넣어 온 한 줌의 '금속 곤충'이 있었고, 거의 스물네 시간 동안 그것을 조사하는 데 전념했다. 호르파흐는 그 형성물들을 전적으로 비활성화할 수 있는 방법이 있는지 알고 싶어 했다. 구름이 공격할 때, 대체 무엇이 쟈그와 로한을 구했는지에 대해서도 다시금 논의가 이루어졌다.

'전쟁 포로'인 금속 곤충들은 유리 용기에 밀봉된 채 회의 내내 테이블 한가운데, 눈에 잘 띄는 곳에 놓여 있었다.

그것들은 검사하는 과정에서 파괴된 나머지를 제외하고 열 몇 개밖에 남지 않았다. 완벽하게 세 부분으로 대칭을 이루는 모습은 알파벳 Y를 연상시켰고, 세 갈래로 뻗은 뾰족한 팔이 두꺼운 중심점에 연결되어 있었다. 직사광 아래에서는 칠흑같이 어두운 빛을 띠었고, 간접광에서는 짙은 파란색과 감람빛으로 번들거렸는데, 이는 커팅 된 다이아몬드처럼 세밀한 표면들로 이루어진 일부 지구 곤충의 배 색깔과 유사했다. 모든 금속 곤충의 안쪽으로 동일하고 미세한 구조가 형성되어 있었다. 그것은 모래알보다 몇백 배나 더 고운 입자로 구성되었으며, 부분적으로 서로 독립되어서 구별할 수 있는 하부 조직이 일종의 자율 신경계로 보이는 영역을 이루었다.

더 작은 부분은 Y형 갈래에서 내부를 구성하며 '곤충'의 운동 체계를 감독했다. 미정질 구조로 된 팔 부분에는 보편적 충전지 역할을 하는 동시에, 전력 변압기의 종류로 여길 만한 무엇인가가 있었다. 어떤 방식으로 미세 결정이 압축되느냐에 따라 전기장 또는 자기장, 아니면 중앙부를 상대적으로 뜨겁게 가열하는 교류장을 형성할 수 있었다. 이때 축적된 열이 외부를 향해서 한 방향으로 방출되었다. 이로써 생겨난 공기의 이동, 즉 일종의 반동이 금속 곤충들로 하여금 어느 방향으로든 솟아올라 움직이게 해 주었다. 개별 결

216

정체는 날아다닌다기보다 떠다닌다고 볼 수 있었는데, 적어도 실험실에서 연구를 진행하는 동안에는 자신의 비행을 정확하게 통제하지 못했다. 다른 것들과 팔의 끝부분을 서로 연결하면서 집합체를 형성했고, 수량이 늘수록 공기 역학적 성능은 더욱 향상되었다.

각각의 결정체는 다른 세 개체와 연결되었다. 또한 다른 결정체의 중앙부, 팔 끝부분과 합체하는 방식으로 점차 불어나는 조립체의 다층 구조를 가능하게 했다. 합체를 하려면 실제 접촉하지 않더라도 끝부분을 가까이 두는 것만으로 충분했다. 이렇게 발생한 자기장이 형성물 전체의 균형을 이루도록 하는 것이다. 일정 수량이 모인 '곤충' 집합체는 수많은 규칙성을 보여 주기 시작했다. 외부 자극에 따라서 움직이는 방향, 구조, 모양, 내부의 충동 빈도를 조정할 수 있었다. 그 빈도에서 특정한 변화가 발생할 때 극이 뒤바뀌고, 금속 결정체들은 응집하는 대신 서로 연결을 해제한 뒤 분리되어 흩어졌다.

움직임을 통제하는 시스템 말고도 각각의 검은 결정체는 또 다른 연결망을 가졌는데, 그것은 어떤 거대한 전체의 일부를 이루는 듯했다. 아마도 엄청난 수의 부품들이 결합할 때만 생겨나는 상위 완전체는 구름을 작동시키는 실제 원동력이었을 것이다. 하지만 과학자들의 지식으로 이해한 내용은 여기까지였다. 그들은 상위 시스템의 성장 가능성에 대해 알아내지 못했고, 특히 구름의 '지각' 문제에 관해서는 확신하지 못했다. 크로노토스는 맞닥뜨린 문제가 어려우면 어려울수록 금속 곤충들은 더 많이 모여서 하나의 전체를 이룬다고 추측했다. 그 말은 충분히 설득력 있게 들렸지만 어떤 인공두뇌학자나 컴퓨터 과학자도 그런 구조에 대응하는, 즉 의도한 치수에 맞춰 자신의 크기를 조절하는, 이른바 '자유자재로 확장하는 뇌'를 알지 못했다.

로한이 가져온 샘플 중 일부는 파손되었지만, 남은 것들은 정상적인 반응을 보였다. 각각의 결정체는 공기 중에 떠다니거나 미세하게 날아올랐다가 떨어지고, 자극의 근원에 접근하거나 피하기도 했다. 그것은 사람에게 유해하지 않았고, 심지어 파괴되려는 순간에도(과학자들은 화학 물질, 열기, 방어막, 방사선 등의 방법으로 그것들을 망가뜨리려고 시도했다.) 어떤 종류의 에너지를 방출하지 않았으며, 지구에서 가장 연약한 딱정벌레만큼이나 간단히 부숴 버릴 수 있었다. 딱정벌레와 유일하게 다른 점이 있다면 결정체성 금속으로 이루어진 껍데기가 쉽게 으깨지지 않는다는 것이었다. 반면에 상대적으로 작은 '곤충'의 집합체일지라도 서로 연결되었을 때 자기장 환경에 놓이면, 곧바로 자기장을 형성해서 그것을 상쇄시켰다. 고온에 노출되었을 때는 적외선을 통해서 초과된 열을 방출하려고 시도했다. 과학자들로서는 결정체를 한 줌밖에 가지고 있지 않아서 실험을 계속 이어 나갈 수 없었다.

금속 곤충을 비활성화할 수 있는지 궁금해하는 선장의 질문에 크로노토스가 다른 부서장들을 대표해서 발언했다. 그들은 추가적 실험을 진행할 시간을 요구했고, 무엇보다도 훨씬 더 많은 수의 결정체를 얻고 싶어 했다. 그래서 협곡 중심부에 수색팀을 파견하자는 안건을 제시했으며, 그럼으로써 실종자들을 찾는 동시에 금속형 곤충 샘플을 적어도 몇만 마리는 더 가져올 수 있으리라고 했다.

호르파흐는 제안을 받아들였다. 그러나 더 이상 사람들의 목숨을 담보로 모험하지는 않겠다고 결정했다. 결국 이때까지 한 번도 작전에 참여한 적 없는 기계를 협곡에 보내기로 했다. 강한 방사능에 오염되었거나 극도로 높은 기압 혹은 온도 같은 특수 환경에만 투입되는 80톤 무게의 자주식 전투 차량이었다. 비공식적이지만 일반적으로 '사이클롭스'라고 불리는 이 기계는 우주선 가장 아래에 위치한 화물칸 격벽에 단단히 고정되어 있었다. 원칙적으로 행성 표면에서는 사용하지 않으며, 사실 무적호는 단 한 번도 사이클롭스를 가동한 적이 없었다. 이렇게 최후의 사태까지 대비해야 하는 상황은 그동안의 헤아릴 수 없는 온갖 사건들 중에서도 다섯 손가락에 꼽을 정도였다. 사이클롭스에게 임무를 맡기기란, 선상에서 쓰는 말로 '악마에게 일을 주는 것'과 다름없었다. 어떤 일이든 지금까지 사이클롭스가 패배했다는 이야기를 아무도 들어 보지 못했다. 기중기가 사이클롭스를 들어 올려서 램프에 내려놓자, 기술자들과 프로그래머들은 작동을 준비했다. 이 차량은 일반적인 디랙 방사체와 더불어 구형 반물질 캐넌포를 보유하고 있기에 반양성자를 원하는 방향으로, 아니면 모든 방향으로 동시 사격할 수 있었다. 장갑을 둘러 불룩한 배 부분에 내장된 발전기가 자기력을 생성해서 사이클롭스로 하여금 지상 몇 미터까지 공중 부양할 수 있도록 했다. 무한궤도형은 물론, 어떤 종류의 바퀴도 없기 때문에 지형에 구애받지 않았다. 차량 앞쪽에서 강철 입 부분이 열리더니 흡착 기계가 나왔다. 신축이 자유로운 일종의 '팔'이라고 할 수 있는 이 장비로 국지적 규모의 시추를 비롯하여, 외부에서의 광물 샘플 수집 및 기타 작업을 수행할 수 있었다. 사이클롭스는 고강도 출력의 라디오와 영상 송신기를 탑재했고, 그 밖에도 조종 컴퓨터를 이용하면 자동으로 움직일 수 있었다. 선장은 협곡 내부에서 차량과의 통신이 두절될 것으로 예상했기 때문에, 피터슨의 엔지니어 운영팀에 속한 기술자들은 상황에 맞게 개량한 프로그램을 컴퓨터에 설치했다.

프로그램의 예측을 바탕으로 실종자들을 찾아내면, 사이클롭스는 그들을 차량 내부로 데리고 들어와야 했다. 먼저 2차 외부 방어막으로 자신과 실종자들을 감싼 다음, 본체를 보호하는 내부 방어막을 이용해서 통로를 개방하는 것이었다. 그뿐만 아니라 이 차량은 자신을 공격하는 결정체들 중 상당량을 채취해야 했다. 반물질 캐넌포는 방어막이 뚫릴 위기 상황에만 최후의 수단으로 사용한다. 캐넌포 사용에 따르는 소멸 반응은 분명히 인근 지역을 방사능으로 오염시킬 테고, 전투 발생 지점 근처에 위치한 실종자들의 생명을 위협할지 모르기 때문이었다.

사이클롭스는 앞뒤로 8미터이고 '어깨통'이 넓었으며, 동체 지름은 4미터 이상이었다. 만약 비좁은 암석 틈새에 통로가 막히면 '강철 팔'을 사용해서 갈라진 부분을 더 넓히거나, 방어막으로 바위를 분쇄해 버릴 수도 있었다. 세라믹과 바나듐을 합금한 장갑판은 다이아몬드만큼이나 단단해서 방어막 해제는 위협이 되지 않았다.

사이클롭스 내부에는 찾아낸 실종자들을 담당할 오토마톤과 침상 들을 준비했다. 마침내 모든 점검이 끝나자 장갑을 두른 동체는 놀라울 만큼 가볍게 램프를 미끄러져 내려갔다. 그러더니 최고 속도를 내며 달려 나갔음에도 먼지는 전혀 일어나지 않았다. 마치 보이지 않는 힘이 그것을 지탱하고 있는 듯 말이다. 사이클롭스는 무적호 방어막의 푸른 불빛이 표시된 통로를 지나, 선미 아래에 모여 있는 사람들을 뒤로하고 곧 사라졌다.

한 시간가량 사이클롭스와 함교 사이에서는 음향 및 영상 통신이 원활하게 이루어졌다. 암석 벽면의 틈새를 부분적으로 막고 있는 거대한 오벨리스크 형성물은 무너진 교회의 첨탑 같아 보였다. 그것으로 로한은 참극이 벌어진 협곡의 입구를 알아보았다. 바위가 넓게 펼쳐진 첫 번째 비탈길에서 기계는 속도를 줄였다. 스크린 앞에 선 사람들이 바위 사이로 흐르는 물소리까지 들을 만큼 사이클롭스의 원자력 구동 장치는 조용히 작동하고 있었다.

통신 전문가들은 2시 40분까지 음향과 영상을 유지했다. 그때 사이클롭스가 편평하고 좀 더 쉽게 접근할 수 있는 협곡 부분을 지나서 녹슨 덤불의 미로 속으로 진입했다. 무선 기술자들의 노력으로 이후 네 차례까지 서로 메시지를 주고받았지만, 다섯 번째 통신부터는 내용을 이해할 수 없었다. 사이클롭스의 컴퓨터가 순조롭게 이동 중이라는 사실을 보고했으리라 대략 짐작할 뿐이었다.

호르파흐는 정해진 계획에 따라 영상 중계 장치가 장착된 무적호의 무인 탐사기를 쏘아 보냈다. 탐사기는 하늘로 가파르게 치솟더니 몇 초 만에 모습을 감추었고, 곧이어 함선으로 신호를 발신하기 시작했다. 1.6킬로미터 높이에서 내려다본 그림 같은 풍경은 검붉은 덤불에 뒤덮인 삐죽삐죽한 절벽으로 가득 차 있었다. 잠시 후 강철 덩어리처럼 번쩍이며 협곡 바닥을 따라 미끄러지듯 움직이는 사이클롭스의 모습을 쉽게 찾을 수 있었다. 호르파흐, 로한 그리고 전문가 팀의 수장들은 함교 모니터 앞에 서 있었다. 수신 상태는 양호했지만 곧 악화하거나 두절될 가능성이 높다고 예측되었기 때문에 계전기 역할을 해 줄 다른 탐사기 몇 대가 더 발사되기를 기다렸다. 수석 기술자는 공격을 받으면 사이클롭스와의 연결이 끊길 것은 분명하지만, 적어도 사이클롭스의 행동 양상을 관찰할 수 있으리라고 판단했다.

높은 고도에 위치한 통신 탐사기가 사이클롭스의 시야에 잡히지 않는 넓은 조망을 화면 앞 사람들의 전방에 펼쳐놓았다. 겨우 수백 미터 떨어진 암석 통로에 버려진 차량들이 그들 앞을 가로막고 있었다. 사이클롭스는 다른 임무를 수행하고 돌아오는 길에 충돌하면서 서로 맞붙어 버린 무한궤도형 바퀴 차량 두 대를 견인해 오기로 되어 있었다.

높은 곳에서 내려다보니 텅 빈 차량들은 마치 녹색 상자같이 보였다. 그중 한 대 옆에서 부분적으로 타 버린 사람의 형상을 발견했는데, 다름 아닌 로한에게 총을 맞은 남자였다.

아치형 암석이 솟은 통로의 굽잇길을 돌기 직전에 사이클롭스가 멈춰 서더니, 골짜기 거의 밑바닥까지 뻗은 금속 덤불 쪽으로 다가갔다. 긴장이 감도는 가운데 사람들은 움직임을 주시하고 있었다. 방어막 전면이 열리고 기다란 기관포 총열 형태의 흡착기가 앞으로 늘어났다. 그 끝에 달린 집게 발 모양의 손잡이가 암석 지면의 덤불을 한 움큼 잡더니 겉보기에 쉽게 뜯어낸 다음, 원래 자리로 들어갔다. 사이클롭스는 협곡 아래쪽으로 후진했다.

모든 작업이 원활하고 효율적으로 이루어졌다. 협곡 공중에서 선회하는 통신 탐사선을 통해 무선 접속하고 있는 사이클롭스의 컴퓨터가 검은 '벌레 떼의 샘플'을 밀폐 용기에 보관 중이라고 보고했다.

사이클롭스는 비극이 일어난 장소로부터 100미터 떨어진 지점에 도착했다. 로한팀의 후방 에너지봇은 강철판에 싸인 뒷부분을 바위에 기대고 있었다. 그리고 암석 통로 한가운데에 다닥다닥 붙은 수송 차량들 앞쪽으로 또 다른 에너지봇이 서 있었다. 공기의 어렴풋한 떨림은 로한팀이 퇴각하면서 켜 놓은 에너지봇의 방어막이 여전히 가동하고 있음을 알려 주었다. 사이클롭스는 먼저 방어막을 원격으로 해제하고 엔진 추력을 높여서 공중으로 솟아오른 뒤 기울어진 차량들 지붕 위를 민첩하게 날아다니다가 다시 암석 통로 너머에 내려앉았다. 그때 이 모습을 관찰하던 누군가가 소리치며 경고했다. 그 외침이 협곡에서 60킬로미터 떨어진 무적호의 함교를 가로지르며 울려 퍼졌을 때, 골짜기 경사면에 퍼진 검은 수풀에서 연기가 피어오르기 시작했다. 연기는 물결을 이루며 사이클롭스 쪽으로 달려들었다. 기세가 어찌나 맹렬하던지, 처음에는 타르처럼 검게 들끓는 망토를 차량 위로 덮어씌운 듯 사이클롭스를 완전히 집어삼켰다. 그러나 곧이어 번쩍거리는 섬광이, 공격을 퍼붓는 구름의 몸통을 뚫고 지나갔다. 사이클롭스가 살벌한 무기를 사용해서가 아니었다. 단지 구름에 의해 형성된 에너지장이 로봇의 방어막과 맞부딪치면서 발생한 현상이었다. 그런데 방어막 표면이 까맣게 이글거리면서 두껍게 엉기더니 갑자기 낯선 모습을 드러냈다. 그것은 거대한 용암 기포만큼 부풀어 올랐다가 줄어들기를 반복했고, 이 특이한 과정은 얼마간 지속되었다. 사람들은 시야에서 사라진 사이클롭스가 무수히 많은 공격자들을 물리치고자 분투하고 있으리라 여겼다. 그러나 새로 생겨난 구름들이 협곡 아래쪽으로 계속 물밀듯이 흘러 내려왔고, 그들의 수는 점점 불어났다. 이미 방어막의 번쩍임은 보이지 않았고, 오직 완전한 침묵 속에서 강력한 힘을 지닌 두 무생물 사이의 범상치 않은 전투만이 이어지고 있었다. 마침내 검은 거품이 요동치며 캄캄한 소용돌이 아래로 사라지자,

223

스크린 앞에 서 있던 누군가가 한숨을 내쉬었다. 구름은 일종의 거대한 회오리바람으로 바뀌더니, 가장 높은 암벽 꼭대기의 위쪽까지 뻗어 올랐다. 아래쪽 부분은 사이클롭스를 휘감고 격렬하게 회전하며 푸른빛을 번쩍이는, 1킬로미터 높이의 엄청난 소용돌이였다. 아무도 입을 열지 않았지만 모두 알고 있었다. 구름은 껍질 속의 씨앗을 끄집어내듯 사이클롭스를 감싼 방어막을 으스러뜨리려는 것이었다.

로한은 선장이 옆의 수석 엔지니어에게 방어막의 성능을 과연 언제쯤 물어볼지 궁금해하며 곁눈질로 그의 입술을 살펴보았다. 그러나 선장은 아무 말도 하지 않았다. 이미 때를 놓쳤기 때문이다.

검은 회오리바람, 협곡 벽과 덤불, 이 모든 것들이 눈 깜짝할 사이에 사라졌다. 협곡 아래쪽으로 화산에서 불이 솟구치는 듯한 광경이 비쳤다. 연기와 펄펄 끓어오르는 용암, 산산이 부서진 암석 조각들의 기둥, 아마도 부글거리는 개울물로부터 발생한 듯한 거대한 수증기 구름이 점점 위로 피어오르며 1.5킬로미터 상공의 방송 탐사기에까지 다다랐다. 사이클롭스는 반물질 캐넌포를 활성화했다.

함교에 있는 어느 누구도 움직이거나 입을 열지 않았다. 그러나 모두 복수심에 가득 찬 만족감을 느꼈다. 그 감정이 비이성적이라고 해서 강도까지 약한 것은 아니었다. 구름이

226

드디어 제대로 된 적수를 만난 듯했다. 공격이 개시되었을 무렵, 사이클롭스와의 모든 연결은 두절되었고, 그때부터 사람들은 공중 탐사기의 초단파가 70킬로미터의 떨리는 대기를 가로질러서 보내오는 영상만을 보았다. 가로막힌 협곡에서의 전투는 함교 밖에 있던 사람들에게까지 알려졌다. 알루미늄 막사의 해체 작업으로 바빴던 승무원들 중 일부도 하던 일을 전부 멈추었다. 지평선 북동쪽은 실제 태양보다 더 밝은 빛으로, 마치 또 다른 태양이 떠오르기라도 할 것처럼 환해졌는데, 부풀어 오른 버섯 모양으로 연기 기둥이 피어오르자 침침해졌다.

방송 탐사기를 제어하는 기술자들은 그것들을 전투 발생 지점에서 철수시킨 다음 4킬로미터 상공으로 올려 보냈다. 그제야 탐사기는 계속되는 폭발로 발생한 난기류의 영향으로부터 벗어났다. 협곡을 가로막던 암석과 측면부의 울창한 덤불, 그곳에서 떨어져 나온 검은 구름도 보이지 않았다. 불타는 파편들은 포물선으로 교차하며 흩날렸고, 화염과 연기에 휩싸인 광경만이 화면을 가득 채웠다. 탐사기의 음향 센서는 대부분의 대륙에 지진이 강타한 듯 끊임없이 강약을 반복하며 우르릉거리는 소리를 전달했다.

그들의 범상치 않은 전투가 이어지고 있다는 사실만으로도 대단히 놀라웠다. 교전이 시작되고 불과 몇십 초 후에 협곡 아래와 사이클롭스 근방 전체는 분명히 백열 온도에 이르렀을 테고, 암석이 내려앉고 무너져 내리면서 용암으로 변했을 것이었다. 실제로 이미 진홍색으로 일렁이는 용암이 강처럼 흘러내렸고, 그것은 전투 중심지로부터 몇 킬로미터 떨어진 협곡의 출구 쪽으로 굽이쳤다. 잠시 호르파흐는 캐넌포의 전자 차단기가 오작동하지 않았을까 생각했다. 이 정도까지 막강한 파괴력을 지닌 적을 상대로 구름이 계속 공격을 이어 나가기란 불가능하다고 여겼기 때문이다. 그러나 새로운 명령에 따라 더 높은 곳으로 올라간 탐사기가 대류권 가장자리에서 촬영한 화면을 보고 나서야 그 생각이 틀렸음을 알았다.

이제 시야는 40제곱킬로미터가량 확장되었다. 기이한 움직임은 협곡들이 교차하는 지형에서 시작되었다. 높은 상공에서 내려다본 광경은 슬로 모션처럼 느릿하게 흘러갔는데 어둠에 휩싸인 험준한 능선, 움푹 꺼진 골짜기와 동굴에서 자욱한 흑연 덩어리가 끊임없이 흘러나오더니 하늘 높이 치솟아 올랐다. 그들은 비행을 하며 서로 연결되고 합체하면서 적을 향해 달려들고 있었다. 몇 분 동안은 전장 한복판으로 연신 돌진하면서 엄청난 양으로 밀어붙이는 검은 줄기가 원자의 불꽃을 진압할 듯 보였다. 그러나 호르파흐는 인간의 손에서 탄생한 저 괴물이 얼마나 많은 에너지를 비축하고 있는지 잘 알았다.

쉴 새 없이 요란하게 들려오는 우레 같은 소리가 함교를 가득 메웠다. 그 순간 3킬로미터 높이로 불길이 솟았고, 공격을 가하던 거대한 구름 덩어리의 몸통을 관통하더니 풍차처럼 서서히 회전하며 화염을 내뿜었다. 공기가 있는 수많은 지대에서 열로 인한 떨림과 왜곡 현상이 발생하자, 그 한가운데에 자리하던 사이클롭스도 움직이기 시작했다.

이유는 모르지만 사이클롭스가 공격을 멈추지 않은 상태에서 협곡의 입구 쪽으로 천천히 물러났다. 아마도 컴퓨터가, 핵폭발의 여파로 가파른 암석 벽이 붕괴하면서 기계 위로 무너져 내릴 가능성이 있다고 판단한 것 같았다. 비록 무사히 고비를 넘기더라도 움직이는 데 어려움이 생길 터였다. 어쨌든 전투하는 사이클롭스는 탁 트인 장소로 빠져나가고자 애쓰는 중이었고, 그 일대는 혼란으로 뒤엉켜서 무엇이 캐넌포 광선이고 무엇이 화염 연기인지, 또 무엇이 구름의 잔해이고 무엇이 붕괴한 암석 벽의 뾰족한 바위 조각인지 도저히 분간할 수 없었다.

대격돌은 절정에 이른 듯했다. 그런데 그다음 순간 믿기 힘든 일이 벌어졌다. 무수한 폭발이 잇달아 발생하자 화면에 섬광이 터지면서 눈이 아플 만큼 밝은 광채가 번득였다. 또다시 일어난 반물질 공격으로 사이클롭스 부근 전체가 파괴되었다. 공기, 파편, 증기, 가스, 연기, 이 모든 것들이 완전한 경질 방사선으로 바뀌면서 협곡을 둘로 갈랐고, 폭발 지점 1킬로미터 반경 내의 구름을 둘러싸더니, 마치 행성의 중심핵이 폭발한 듯 공중으로 솟구쳤다.

무시무시한 공격의 진원지로부터 70킬로미터 떨어져 있던 무적호마저 흔들렸다. 사막을 가로질러 지진파가 전달되었고 램프 밑에 있던 원정대의 수송 차량들과 에너지봇은 저절로 기울었다. 몇 분 뒤, 산 쪽에서 울부짖는 바람이 맹렬한 기세로 몰아쳐 오더니 차량들 뒤에서 숨을 곳을 찾던 사람들의 얼굴을 순간적으로 열에 그슬렸고, 모래 폭풍 또한 광활한 사막 쪽으로 휩쓸고 지나갔다.

당시 방송 탐사기는 대재앙의 중심으로부터 13킬로미터 떨어진 지점에 있었는데도 무언가 잔해에 맞았음이 분명했다. 접속이 끊기지는 않았지만 영상 방해와 함께 수신 화질이 크게 악화되었다. 일 분 뒤 연기가 조금 걷히자, 로한은 눈을 크게 뜨고 다음 전투 단계를 지켜보았다.

그는 조금 전에 공격이 끝났다고 생각했지만 사실상 그렇지 않았다. 만약 상대가 생물이었다면 대규모 학살을 마주하고 나머지는 퇴각하거나 적어도 불타오르는 지옥 앞에서 멈춰 섰을 것이다. 그러나 무생물들 사이의 싸움이었다. 주된 공격 양상과 방향만 달라졌을 뿐 원자 화력은 여전히 그치지 않았다. 그때 로한은 과거에 레기스 3 사막 행성을 휩쓸었을지도 모르는 전쟁이 어땠을지 처음으로 이해할 수 있었다. 아무런 설명도 필요 없이 단번에 깨달았다. 어떠한 방법으로 하나의 로봇 그룹이 다른 그룹을 으스러뜨리고 산산이 부수어 버렸는지, 무생물 진화가 어떤 형태의 자연 도태로 이어졌는지, 곤충형 기계가 변화에 더 잘 적응했기 때문에 전쟁에서 승리했다는 라우다의 주장이 무슨 의미인지 말이다. 그러는 동시에 한때 이곳에서 비슷한 사건이 틀림없이 일어났으리라고 생각했다. 절대 파괴할 수 없고 태양 에너지로 강화된 10억 개의 무생물로 구성된 구름의 기억 속에는 분명히 이와 유사한 전투에 관한 지식이 들어 있으리라. 바위도 녹일 만큼 필적할 수 없는 화력에 맞서서, 겉으로는 도저히 이길 수 없을 것 같아 보이는 연약한 무생물들이 벌써 수만 년 전에 외로운 늑대처럼 싸우면서, 바로 사이클롭스를 상대하듯, 마치 원자 에너지로 작동하는 중무장한 매머드 로봇들을 무찔렀다. 대형 괴물의 철갑을 녹슨 통조림 깡통처럼 찢어발겨서 광대한 사막에 흩뿌렸고, 한때 정밀한 구조를 이루었던 전자 장치의 골격을 모래 속에 파묻었다. 마침내 그들만이 살아남았다. 엄청나게 거대한 구름의 결정체들한테 어울리는 말인지 모르겠지만, 모든 승리와 생존을 가능하게 한 것은 도저히 믿을 수 없고 설명할 수조차 없는 용맹함이었다. 다른 무슨 말로 표현한다는 말인가……? 이때까지 대학살을 당했음에도 곧장 다음 행동을 취하는 그들에게 로한은 감탄을 금치 못했다…….

구름은 공격을 멈추지 않았다. 구름에 뒤덮인 지면 위로 가장 높은 봉우리 몇 개만이 간신히 솟아올라 있었다. 협곡지대는 모조리 검은 물결이 넘실대는 홍수 밑으로 자취를 감췄다. 사방에서 밀려온 시커먼 파도는 동심원 안으로 맹렬히 회전하며 들어갔다. 그 중심에는 화염에 휩싸여 불꽃을 튀기는 방어막에 가려진 사이클롭스가 자리하고 있었다. 겉보기에는 구름이 무의미할 정도로 엄청난 희생을 감수하면서 맹공격을 퍼붓는 것 같았지만, 완전히 헛수고라고는 할 수 없었다.

로한과 함교에 서 있던 모든 사람들이 그 사실을 깨달았다. 그들은 단지 화면에 비치는 광경을 무력하게 바라볼 뿐이었다. 사이클롭스가 보유한 에너지는 사실상 무한대였다. 하지만 섬멸 사격이 쉴 새 없이 계속됨에 따라, 강력한 안전장치와 방사선 차폐 시설이 있음에도, 태양 표면만큼 뜨거운 결정체 조각들이 캐넌포를 달구었다. 그 열기가 기계 안으로 되돌아오면서 내부는 점점 더 가열되었다. 그렇기 때문에 적들로서도 이렇게 사나운 기세로 온 사방에서 한꺼번에 공격을 퍼붓는 것이었다. 반물질과 파멸을 맞아서 쏟아져 내리는 결정체들의 낙진이 장갑판과 가까워질수록 기계의 모든 장치는 더욱 과열되었다. 만약 내부에 사람이 있었다면 이미 오래전에 살아남지 못했을 것이다. 이제 사이클롭스의 세라마이트 장갑판은 체리색으로 달아올랐으리라. 그런데 지금으로서는 장막처럼 드리운 연기 밑으로, 흔들리는 불길에 휩싸인 엷은 파란색의 반구형 지붕이 천천히, 그리고 조금씩 협곡의 출구 쪽으로 기어가듯 움직이는 모습만이 보일 뿐이었다. 북쪽으로 3킬로미터 떨어진, 구름의 첫 번째 공격 지점이 시야에 들어왔다. 소각재층과 용암층으로 뒤덮인, 새까맣게 타 버린 땅이 끔찍하게 보였다. 부서진 절벽에는 소각된 덤불의 잔재가 매달려 있었는데, 열 충격을 받은 결정체들이 금속 덩어리가 되어서 그 속에 갇혀 있었다.

　　호르파흐는 여태껏 귀를 먹먹하게 하는 굉음을 토해 내던 함교의 스피커를 끄라고 명령했다. 그리고 야존에게, 만약 사이클롭스의 내부 온도가 컴퓨터의 내열 한계를 넘어서면 어떤 일이 생기는지 물었다.

　　과학자는 잠시도 주저하지 않고 대답했다.

　　"캐넌포 작동이 정지될 겁니다."

　　"그렇다면 방어막은?"

　　"방어막은 계속 유지되고요."

　　불꽃 튀는 전장은 협곡 입구 앞쪽의 평원으로 벌써 옮겨간 상태였다. 칠흑 같은 바다는 끓어 대며 부풀어 올랐고, 마구 소용돌이치고 길게 요동하더니 계속 불구덩이로 빠져들었다.

"아마 이제 조금만 더 있으면······."

크로노토스가 음소거된 화면 속의 충격적인 아수라장을 보면서 말했다. 또다시 일 분이 지났다. 별안간 깔때기 모양의 불기둥은 흐릿해졌다. 구름이 완전히 뒤덮은 것이다.

"저희로부터 60킬로미터 떨어져 있습니다."

호르파흐의 질문에 통신 기사가 대답했다. 선장은 경보를 발령했고, 모두 제자리로 돌아가라고 명령했다. 램프와 승강기가 무적호 안으로 들어가고 해치도 닫혔다. 화면에 새로운 빛이 번득였다. 불타오르는 회오리가 다시금 나타난 것이다. 이번에는 구름이 공격하지 않았다. 구름 가장자리에만 살짝 불이 붙어서 환해지더니 나머지는 협곡 지대로 물러나며 그곳의 뒤얽힌 그림자 속으로 사라졌다. 그리고 화면을 바라보는 사람들의 눈앞으로 얼핏 멀쩡해 보이는 사이클롭스가 모습을 드러냈다. 암석, 모래, 사구 등 주변의 모든 것에 사격을 가하면서 계속 아주 느린 속도로 후진하고 있었다.

"왜 캐넌포를 계속 발사하는 거야?"

누군가가 외쳤다. 그러자 그 말을 듣기라도 한 듯 반물질 공격은 멈췄고, 이제 뒤로 돌더니 점차 속도를 높이며 사막을 가로지르기 시작했다. 그 위로 비행 탐사기가 따라가고 있었다. 어느 순간 기다란 불줄기가 엄청나게 빠른 속도로 그들을 향해 정면으로 날아들었다. 사람들은 그 광선이 화면을 뚫고 함교 내부에서 폭발이라도 한 듯 움찔하며 본능적으로 뒤로 물러섰다. 더불어 그것이, 사이클롭스가 캐넌포로 비행 탐사기를 사격한 뒤 공기 중에 남은 흔적임을 깨달았다. 곧 영상이 사라지고 화면은 하얗게 되었다.

"사이클롭스가 탐사기를 격추했습니다!"

기술자가 제어 콘솔 앞에서 소리쳤다.

"선장님!"

호르파흐는 두 번째 탐사기를 발사하라고 명령을 내렸다. 사이클롭스가 무적호에 얼마나 가까이 접근했던지, 비행 탐사기의 고도가 높아지자마자 바로 볼 수 있었다. 실 모양의 불줄기가 새롭게 날아오르더니 두 번째 탐사기도 파괴해 버렸다. 영상이 사라지기 직전, 탐사기의 시야를 통해서 무적호의 모습이 얼핏 보였다. 사이클롭스와 무적호의 거리는 10킬로미터 정도에 불과했다.

"저거 미쳐 버린 거야, 뭐야."

콘솔 앞의 또 다른 기술자가 격앙된 목소리로 외쳤다. 그 말에 로한의 머릿속에서는 무엇인가가 번쩍 떠올랐다. 사령관을 쳐다보았을 때 그도 같은 생각을 하고 있음을 알았다. 로한은 팔다리와 머리, 온몸이 터무니없는 악몽 속으로 빨려 들어가는 것 같았다. 꿈이 아니었다. 사령관은 먼저 세 번째, 그다음 네 번째 탐사기를 쏘아 올리라고 명령했다. 사이클롭스는 클레이 피전을 명중시키며 흥겨워하는 명사수처럼 탐사기를 차례대로 격추했다.

"전출력이 필요하다."

호르파흐가 화면에서 눈을 떼지 않은 채 말했다. 수석 엔지니어는 피아니스트가 연주하듯이 두 손으로 콘솔 스위치를 조작하며 말했다.

"이륙 출력까지 육 분 걸립니다."

"전출력이 필요하다."

호르파흐가 똑같은 어조로 동일한 말을 반복했다. 벌 떼가 활개를 치며 윙윙거리듯 돌아가는 에나멜 격벽 뒤의 계전기 소리가 들릴 만큼, 함교에는 무거운 정적이 내려앉았다.

"원자로의 노심이 너무 차갑습니다."

수석 엔지니어가 말을 이으려는 순간, 호르파흐는 그를 바라보면서 어조를 높이지 않고, 세 번째로 같은 말을 반복했다.

"전, 출, 력이 필요하다."

수석 엔지니어는 말없이 주 차단기를 잡으려고 손을 내밀었다. 우주선 깊은 곳에서 짧게 쾅쾅대는 음향 경보 신호음이 울려 퍼지자, 전투태세를 취하러 달려가는 사람들의 발소리가 멀리서 북을 연신 두드리듯 쿵쿵거리며 들려왔다. 호르파흐는 또다시 화면을 쳐다보았다. 모두 아무 말도 하지 않았지만 있을 수 없는 일이 벌어졌다는 사실을 알고 있었다. 선장은 자신의 사이클롭스와 전투를 벌이려고 준비하는 것이었다.

동력 게이지 밑에서부터 불이 들어왔고, 군대 대열처럼 한 줄로 늘어섰다. 유효 전력계의 출력 수준은 다섯 자리, 이어서 여섯 자리로 표시되었다. 어디선가 전선에 불꽃이 일었는지 오존 냄새가 났다. 함교 뒤편에서는 기술자들끼리 이제 어떤 제어 시스템을 가동해야 하는지 손짓으로 의사소통하고 있었다.

다음 탐사기는 격추되기 전에, 사이클롭스의 길쭉한 머리가 바위투성이 표면을 가로질러 기어오는 모습을 포착했다. 그리고 또다시 텅 비어 버린 화면은 눈부신 은백색으로 가득 찼다. 곧 사이클롭스가 눈앞에 나타날 것이다. 레이더 갑판장은 외부 카메라를 기수 밖으로 연장시켜서 시야를 확보했다. 통신 기술자가 다음 탐사기를 발사했다. 무적호는 전투태세를 갖추고 방어막을 방패 삼아서 외부를 완전 봉쇄했다. 그런데 웬일인지 사이클롭스는 정확히 함선을 향해서 오는 것 같지 않았다. 기수에서는 일정 시간 간격으로 방송

235

탐사기가 발사되었다. 로한은 무적호가 반물질 화염을 견뎌 내리라는 사실을 알았다. 그러나 결국 충격을 흡수하려면 비축한 에너지를 소모해야 하리라. 그가 생각하기에 현재 상황에서 가장 합리적인 해결책은 후퇴, 다시 말해 정지 궤도로 이륙하는 것이었다. 금방이라도 이 명령이 떨어지기를 기대했으나 호르파흐는 사이클롭스의 컴퓨터가 기적처럼 제정신을 되찾길 바라기라도 하는 듯 침묵을 지켰다. 선장은 무거운 눈꺼풀을 들어 올리며 조용히 운행하는 어두운 형체의 움직임을 관찰한 다음, 마침내 입을 열었다.

"저것과 접속해 봤나?"

"네, 그런데 연결이 되지 않습니다."

"시스템 종료 신호를 보내 봐."

기술자들은 제어 콘솔을 이리저리 조작했다. 그들의 손 아래로 두 번, 세 번, 네 번, 불이 깜빡거렸다.

"응답하지 않습니다, 선장님."

왜 이륙을 안 하는 거야? 로한은 이해할 수 없었다. 자신의 패배를 인정하고 싶지 않은 건가? 호르파흐! 이건 무의미하다고! 그가 움직였다……. 그래 지금, 이제 명령을 내리려나 보다.

그러나 선장은 한 걸음 뒤로 물러났을 뿐이었다.

"크로노토스?"

인공두뇌학자가 그에게 다가왔다.

"그들이 무슨 짓을 한 걸까?"

로한은 호르파흐가 '그들'이라고 말하는 소리를 듣고 머리를 한 대 얻어맞은 듯했다. 선장은 정말로 지각 있는 존재를 상대하고 있는 것처럼 보였다.

"자율 시스템은 크라이오트론에서 실행되고 있습니다."

크로노토스가 대답하면서 덧붙인 말은 단지 어림짐작에 불과했다.

"온도가 올라간 다음에 초전도성을 잃었고……."

"박사는 실제로 알고 말하는 거요? 아니면 추측한 내용을 말하는 거요?"

선장이 물었다.

특이하게도 두 사람 모두 화면을 정면으로 응시한 채 대화를 나누었다. 이제 탐사기 없이도 화면에서 사이클롭스를 훤히 볼 수 있었다. 쉴 새 없이 이동하면서도 실제로 어디를 향할지 망설이며 가끔씩 경로를 이탈하는 모습을 보면 완전히 계산된 움직임이라고는 할 수 없었다. 사이클롭스는 이미 불필요해진 방송 탐사기를 격추하려고 몇 차례나 사격을 가했다. 사람들은 탐사기가 활활 타는 신호탄처럼 추락하는 광경을 지켜보았다.

"제가 생각할 수 있는 유일한 가능성은 자기 공명뿐입

니다.”

인공두뇌학자는 잠시 머뭇거리다가 말을 꺼냈다.

“만약 그들이 자신들의 자기장을 사이클롭스 컴퓨터 뇌의 자기 자극에 맞췄다면…….”

“그럼 방어막은 어떤가?”

“방어막은 자기장을 차단하지 않습니다.”

“안타깝군.”

선장이 덧붙였다.

사이클롭스가 더 이상 무적호 쪽으로 움직이지 않는다는 사실이 확실해지자 사람들의 긴장도 조금씩 풀렸다. 일분 전에 가장 근접했다가, 현재는 점차 멀어지고 있었다. 인간의 통제로부터 자유로워진 기계는 광활한 북쪽 사막으로 접어들었다.

“수석 엔지니어가 내 임무를 대신하시오.”

호르파흐가 말했다.

“대원들은 아래층으로 집합하도록.”

기나긴 밤

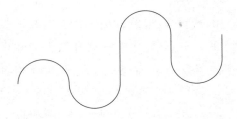

로한이 한기를 느끼며 잠에서 깼다. 그는 정신이 몽롱한 상태에서 요에 얼굴을 비비면서 이불 속으로 몸을 웅크렸다. 손바닥으로 얼굴을 감싸려고 했지만 점점 더 심한 오한이 덮쳐 왔다. 그는 깨어나야 한다는 사실을 알면서도 왠지 늑장을 부렸다. 그러다 갑자기 칠흑 같은 어둠 속에서 침상에 걸터앉았다. 얼음처럼 차가운 바람이 얼굴에 정면으로 불어닥쳤다. 로한은 벌떡 일어나서 조용히 욕설을 내뱉으며 손으로 더듬더듬 에어컨을 찾았다. 실내가 너무 후텁지근했던 터라 잠자리에 들기 전 다이얼을 최저 온도로 맞춰 놓았다.

작은 선실 안 공기가 점차 따뜻해졌지만 그는 이불을 덮고 벽에 기대어 앉은 채 잠들지 못했다. 불빛이 환한 시계 숫자판은 선상 시간으로 3시를 가리키고 있었다. 또 세 시간 밖에 못 잤다는 생각에 짜증이 났다. 그는 여전히 추위를 느꼈다. 대책 회의는 오랫동안 이어졌고 자정쯤에야 끝났다. 아무짝에도 쓸모없는 말들뿐이었다고 그는 생각했다. 지금 이 어둠 속에 앉아 있는 동안 기지로 귀환할 수 있다면 얼마나 좋을까? 빌어먹을 레기스 3 행성의 모든 것과 이곳에 있는 악몽 같은 무생물, 그들의 지각 따위에 대해서 잊을 수만 있다면 어떤 대가인들 못 치를까. 전략가들 대부분은 궤도로 진입하라고 조언했고, 수석 엔지니어와 수석 물리학자만이 최대한 오래 행성에 머물러야 한다는 호르파흐의 의견을 시종일관 지지했다. 레그너팀의 실종자 네 명을 찾을 가능성은 10만 분의 일, 어쩌면 그보다 더 적을 수도 있었다. 그들이 아직 살아 있으려면, 전투가 일어난 지점에서 상당히 멀리 떨어져 있었어야만 핵 지옥을 피했을 터다. 선장이 떠나지 않는 이유는 단지 그들 때문일까? 아니면 다른 속셈이 있어서 그러는 것일까? 이 답을 알 수 있다면 로한은 무슨 짓이든 할 수 있었다.

이곳에서 그들은 원정 차량의 절반뿐 아니라 반물질 캐넌포를 탑재한 주무기 사이클롭스를 잃었고, 이제 그 기계는 이 행성에 착륙할 모든 함선의 추가적 위협 요소가 될 것이다. 게다가 사상자만 여섯, 또 승무원의 절반은 몇 년 혹은 평생 동안 비행을 못 할지도 모르는 상태가 되었다. 따라서 얼른 기지로 돌아가서 그들을 입원시켜야 했다. 결국 대원과 차량 들, 최고 사양의 기계를 잃고 도망까지 해야 하는 상황이다. 지금 후퇴해도 도망쳤다고 말할 수밖에 없을 것이다. 그것도 아주 오래전 지구보다 앞선 라이라 문명에 의해 버려진 무생물의 잔재, 다시 말해 이 작은 사막 행성이 만들어 낸 미세 결정체들 앞에서 무릎을 꿇어 버린, 매우 굴욕적인 도주다! 본부로 돌아가서 차분한 불빛 아래에 앉아 이 모든 사건에 대해 딱딱한 문체로 보고서를 작성한다면 지금과는 분명히 다르게 보이리라. 그런데 호르파흐가 이런 사안들을 고려할 만한 인물이었던가? 왜 이륙하지 않는지, 어쩌면 그조차도 잘 모르고 있는 것이 아닐까? 아니면 무엇을 기다리는 것일까? 대체 무엇을 말인가?

생물학자들이 무생물 곤충의 무기를 역으로 사용해서 격퇴할 가능성을 제시하기는 했다. 이 종은 이때까지 진화 과정을 거쳐 왔으므로, 다음 진화 세대를 만들어 내는 것 또한 가능하리라고 판단했다. 먼저 그들 개체를 대량으로 포획해서 다음 세대로 증식하는 과정을 거치게 하고, 그 결정체 종족 전체를 전멸시킬 만한 유전적 변화를 불러오는 특수 돌연변이종을 투입한다는 계획이었다. 유전적 변화란 그들에게 이점이 되는 동시에 신품종의 취약점으로 작용할 수 있는, 즉 일종의 특별한 아킬레스건이어야만 했다. 그러나 이는 이론가들이 전형적으로 늘어놓는 공허한 이야기에 불과했다. 그들은 유전적 변화의 종류와 실행 방법, 그것에 대한 실제적 개념이 전혀 없는 상태였다. 게다가 전날보다 더 굴욕적으로 패배당할 수 있는 전투를 또다시 벌이지 않고 그 빌어먹을 결정체를 어떻게 대량으로 포획할지에 대해서도 당연히 알지 못했다. 만약 모든 것이 성공하더라도 새로운 진화의 효과가 나타날 때까지 얼마나 오래 기다려야 한다는 말인가? 분명 하루나 일주일은 아닐 터다. 그렇다면 레기스 궤도를 회전목마처럼 일 년, 이 년, 아니면 십 년이라도 돌겠다는 말인가? 도무지 말이 되지 않았다. 이번에는 에어컨 온도를 너무 높였나 보다. 로한은 이제 너무 덥다고 느꼈다. 그는 이불을 걷고 일어나서 씻은 다음에 서둘러 옷을 입고 밖으로 나왔다.

엘리베이터는 그 층에 없었다. 버튼을 누르고 층수 표시등이 깜빡이는 어둑어둑한 빛 속에서 엘리베이터를 기다렸다. 며칠 동안 잔뜩 긴장하며 지낸 탓에 잠이 부족해서 머릿속은 짓눌린 느낌이었다. 혈관에서 피가 움직이는 잡음마저 들렸지만 로한은 밤의 정적에 잠긴 함선이 내는 소리에 귀를 기울였다. 가끔가다 눈에 안 보이는 통풍관에서 무엇인가 덜거덕댔고, 우주선은 여전히 비상 이륙을 위한 완전한 전투태세를 갖추고 있었기 때문에 낮은 갑판에서 엔진이 공회전하며 나지막하게 웅웅거렸다. 로한이 서 있는 플랫폼 수직 통로의 양쪽 끝에서부터 쇳내 나는 건조한 바람이 불어왔다. 엘리베이터의 문이 열리자 안으로 들어갔고 8번 갑판에서 내렸다. 함선 외측 갑판을 따라 난 구부러진 복도를 작고 파란 불빛이 일렬로 밝히고 있었다. 자신도 어디로 가는지 모르는 채 무작정 걸으면서 밀폐된 해치의 문턱을 만날 때마다 본능적으로 다리를 들어 올리며 넘어갔다. 그러던 중 주 원자로 관리팀 사람들의 그림자가 보였다. 공간은 어두컴컴했고 계기판의 수십 개의 게이지만이 유일하게 빛났다. 사람들은 전면 접이식 의자에 앉아 있었다.

"죽었어."

누군가가 말했다. 하지만 누구의 목소리인지 로한은 알아차리지 못했다.

"내기할까? 공격 지점으로부터 반경 8킬로미터 지점의 광선 강도가 1000뢴트겐이었다고. 그들은 죽은 게 확실해."

"그럼 우리는 대체 왜 여기에 있는 거지?"

다른 사람이 중얼거리며 말했다. 로한은 목소리를 통해서가 아니라, 중력 제어 장치 옆에 앉은 모습을 보고서 그가 갑판장 블랭크임을 알았다.

"노인네가 돌아가기 싫다잖아."

"자네 같으면 돌아갔을 거야?"

"그거 말고는 뭘 할 수가 있겠어?"

이곳의 따뜻한 공기에서는 인공적인 솔잎 향이 났다. 엔진이 작동할 때, 플라스틱 더미와 장갑판이 가열되면서 내뿜는 냄새를 덮고자 에어컨은 향을 분출했다. 8번 갑판에서는 이것들이 서로 뒤섞이며 다른 곳에서 절대 맡아 볼 수 없는 특이한 냄새가 풍겼다. 로한은 앉아 있는 사람들이 못 보도록 발포 고무로 덮인 해치에 기대어 서 있었다. 그들로부터 숨으려는 게 아니라, 단지 그 대화에 끼고 싶지 않아서였다.

"그것이 지금 오고 있을지도 몰라……."

누군가 짧은 침묵 끝에 말을 꺼냈다. 목소리의 주인이 몸을 앞으로 내밀자 잠깐 얼굴이 보였다. 원자로 벽의 제어 표시등 불빛을 받아서 얼굴의 절반은 분홍색, 절반은 노란색이었다. 불빛은 벽 옆에 몸을 숙이고 앉아 있는 사람들을 쳐다보듯 깜빡거렸다. 거기에 앉은 다른 모두와 마찬가지로 로한은 무엇에 관한 이야기인지 바로 알아차렸다.

"우리에겐 방어막과 레이더가 있잖아."

갑판장이 웅얼거리며 마지못해 대꾸했다.

"그것이 근접 상태에서 10억 에르그로 사격하면 방어막조차 아무 쓸모가 없을 거야."

"레이더는 절대 그것이 여기로 접근하도록 내버려 두지 않을 거야."

"나한테 말할 필요 없어. 나는 그 기계를 손바닥 보듯 잘 아니까."

"그래서 뭐 어쨌다는 거야?"

"그건 레이더 교란 장치를 갖추고 있단 말이야. 전파 방해 시스템이지……."

"그렇지만 상태가 완전히 엉망이잖아. 컴퓨터는 미쳐 버렸다고……."

"엉망은 무슨. 자네 그때 함교에 있었나?"

"아니, 나는 여기에 있었어."

"거봐, 나는 거기에 있었어. 그게 우리 탐사기를 어떻게 격추했는지 자네도 봤어야 하는데."

"무슨 말이야? 그들이 프로그램을 재설정하기라도 했다는 말이야? 벌써 그들 통제 아래에 있다는 건가?"

모두가 '그들'이라고 하는군. 로한은 생각했다. 마치 진짜 살아 있고, 지각을 지닌 존재라도 되는 듯이…….

"누가 알겠어. 아마도 통신 장치만 망가진 것 같아."

"그렇다면 왜 우리를 공격한 거지?"

또다시 정적이 흘렀다.

"그게 어디에 있는지 아나?"

당시 함교에 없었다던 남자가 물었다.

"아니, 마지막 보고는 11시에 왔어. 크랄릭이 내게 말해 주었지. 사막에서 돌아다니는 모습을 보았다더군."

"멀리 있대?"

"왜, 겁먹었어? 여기서 대략 150킬로미터 떨어진 곳에 있다고 하더라고. 그 정도면 한 시간 이내로 달려올 수 있는 거리지. 아니면 더 빨리 오거나."

"그런 쓸데없는 말은 그만할 때도 되지 않았나?"

블랭크 갑판장이 짜증 섞인 말투로 끼어들었다. 형형색색으로 깜빡이는 불빛들을 배경으로 그의 날카로운 옆모습이 보였다.

모두 입을 다물었다. 로한은 천천히 몸을 돌려서, 그들에게 다가갔을 때와 마찬가지로 조용히 자리를 떴다. 도중에 실험실 두 곳을 지나갔다. 큰 실험실은 어둑했고, 작은 곳의 불은 켜져 있었다. 그 불빛이 천장 아래의 창문을 통과해서 복도를 비추었다. 로한은 실험실 내부를 들여다보았다. 원형 테이블 주위로 인공두뇌학자들, 물리학자들이 앉아 있었다. 야존, 크로노토스, 사르너, 리빈, 사우라한 말고도 어떤 누군가가 다른 사람들로부터 등을 돌린 채 네모난 칸막이벽의 그림자 속에서 거대한 컴퓨터를 프로그래밍 하고 있었다.

"......확전책이라면 두 가지가 있는데 하나는 전멸시키는 것, 다른 하나는 자멸시키는 것이고, 나머지 다른 해결책은 환경과 관련한 것입니다.”

사우라한이 말했다. 로한은 문턱을 넘지 않은 채였다. 이전처럼 제자리에 서서 그들 대화에 귀를 기울였다.

“첫 번째 확전책은 연쇄 반응을 일으키는 것입니다. 그러기 위해서는 협곡에 진입한 뒤 거기에 남겨 둘 플라스마 캐넌포가 필요하고요.”

“하나는 이미 거기 있었는데…….”

누군가가 말했다.

“만약 컴퓨터를 탑재하지 않는다면 온도가 100만 도를 넘어가더라도 작동에는 문제가 없을 겁니다. 그러니까 태양 온도에서도 끄떡없을 플라스마 캐넌포가 있어야 합니다. 구름은 이전과 같은 행동 양상을 보이겠지요. 으스러뜨리면서 컴퓨터와 공진하려고 들겠지만 기계 안에는 어떠한 컴퓨터도 없을 테니 아원자 반응 이외의 다른 현상은 생기지 않을 겁니다. 더 많은 결정체가 플라스마와 반응하면 할수록 그 세기는 더욱 세지겠지요. 이런 식으로 한곳에 몰아넣은 뒤 행성의 모든 무생명구체를 전멸시킬 수 있을 겁니다…….”

무생명구체라……. 로한은 생각했다. 아, 그 결정체들은 살아 있지 않으므로 저렇게 말하는구나. 하여튼 학자들이란. 항상 뭔가 그럴듯하고 새로운 이름을 고안해 내는군…….

"저는 선택지 중에서 자멸시키는 방법이 가장 마음에 드네요."

야존이 말했다.

"그런데 어떻게요?"

"먼저 두 개의 거대한 '구름 두뇌' 통합체를 개별적으로 자극한 다음, 서로 충돌하게끔 하는 겁니다. 각 구름이 다른 구름을 생존 전투에서 만난 적(敵)으로 인식하도록 하는 것이 목적이지요."

"무슨 말인지 알겠어요. 하지만 무슨 방법으로요?"

"쉽지 않겠지만 구름이 실제 뇌처럼 추리력을 가지고 있지 않다면 가능한 일입니다……."

"아무리 그래도 행성 표면에 도달하는 태양의 평균 에너지를 감소시키는 방법이 좀 더 확실한 해결책이라고 할 수 있습니다……."

사르너가 말했다.

"한 반구에 50~100메가톤의 수소 폭탄을 네 개씩 투하하면 충분할 겁니다. 총 800메가톤이 좀 안 되는군요……. 바닷물이 증발하면 구름양이 많아지고, 구름의 알베도가 증가하면 정주 공생 생물의 증식에 필요한 최소 에너지도 불충분해질 겁니다……."

"확실치 않은 데이터에 기반을 둔 계산으로 보이는데

요.”

야존이 이의를 제기했다. 전문가들 사이에서 논쟁이 시작될 기미가 보이자, 로한은 문에서 물러나 자신의 길을 갔다.

그는 엘리베이터 대신, 보통은 아무도 이용하지 않는 철제 나선 계단을 통해 선실로 돌아가면서 점점 높은 층의 갑판 해치를 차례로 지나갔다. 드 브리스의 팀이 수리 구역에서 가만히 서 있는 검은 스노 로봇들을 용접하고 있었는데, 그들 주위로 불꽃이 튀었다. 희미한 보랏빛으로 물든 의무실의 둥근 창이 멀찍이 보였다. 하얀 가운을 입은 의사가 조용히 복도를 걸어가고, 소형 오토마톤이 반짝이는 의료 기구 세트를 가지고 그 뒤를 따라가고 있었다. 어두컴컴하고 텅빈 식당, 라운지, 도서관을 지나서 마침내 자신의 선실이 있는 갑판에 다다랐다. 로한은 선장실을 지나다가 걸음을 멈췄다. 마치 그의 말도 엿듣고 싶어 하는 것처럼 말이다. 그러나 매끄러운 문 저편에서는 아무런 소리도 들리지 않았고, 한 줄기 빛조차 비치지 않았다. 구리 나사들로 조인 둥근 창문만 단단히 닫혀 있을 뿐이었다.

선실로 돌아오자 또다시 피로가 밀려왔다. 로한은 어깨를 축 늘어뜨린 채 침상에 무겁게 주저앉아 신발을 벗어 던지고 양손을 목뒤로 깍지 끼고는 벽에 기댔다. 낮은 천장을 바라보고 앉으니 그 중앙에 매달린 야간등이 희미하게 빛을 뿜고 있었다. 파란 페인트를 칠한 천장에는 금이 가 있었다.

의무감 때문에 선내를 돌아다닌 것도 아니고, 다른 사람들의 대화나 인생에 호기심이 동하지도 않았다. 그냥 깊은 밤이 두려웠다. 기억하고 싶지 않은 이미지가 계속 뇌리에 떠올랐다. 가장 끔찍한 기억은 그가 근거리에서 쏜 총을 맞고 사망한 남자에 대한 것이었다. 그자가 다른 사람들을 죽이지 못하도록 취한 행동이었지만, 그렇다고 죄책감까지 사라지지는 않았다. 지금 불을 끄면 다시금 그 광경이 나타나리라는 사실을 잘 알고 있었다. 남자가 멍하니 희미한 미소를 띠고서 불안정한 손에 바이어 레이저 총을 쥔 채, 암석 위에 쓰러진 팔 없는 시체를 타고 넘는 모습 말이다.

쟈그의 시신이었다. 그는 기적적으로 목숨을 건진 다음에 너무나도 어이없게 죽음을 맞이했다. 곧이어 남자의 점프 슈트 가슴 부분에 구멍이 뚫리고 연기가 피어오르면서 쟈그의 몸 위로 엎어졌다. 로한은 생각지도 못한 사이 눈앞에 펼쳐진 이미지들을 떨쳐 내려고 노력했지만 아무 소용도 없었다. 그는 톡 쏘는 오존 냄새와 함께, 땀에 젖은 손가락으로 꽉 붙잡고 있었던 레이저 총 손잡이의 반동을 느꼈다. 그 후 그가 헉헉거리면서 힘겹게, 마치 건초 더미처럼 묶어 놓은 사람들의 울부짖음이 들려왔다. 그리고 가까이에서 레이저를 맞고는 돌연 넋이 나간 남자의 얼굴이 매번 떠올랐다.

　　무엇인가 쿵 하고 울렸다. 로한이 아직 기지에 있을 때
읽기 시작했던 책이 바닥으로 떨어졌다. 책갈피를 끼워 놓았
지만 그동안 전혀 시간이 나지 않아서 한 줄도 읽지 못했다.
그는 침상에서 자세를 고쳐 앉았다. 지금 전략가들이 구름을
무찌르고자 계획을 세우고 있으리라 생각하자, 입을 삐쭉거
리면서 조소를 머금었다. 모든 게 무의미해⋯⋯. 그는 생각했
다. 전략가들은⋯⋯ 아니, 실제로 우리, 우리 모두가 그것들
을 파괴하길 원해, 하지만 이렇게 해서는 아무도 구할 수 없
어. 레기스는 무인 행성이고, 사람을 위한 환경이 아니야. 그
렇다면 사람들의 이런 오기는 대체 어디에서 나오는 거지?
결국 승무원들은 폭풍이나 지진으로 죽은 것과 다를 바 없
어. 고의로 그런 것도 아니고, 적대적인 태도로 우리를 막아
서지도 않았어. 만약 무생물의 자생적 질서라면⋯⋯ 먼저 콘
도르호를, 그다음에 우리를 매복 공격한 적군이라고 여긴다
는 이유 하나만으로 그 질서를 망가뜨리기 위해서 모든 힘과
자원을 낭비할 가치가 있다는 말인가? 인간이 터득하기에
는 너무나 생소하고 놀라운 현상들이 우주에 얼마나 많이 감
춰져 있을까? 발 디디는 곳마다 인간의 이해력에 상충하는
모든 것들을 함선의 무력으로 파괴해야 하는가? 그들은 '무
생명구체'라는 용어를 사용했어. 그런 말이 있다면 무생명체

의 진화, 즉 무생명체 물질의 진화 따위가 있다는 말이야. 어쩌면 라이라인들은 이 주제에 대해서 뭔가 해 줄 말이 있었을지도 몰라. 천체 물리학자들은 그들의 태양이 노바로 변할 것을 예견했고, 라이라인들은 우주 비행 거리 이내의 레기스 3 행성을 식민지로 만들려고 했을지도 몰라……. 그리고 이 것이 그들에게 남은 마지막 희망이었을 거야. 우리가 그들과 같은 상황에 직면했다면 두말할 필요도 없이 맞서 싸워서 어떻게든 그 검은 결정체 종족을 박살 내려고 했겠지. 그런데 현재 상황은……? 이 행성은 기지로부터 1파섹 떨어져 있고, 기지에서 지구까지 또 그만큼의 광년이야. 도대체 우리는 무슨 명목으로, 그것도 대원들을 잃어 가면서까지 여기에 남아 있는 것인가. 전략가들은 왜 며칠 밤 내내 복수라는 터무니없는 이유로 그것들을 전멸시킬 수 있는 가장 좋은 방법을 찾아내고 있다는 말인가.

만일 호르파흐가 앞에 서 있었다면, 지금 당장 모두 말해 버렸을 것이다. '가장 비싼 대가를 치른 정복'이나 '용맹스러운 인간의 생존', 사지로 보내져 목숨을 잃은 동료들을 위한 복수심, 이것들이 얼마나 웃기고 황당한지에 대해서 말이다……. 우리는 그냥 경솔했고, 우리가 가진 캐넌포와 센서에 대한 자만으로 실수를 저질렀기 때문에 대가를 치르고 있을 뿐이다. 우리의, 순전히 우리만의 잘못이다. 희미한 조명 아래에서 그는 눈을 감고 그렇게 생각했다. 눈꺼풀 밑으로 모래가 가득 찬 듯한 느낌이 들면서 따가웠다. 그 순간 로한은 인류가 아직까지 충분히 높은 단계에 올라서지 못했고, 은하계 중심설↙이라는 그럴싸한 우주관을 수용할 만한 자격이 없다는 사실을 곧 깨달았다. 오래전부터 칭송받아 온 이 학설은 인간과 비슷하거나 이해 가능한 것만을 추구하라는 뜻이 아니라, 인간의 몫이 아닌 일, 즉 인간과 관계없는 사안에 간섭하지 말라고 주장한다. 우주의 빈 공간은 차지해도 무방하지만, 수백만 년 동안 이미 생존의 균형을 이루어 실재하는 대상을 공격해서는 안 된다는 말이다. 방사력과 물질력을 제외하고 누구한테도, 무엇에도 의존하지 않는 이 행성의 활발하고 적극적인 존재는, 동물이나 사람이라고 불리는 단백질 복합체와 비교해서 월등하지도, 그렇다고 열등하지도 않다.

존재하는 모든 생명체를 포괄적으로 아우르는 은하계 중심설의 숭고한 의미가 로한의 머릿속을 가득 채웠다. 느닷없이 고음의 사이렌이 반복해서 울리자, 그는 바늘이 신경을 뚫고 들어오는 듯한 고통을 느꼈다.

전 갑판을 온통 메우며 쉴 새 없이 울려 퍼지는 소리 탓에 모든 생각이 사라졌다. 곧장 복도로 나온 그는 다른 사람들과 함께 가쁘게 숨을 내쉬면서 피곤한 발을 끌고 힘겹게

→   우리 은하계를 우주의 중심으로 여기는 우주관.

뛰었다. 승강기에 아직 다다르기 전, 그는 몸이나 감각을 통해서가 아니라 스스로 함선의 일부가 된 듯했고, 이어 선체가 어떤 타격을 입었음을 알 수 있었다. 더없이 멀고 희미한 진동이었지만 기수에서 선미까지 우주선 전체로 이어졌다. 무적호를 감싸고 있는 거대한 무언가가 그 무엇과도 비교할 수 없는 강력한 타격을 튕겨 냈다.

"그게 왔어! 그게 왔다고!"

분주한 군중 속에서 외침이 들려왔다. 대원들이 차례차례 승강기 안으로 들어가자 쉬잇 하는 소리와 함께 문이 닫혔다. 나선 계단을 통해서 자기 순서를 기다리지 못한 성미 급한 승무원들의 요란한 발걸음 소리가 울렸다. 뒤섞인 목소리, 고함, 갑판장들의 호각 소리, 계속되는 사이렌 소리, 상부 갑판으로부터 들려오는 쿵쿵거리는 발소리, 이 모든 소음에도 불구하고 소리 없는 두 번째 타격의 진동은 앞의 것보다 더 강력하게 느껴졌다. 그때 복도 조명이 깜빡거리다가 다시 밝아졌다. 로한은 엘리베이터를 탔는데, 이렇게 시간이 오래 걸릴 줄은 생각도 못 했다. 그리고 자신이 여전히 힘주어 승강기 버튼을 누르고 있다는 사실 또한 몰랐다. 그 안에는 그와 함께 인공두뇌학자 리빈이 타고 있었다. 승강기가 멈추고 서둘러 내리자 상상할 수 있는 가장 높은 음으로 쉬익 소리가 희미하게 들려왔고, 그보다 높은 음은 사람의 귀로는 들을 수 없었다. 마치 순양함의 모든 티타늄 트러스가 한꺼번에 삐걱대는 소리 같았다. 무적호가 대응 사격했다는 사실을 깨닫고, 그는 함교 출입구 앞까지 급히 달려갔다.

그러나 사실상 전투는 이미 끝나 버렸다. 환한 화면을 배경으로 검고 커다랗게 보이는 선장이 서 있었다. 일부러 그랬는지 몰라도 상부 조명은 꺼져 있었다. 상단에서 내려오는 가로줄 때문에 가시 범위 전체가 흐릿해진 화면에 버섯구름이 보였다. 겉보기에 움직임이 전혀 없는 구름의 밑부분이 내려앉으며 바닥으로 깔렸고, 윗부분은 거대하고 불룩하게 팽창하며 사방으로 뭉게뭉게 피어올랐다. 폭발로 인해 외부 경계선에 있던 사이클롭스가 산산조각 나면서 버섯구름을 형성한 것이다. 폭발의 여파는 점점 가라앉았지만 유리가 진동하는 듯한 끔찍한 소리가 여전히 대기를 채우고 있었다. 그 소리를 뚫고 기술 요원의 단조로운 목소리가 들려왔다.

"폭발 지점 20600…… 경계선 내 9800…… 방어막 내부 1420……."

방어막 내부의 뢴트겐 수치가 1420이라는 말은 방사선이 방어막 안으로 침투했다는 뜻이군……. 로한은 생각했다. 그는 이런 결과가 나타나리라고는 예상하지 못했다. 그런데 주동력 계기판의 눈금을 보고 선장이 대응 사격에서 얼마나 강력한 에너지를 사용했는지 알았다. 중간 크기의 대륙해를 끓어오르게 할 만한 에너지양이었다. 호르파흐는 한 번에 끝장을 내고 싶었던 듯하다. 과잉 대응이라고 할 수 있었지만, 적어도 이제 그들의 적수는 또다시 하나밖에 남지 않았다.

그사이 화면에서는 희귀한 광경이 펼쳐지고 있었다. 콜리플라워를 연상시키는 뭉글뭉글한 버섯구름의 꼭대기 부분이 가장 밝은 은녹색부터 진한 살굿빛과 암적색에 이르기까지 모든 무지갯빛으로 동시에 타올랐다. 로한은 지금에서야 사막이 완전히 모습을 감췄다는 사실을 알아차렸다. 모래 산은 몇십 미터 높이로 솟아올라 공중에서 흩어지며 뿌연 안개를 일으켰고, 모래가 물결치며 허공에 떠다니는 광경은 실제 바다를 연상시켰다. 승무원은 연신 수치를 읽어 나갔다.

"폭발 지점 19000…… 경계선 내 8600…… 방어막 내부 1102……."

사이클롭스와의 전투에서 승리했음에도 모두 입을 다물고 있었다. 자신들이 보유했던 가장 강력한 무기를 파괴한 것이 그다지 축하할 만한 일은 아니었기 때문이다. 사람들이 하나둘 흩어지는 동안, 버섯구름은 대기 속에서 계속 상승하고 있었다. 그러다가 여전히 지평선 아래에 있는 태양 광선과 만나자, 구름 정상부는 돌연 또 다른 색깔로 빛났다. 버섯구름은 이미 얼음 권운의 최고층을 통과했고, 그보다 훨씬 위쪽은 연보랏빛과 금색, 황갈색, 백금색을 띠었다. 물결 모양으로 화면을 가로지르는 빛들이 함교 전체를 채웠고, 흰색 에나멜 콘솔은 마치 누군가가 지구의 알록달록한 꽃들을 흩뿌려 놓은 듯 온갖 색채로 가득했다.

로한은 호르파흐의 차림새를 보고 또다시 놀라움을 금하지 못했다. 선장이 새하얀 정장 코트를 걸친 모습은 기지에서의 송별식 때가 마지막이었다. 아마도 제일 먼저 손에 잡힌 옷을 입었음이 분명했다. 관자놀이 부분에 희끗희끗한 머리카락이 삐져나와 있었다. 선장은 양손을 주머니에 찔러 넣고서 함교에 있는 사람들을 하나하나 바라보았다.

"로한."

뜻밖에도 그가 부드러운 목소리로 말했다.

"나를 따라오게."

로한이 반사적으로 허리를 곧게 펴고 다가가자 선장은 몸을 돌려서 문 쪽으로 향했다. 선장의 뒤로 로한이 복도를 따라 걸음을 옮겼다. 통기관을 움직이는 공기의 둔탁한 소음과 하부 갑판의, 마치 성난 군중이 웅성대는 듯한 희미한 소리가 뒤섞여서 들려왔다.

259

대화

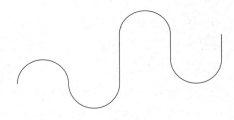

로한은 선장실로 들어갔다. 사령관의 호출에도 놀라는 기색
이 없었다. 그곳을 찾는 일이 드물기는 했지만 분화구 속의
베이스캠프에서 홀로 복귀한 뒤 무적호로부터 호출을 받았
고, 호르파흐는 자신의 선실로 그를 불렀다. 이런 초대는 대
개 좋은 징조가 아니었다. 하긴 그때 로한은 선장의 호통을
두려워하기에는 협곡에서의 비극적인 사건으로 심한 충격에
빠져 있었다. 그런데 사령관은 단 한마디도 꾸짖지 않았다.
그저 구름의 공격과 관련한 정황에 대해서 아주 자세하게 물
었을 뿐이다. 그 자리에 함께했던 삭스 박사는, 로한이 생존
한 까닭은 당시 망연자실했기 때문이라고 언급했다. 뇌의 전
기적 활동이 억제된, 이를테면 넋 나간 모습이 구름으로 하

여금 이미 불구가 된 부상자들 중 하나로 착각하게 했으리라고 추측했다. 신경 생리학자는 운전자인 쟈그의 경우, 마침 도망쳤을 때 공격 범위 밖에 있어서 순전히 우연의 일치로 살아남았으리라고 판단했다. 반면에 터너는 거의 마지막까지 레이저 총을 발사하며 자신과 다른 사람들을 방어하려고 애쓰면서 임무에 충실했지만, 역설적으로 그 행동이 반대의 결과를 불러왔다. 뇌가 정상적으로 기능했기 때문에 구름의 주의를 끌어 버린 것이다. 물론 인간과 같은 시각은 없었지만 말이다. 그들에게 사람이란 단지 대뇌 피질 전위를 통해서 존재를 드러내는, 일종의 움직이는 물체일 뿐이었다. 로한은 호르파흐, 의사와 함께 '인공적인 인사불성' 상태를 유발하는 화학 조제약을 적정 투여해서 사람들을 보호하는 방법까지 고려해 봤지만, '전기 위장술'이 실제로 필요할 경우 이 약의 효과가 나타나기까지 너무 오랜 시간이 걸릴 뿐 아니라 정신이 혼미한 사람들을 전투에 투입할 수는 없는 일이었다. 그래서 결국 로한에 대한 연구는 별다른 성과 없이 끝나고 말았다. 로한은 호르파흐가 어쩌면 이 사안에 관해서 다시 이야기하고 싶어 할지도 모른다고 생각했다. 로한은 자신의 선실보다 족히 두 배나 더 큰 공간의 한가운데에서 걸음을 멈췄다. 벽에는 함교와 직통으로 연결되는 전화와, 선내 인터콤 마이크가 일렬로 걸려 있었다. 그러나 그 밖에는 그곳이 수년 동안 사령관이 지내 온 선실이라는 흔적을 아무 것도 찾아볼 수 없었다. 호르파흐가 코트를 벗어 던졌다. 그 안으로 바지와 성기게 짠 셔츠를 입고 있었다. 그의 넓은 가슴에 난 굵고 흰 털들이 옷감 사이로 삐져나왔다. 선장은 상대가 서 있는 쪽을 향해 비스듬히 앉았고, 다 낡은 작은 가죽 양장책 말고는 아무것도 없는 탁자 위에 무거운 두 손을 올려놓았다. 로한은 지금까지 읽어 보지 못한 생소한 책에서 눈을 돌려 사령관을 바라보았고, 그가 마치 모르는 사람처럼 느껴졌다. 거기에는 떨리는 손을 이마에 얹은 채 피로에 찌든 모습을 감추려고도 하지 않는 한 남자가 앉아 있었다. 로한은 벌써 사 년째 호르파흐 밑에서 복무하면서도 그에 대해 아는 바가 전혀 없음을 깨달았다. 선장실에는 개인적인 물품이나, 어린 시절 또는 고향을 추억하고자 사람들이 선내에 가지고 들어오는 재미있고 순진무구하고 사소한 물건조차 전무했다. 로한은 왜 그런 것들이 하나도 없는지 생각해 본 적이 없었다. 지금에야 어째서 호르파흐에게 아무것도 없는지, 왜 벽에는 지구에 남기고 온 가까운 사람들의 오래된 사진 한 장마저 없는지 알 것 같았다. 그의 전부는 언제나 여기에 있었고, 그에게 지구는 집이 아니기 때문에 그런 물건 따위는 필요 없었다. 그런데 어쩌면 이 순간 처음으로 그것을 후회하고 있지는 않았을까? 사령관의 탄탄한 어깨와 팔, 목을 보노라면 그가 늙었다고 여겨지지 않았다. 두툼한 손을 곧게 펼 때, 하얗게 바래면서 굵은 주름이 잡히는 손마디를 보고서야 나이를 짐작할 수 있었다. 선장은 가볍게 떨리는 손을, 지금까지 보지 못했던 본인의 낯선 모습을, 겉으로는 무심한 척 피곤함 반, 호기심 반으로 쳐다보았다. 그러나 로한으로서는 보지 않았다면 좋았을 뻔한 광경이었다. 사령관은 가볍게 고개를 젖히면서 그를 바라보았고, 어딘지 어색한 웃음을 지으며 중얼거리듯 말했다.

"내가 좀 지나친 감이 있었지?"

선장의 말뿐 아니라 어조와 모든 행동이 로한을 어리둥절하게 했다. 그는 가만히 서서 아무 말도 하지 않았다. 선장은 털이 무성한 가슴을 넓은 손바닥으로 문지르면서 말을 덧붙였다.

"어쩌면 더 잘됐는지도 모르지."

그리고 몇 초 후, 그는 드물게 솔직한 심정을 로한에게 털어놓았다.

"나는 뭘 해야 할지 몰랐네."

그의 말은 충격적이었다. 로한은 선장이 이미 며칠 전부터 다른 모든 승무원들과 마찬가지로 무기력한 상태였음을 알아챘다. 바로 그 순간, 선장이라면 다른 사람들보다 몇 수 앞을 내다봐야 하고, 또 으레 그래야 한다는 자신의 생각이 틀렸음을 깨달았다. 흐트러진 옷차림과 너무나 지친 얼굴, 의식하지 못한 채 떨리는 그의 손을 보자 이제껏 인정하고 싶지 않았던 사령관의 모습이 눈앞에 나타났다. 때마침 로한이 깨달은 바가 진실임을 확인시켜 주는 듯한 한마디가 들려 왔다.

"자네 여기 앉지."

사령관이 말했고, 로한은 자리에 앉았다. 호르파흐는 일어나서 세면대 앞으로 다가가더니 얼굴과 목에 물을 끼얹었고는 짧고 힘차게 문질러 닦았다. 그러고는 점퍼를 걸치고 지퍼를 올린 다음, 로한의 맞은편에 앉았다. 항상 강한 바람을 맞아 온 듯 눈물이 살짝 어린 옅은 파란색 눈으로 그를 바라보며 무심하게 물었다.

"자네…… 면역력은 좀 어떤가? 검사는 받아 봤나?"

그럼 단지 이것을 물어보려고? 하는 의문이 문득 로한의 머리를 스쳤다. 그는 헛기침을 했다.

"의사들에게 검사를 받아 보았지만 아무것도 발견하지 못했습니다. 아마도 삭스가 말한, 망연자실 상태와 관련 있는 것 같습니다."

"아, 그렇지. 의사들이 다른 말은 하지 않았나?"

"저에게 다른 말은 없었습니다. 그런데 제가 들은 바로는…… 그들은 왜 구름이 사람을 한 번만 공격하고 그냥 놔두는지 궁금해했습니다.”

“그것 참 흥미롭군. 그래서 어떻게 됐나?”

“라우다 박사는, 구름이 뇌의 전기적 활성 차이로 정상인과 부상자를 구분한다고 판단했습니다. 부상자의 뇌는 신생아 정도의 활동성을 보이는데, 어쨌든 그와 매우 유사합니다. 부상자의 뇌 활동 상태와 제가 혼미한 상태였을 때 측정한 뇌전도는 꽤 비슷해 보입니다. 삭스는 머리카락 속에 뒤집어쓰는 얇은 금속망을 준비할 수 있으리라고 예측했습니다……. 약한 자극을 흘려보내서 부상자의 뇌처럼 보이게 하는 것이지요. 일종의 ‘투명 모자’ 같은 것 말입니다. 이 방법을 이용해서 구름으로부터 숨는 것이 가능할지도 모릅니다. 하지만 단지 추측에 불과합니다. 이 방법이 과연 성공할지는 알 수 없습니다. 몇 가지 테스트를 해 보고 싶어 했습니다만, 사이클롭스가 가져와야 했던 그 결정체들을 손에 넣지 못해서 샘플이 부족한 상태입니다.”

“알겠네.”

선장이 한숨을 내쉬었다.

“자네와 이야기하고 싶은 것은 그런 일이 아니야……. 이제부터 하는 이야기는 자네와 나만 알고 있기로 하지. 알겠나?”

“알겠습니다…….”

로한은 천천히 대답했고, 다시 긴장감이 감돌았다. 사령관은 더 이상 그를 쳐다보지 않은 채 망설이듯 말을 꺼냈다.

"아직 결정을 내리지 못했네."

그가 느닷없이 말했다.

"누군가 내 자리에 있었다면 동전을 던져서 결정했을 거야. 돌아가야 하나, 말아야 하나……. 하지만 나는 그렇게 하고 싶지 않네. 자네가 내 의견에 얼마나 자주 반대하는지는 잘 알고 있어……."

로한은 입을 벌려서 대꾸하려고 했지만, 상대가 손을 가볍게 들어 그의 말을 가로막았다.

"아니, 아니……. 이제 자네에게 기회가 생겼네. 내가 주는 기회야. 자네가 결정하게. 자네가 말하는 대로 내가 하도록 하지."

그는 로한의 눈을 똑바로 쳐다보고는 이내 무거운 눈꺼풀을 감았다.

"어떻게…… 제가 말입니까?"

로한이 더듬거리며 말했다. 다른 모든 경우에 대비하고 있었지만 이 질문만큼은 예상하지 못했다.

"그래, 바로 자네 말이네. 물론 우리만 아는 것으로 약속하지 않았나. 자네는 결정을 내리고, 난 그대로 따를 거야. 기지에 돌아가서 모든 책임은 내가 지고. 합당한 조건 아닌가?"

"진심으로…… 하시는 말씀이십니까?"

로한은 그의 말이 진심인 줄 알았지만, 단지 시간을 벌고자 거듭 물었다.

"그래. 내가 만약 자네를 몰랐다면 시간을 더 주었을 거야. 그러나 자네 스스로 어떤 의견을 가지고 있음을 잘 아네……. 벌써 오래전에 결정을 내렸다는 사실도……. 그런데 내가 그 결정을 자네에게서 끌어내지 못했을 수도 있어. 그러니까 지금 나에게 말해 주게. 이건 명령이니까. 잠시 자네가 무적호의 사령관이 되는 거야……. 당장 말하고 싶지 않나? 좋아, 그럼 일 분을 주도록 하지."

호르파흐는 다시 자리에서 일어나더니 세면대로 다가갔다. 손바닥으로 뺨을 문지르고는 까칠하게 자란 흰 수염을 손가락으로 부스스하게 하더니 무심하게 거울을 보면서 전기면도기로 면도를 하기 시작했다.

로한의 눈은 그를 향했지만 실제로 그를 바라보고 있지 않았다. 첫 번째로 느낀 감정은 호르파흐에 대한 분노였다. 권한을 준다며 사실상 결정이라는 의무를 지우고서 자기가 모든 책임을 떠안겠다는 말로 그를 옭아매는 횡포를 부리고 있었다. 로한은 선장을 너무나 잘 알고 있었다. 그는 이 모든 것에 대해 충분히 숙고했고, 이젠 돌이킬 수 없었다. 초침이 굴러가고, 곧 말을 꺼내야 할 때가 다가오고 있었지만 로한은 어떻게 해야 할지 몰랐다. 선장의 얼굴에 대고 실컷 퍼붓기를 바랐던 자신의 주장이, 밤마다 묵상하며 튼튼한 벽돌을 하나하나 쌓아 올리듯 찬찬히 준비했던 논거가 한순간에 사라졌다. 대원 넷이 이미 죽었음은 거의 확실했다. 바로 이 '거의'가 없었더라면 무엇을 따져 볼 가치도, 투덜댈 필요도 없이 새벽에 이륙해 버리면 그만이었다. 그런데 지금 그 '거의'라는 말이 로한의 머릿속에 점점 크게 자리 잡기 시작했다. 호르파흐 곁에서 보좌하는 동안에는 더 이상 지체할 필요 없이 떠나야 한다고 생각했었다. 그러나 지금으로서는 그같은 명령을 절대 내리지 못할 것 같았다. 그것은 레기스 사건의 끝이 아니라 시작임을 잘 알고 있었다. 기지에 복귀해서 책임지는 것과는 아무런 상관도 없었다. 선내에서 그들 네 사람의 빈자리를 계속 느끼게 될 테고, 모든 것이 이전과 절대 달라질 수밖에 없으리라. 승무원들은 돌아가고 싶어 했다. 그런데 문득 그날 밤 함선을 돌아다니다가 깨달은 사실이 떠올랐다. 장차 시간이 지나면 사람들은 이런 생각을 품고, 말하고 다니기 시작할 터다.

"봤지? 대원 네 명을 남겨 두고 그냥 떠나 버렸다고."

그 밖에 다른 생각은 하지 않게 되리라. 모든 대원들은 어떠한 경우에도 다른 승무원들이 자신을 포기하지 않으리라는 확신을 가지고 있어야 한다. 모든 것을 잃는 상황일지라도 대원들 모두가 갑판에 있어야 한다. 죽었든 살았든 상관없이 말이다. 규정에는 없는 내용이다. 그러나 이 규칙을 따르지 않는다면 누구도 승선하기를 원하지 않을 것이다.

"자, 그럼?"

호르파흐가 말했다. 그는 면도기를 내려놓고 로한의 맞은편에 앉았다.

로한은 입술에 침을 발랐다.

"시도해 봐야 합니다."

"뭘 말인가?"

"실종 대원들의 수색을요……."

결국 그 말을 해 버렸다. 선장이 반대하지 않으리라는 사실은 잘 알았다. 이제야 호르파흐가 이 말을 기대하고 있었음을 확실히 느낄 수 있었다. 계획적으로 말이다. 혼자서는 위험을 감수하기 싫어서였을까?

"그들 말이군. 알겠네. 좋아."

"하지만 계획이 필요합니다. 어떤 이성적인 방법 말입니다……."

"이때까지 우리는 이성적이었네."

호르파흐가 말했다.

"결과는 자네도 아는 대로지."

"제가 말씀을 좀 드려도 괜찮겠습니까?"

"말해 보게."

"오늘 밤에 전략팀 회의에 갔었습니다. 아니, 그들이 하는 말을 들었는데…… 어쨌든 그건 중요하지 않습니다. 그들은 구름을 전멸시킬 여러 가지 방법을 모색하고 있었습니다……. 그러나 우리 임무는 그것을 파괴하는 게 아니라, 실종자 네 사람을 찾는 것이 아니겠습니까. 그렇기 때문에 반양성자로 대량 학살을 감행한다면, 만약 그들 중 누군가가 아직 살아 있더라도 또 다른 지옥에서는 절대 생존할 수 없습니다. 그 누구라도요. 불가능한 일입니다……."

"나도 그렇게 생각하네."

선장이 천천히 대답했다.

"선장님도 그렇게 생각하십니까? 다행입니다……. 그렇다면 어떻게?"

호르파흐는 아무 말이 없었다.

"전략가들이…… 어떤 다른 해결책을 찾았습니까?"

"그들이……? 아니."

로한은 무엇인가를 더 묻고 싶었지만 차마 용기가 나지 않았다. 말이 입속을 맴돌다가 사라졌다. 호르파흐는 기다리듯 그를 쳐다보았다. 하지만 로한은 도대체 뭔지 전혀 감을 잡을 수 없었다. 사령관은 로한이 모든 학자들, 즉 인공두뇌 학자들과 전략가들보다, 이른바 컴퓨터로 작업하는 그들보다 더 완벽한 방안을 혼자 마련해 내리라고 기대한 것인가? 터무니없는 일이었다. 그러나 호르파흐는 그를 끈질기게 쳐다보았다. 두 사람은 말이 없었다. 수도꼭지에서 물방울이 고르게 똑똑 떨어지는 소리만이 정적을 깼다. 침묵이 지속되는 가운데, 로한은 뺨에서 오싹함을 느꼈다. 지금은 이루 말할 수 없이 나이 들어 보이는 호르파흐의 눈에 눈물이 어려 있었고, 그의 시선을 받는 로한으로서는 얼굴 전체가, 목 언저리의 피부가 팽팽하게 조여 오는 느낌이었다. 이 순간만큼은 그의 눈 말고 아무것도 보이지 않았다. 이제 무엇인지 깨달았다.

호르파흐는 천천히 고개를 끄덕였다. 마치 바로 그것이라고 말하는 듯이. 이해했나? 선장이 눈으로 물었다. 이해했습니다. 로한도 눈으로 대답했다. 그러나 머릿속에서 의식이 점점 분명해짐에 따라 로한은 아무래도 안 될 일이라고 느꼈다. 어느 누구도 그에게 이 일을 하도록 강요할 수 없었다. 그 자신조차 말이다. 두 사람은 계속 침묵했다. 로한은 다 알면서도 모르는 척 여전히 말이 없었다. 그들 사이에서는 아무런 말도 오가지 않았고, 다만 눈빛으로 주고받은 내용을 부정할 수 있으리라는 희망만이 감돌았다. 호르파흐가 직접적으로는 절대 아무 말도 하지 않으리라는 사실을 알았기 때문에, 로한은 자신이 오해했다고 발뺌할 수도 있었다. 그러나 상대방은 이 점을, 이 모든 것을 꿰뚫고 있었다. 그들은 움직임 없이 자리에 그대로 앉아 있었다. 호르파흐의 눈길이 온화해졌다. 더 이상 기대감을 표시하지도, 안달하며 고집하지도 않았다. 단지 연민의 눈빛만이 남아 있을 뿐이었다. 마치 "알겠네. 좋아. 그렇게 하도록 하지."라고 말하듯이. 사령관은 눈꺼풀을 내리깔았다. 서로 조금만 더 쳐다보았더라면 무언의 대화는 없었던 일이 되고, 두 사람 사이에 아무 일도 일어나지 않은 듯 행동할 수 있었다. 그러나 호르파흐가 눈길을 돌리는 순간, 모든 것은 결정되었다. 로한은 자신의 목소리를 들었다.

"제가 가겠습니다."

그가 말했다.

호르파흐가 깊은 숨을 내쉬었지만, 로한은 스스로 입 밖에 내뱉은 말이 불러온 공포심에 사로잡혀서 그 모습을 눈치채지 못했다.

"아니."

호르파흐가 말했다.

"그냥 이렇게는 못 가네……."

로한은 침묵했다.

"자네에게 차마 이 말을 할 수 없었어……."

사령관이 말을 이었다.

"그렇다고 지원자를 찾을 수도 없었고. 왜냐하면 나한테는 그런 권리가 없으니까. 하지만 이제 자네도 알다시피 이런 상황에서 그냥 돌아갈 수는 없지 않나. 그곳에는 오직 한 사람만이 혼자 들어갔다가…… 돌아 나올 수 있네. 헬멧, 차량, 무기도 없이 말이야……."

로한은 간신히 그의 말을 듣고 있었다.

"자네에게 내 계획을 말해 주겠네. 한번 들어 보고 잘 생각해 보게. 여전히 우린 두 사람만의 이야기니까 거절해도 괜찮아. 내가 생각한 방법은 바로 이러하네. 그 사람은 우선 실리콘으로 된 산소 호흡 장치를 사용할 거야. 금속은 조금이라도 있어선 안 돼. 내가 그쪽으로 무인 지프차 두 대를 보내면 구름은 분명 그 차량들을 따라가서 파괴하겠지. 그동안에 한 사람을 태운 세 번째 지프차가 도착하고. 이 부분이 가장 위험하다고 할 수 있네. 걸어서 사막을 건너는 시간을 줄이려면 가능한 한 가까운 곳까지 운전해 가야 하네. 열여덟 시간 동안 산소량은 충분할 거야. 우리는 협곡 전체와 그 주변 지역의 사진 측정 지도를 가지고 있네. 이전 원정 경로는 지나가지 않는 편이 나을 듯하니까, 고원 지대의 북쪽 가장자리까지 최대한 가까이 차를 몰고 간 다음 거기서부터 바위 등성이를 타고 걸어 내려가는 방법이 좋아 보이네. 협곡 안쪽까지 말이야. 만약 대원들이 어딘가에 살아 있다면 거기 말고는 가능성이 없어. 그곳이라면 생존할 수 있었을 거야. 동굴과 균열이 많은 험난한 지형이지. 자네가 만약 그들 모두, 혹은 몇 명이라도 발견한다면……."

"그러니까요. 그들을 어떻게 데려올 수 있다는 말입니까?"

로한은 대차게 물으면서 통쾌함을 느꼈다. 호르파흐의 계획은 거기까지였다. 이렇게 대수롭지 않게 자신을 희생시키려고 하다니…….

"자네는 그들의 정신을 살짝 흐리게 하는 특정 약물을 사용하면 될 거야. 그런 비슷한 뭔가가 있다네. 물론 약물은 실종자들이 자발적으로 돌아오기를 거부할 경우에만 사용해야 해. 지금 그들의 상태라면 다행히 걸을 수 있을 거야."

다행히라고……. 로한은 생각했다. 선장이 보지 못하도록 탁자 아래로 조심히 주먹을 움켜쥐었다. 그는 전혀 무섭지 않았다. 아직은 말이다. 다만 이 모든 상황이 실감 나지 않았다…….

"만일 구름이…… 자네에게 관심을 보인다면 무조건 움직이지 말고 땅에 가만히 누워 있어야 해. 이러한 돌발 상황에 대비할 약물도 고려해 봤지만, 그 효과가 나타나기까지 너무 오랜 시간이 걸릴 거야. 남은 방법은 금속망 모자뿐인데, 삭스가 말한 그 전자 가장기 말이네……."

"그런 게 벌써 만들어졌습니까……?"

로한이 물었다. 호르파흐는 질문의 숨은 의미를 파악했다. 그러나 침착하게 대답했다.

"아니, 하지만 한 시간 이내로 만들어 낼 거야. 금속망은 머리카락 속에 숨길 수 있고, 전기파 생성기는 점프 슈트 옷깃 안에 꿰매어 놓겠네. 자, 이제…… 자네에게 한 시간을 주지. 더 많은 시간을 주고 싶지만, 시간이 늘어날 때마다 실종자들을 구할 수 있는 기회는 줄어들겠지. 이미 생존 가능성은 희박하지만 말이야. 언제까지 결정을 내릴 수 있겠나?"

"벌써 결정했습니다."

"바보 같은 소리 말게. 내 이야기를 안 들었나? 아까는 단지 우리가 아직 이곳을 떠나서는 안 된다는 점을 자네에게 이해시키려고 한 이야기였어……."

"어차피 제가 갈 거라는 사실을 잘 알고 계시지 않습니까……."

"내 허락 없이는 갈 수 없네. 내가 여전히 이 함선의 사령관이라는 점을 잊지 말게. 우리가 직면한 문제는 누구의 야망과도 상관없는 일이야."

"알겠습니다."

로한이 말했다.

"선장님은 제가 중압감을 느끼지 않기를 바라시는군

요……? 좋습니다. 그렇다면 이 일과 관련해서…… 그런데 저희 대화는 여전히 비밀인 상태입니까? ”

“그렇다네.”

“이 일과 관련해서 궁금한 점이 있습니다. 선장님께서 제 자리에 계셨다면 어떻게 하셨을까요. 입장을 바꿔서 말입니다……. 바로 전 상황으로 돌아가서요…….”

호르파흐는 잠시 말이 없었다.

“내가 가지 않았으리라고 말하면 자네는 어떻게 할 텐가?”

“그럼 저도 가지 않겠습니다. 하지만 선장님께서 진실을 말씀하실 것을 알고 있습니다…….”

“그럼 가지 않겠다고? 맹세하나? 아니, 아니야…… 맹세할 필요도 없어…….”

선장이 자리에서 일어났고 로한도 따라 일어섰다.

“선장님께서는 아직 제게 답을 주지 않으셨습니다.”

선장은 그를 쳐다보았다. 호르파흐는 그보다 키도, 전체적인 몸집도 컸고, 어깨 또한 더 넓었다. 눈동자는 대화를 시작했을 때와 마찬가지로 한껏 무기력했다.

“이제 가 보게.”

호르파흐가 말했다. 로한은 허리를 똑바로 펴고 반사적으로 문 쪽을 향해서 걸어갔다. 그 순간 선장이 그의 팔을 잡

고 싶은 듯 움직였으나 로한은 보지 못했다. 그가 나가고 호
르파흐는 닫힌 문 앞에서 오랫동안 그대로 서 있었다.

무적

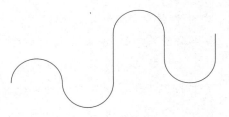

새벽이 되자 지프차 두 대가 먼저 램프를 따라 내려갔다. 태양을 향해서 굽이치는 모래 언덕은 아직 밤의 어둠에 물들어 있었다. 방어막이 열리자 차량들이 통과했고, 파란색 불빛들이 깜빡거리면서 통로는 다시 닫혔다. 선미 바로 옆, 세 번째 지프차의 후면 발판에 점프 슈트를 입은 로한이 헬멧도, 보안경도 없이 소형 산소마스크만 착용한 채 앉아 있었다. 그는 깍지 낀 두 손으로 무릎을 감싸 안았는데, 이렇게 하면 시계 초침이 딸깍거리면서 움직이는 모습을 더 편하게 볼 수 있었기 때문이다.

슈트의 왼쪽 상단 주머니에는 주사용 앰플 네 개가, 오른쪽 주머니에는 알약 형태의 간이 식량이 들었다. 카고 바지 주머니에는 가이거 계수관, 소형 자기 센서, 나침반, 그리고 고압축 확대경을 사용해야 판독할 수 있는 엽서만 한 크기의 소형 사진 측정 지도를 포함해서 조그마한 온갖 도구들이 들어 있었다. 허리에 아주 가느다란 플라스틱 로프를 여섯 차례 감아 놓았을 뿐, 사실상 의복 전체에서는 어떠한 금속 부품도 찾아볼 수 없었다. 머리카락 속에 감춰 놓은 금속망은 일부러 두피를 움직이지 않는 한 아무런 느낌도 들지 않았다. 그것을 통해서 순환 전류가 흐르고 있다는 사실조차 감지할 수 없었는데, 옷깃에 꿰매 둔 초소형 전기 가장기를 손가락으로 만져 봐야만 작동 유무를 확인할 수 있었다. 그 단단하고 작은 원통형 장치에서 규칙적으로 째깍거리는 소리가 들려왔고, 손으로 진동을 느낄 수 있었다.

동쪽 하늘에는 태양의 붉은 기운이 감돌기 시작했고, 벌써 바람이 일어나면서 모래 언덕의 꼭대기 부분을 흩트렸다. 지평선을 이루는 분화구의 삐죽삐죽한 모서리가 서서히 붉게 녹아내리는 듯 보였다. 로한이 고개를 들었다. 무선 송신기를 작동하면 바로 위치가 노출되기 때문에 함선과 양방향 통신은 단절될 터다. 그러나 귓속에 체리 씨앗만 한 조그만 수신기를 착용한 덕분에, 적어도 가끔씩 무적호의 메시지를 받을 수 있었다. 마침 소형 수신기에서 말소리가 나오기 시작했고, 그것은 꼭 머릿속에서 들려오는 듯했다.

"여기는 선장이다. 로한, 잘 듣게……. 기수 센서에서 자기 활동 증가가 감지되었어. 아마도 다른 지프차들은 이미 구름 아래에 있는 것 같군……. 탐사기를 보내도록 하겠네……."

로한은 차차 환해지는 하늘을 바라보았다. 하지만 그는 로켓이 폭죽처럼 순식간에 수직으로 솟아오르는 모습을 보지 못했다. 발사체는 하얀 연기로 자욱한 함선의 기수를 뒤로하고 한 줄기 희미한 선만 남긴 채 북동쪽을 향해서 쏜살같이 날아갔다. 몇 분이 흘렀다. 어느새 반쯤 부풀어 오른 태양 원반은 마치 분화구 가장자리에 다리를 벌리고 올라앉은 듯 보였다.

"소형 구름이 1번 지프차를 공격하고 있어……."

머릿속에서 목소리가 들려왔다.

"2번 차량은 아직 문제없이 이동 중이네……. 1번 차량이 암석 통로로 접근하고 있다……. 주목! 방금 1번 차량에 대한 원격 조종 기능을 상실했다. 차가 구름에 둘러싸인 채 시야에서 사라졌어. 2번 차량은 일곱 번째 골짜기의 굽잇길로 다가가는 중이다……. 아직은 공격을 안 받고 있는데……. 시작이군! 2번 차량에 대한 원격 조종 기능도 잃었다. 벌써 차를 뒤덮어 버렸어……. 로한! 잘 듣게! 십오 초 후에 차량이 출발할 예정이야. 이제부터 자네가 판단해서 움직이도록 하게. 그럼 타이머를 설정하겠네. 행운을 비네……."

호르파흐의 목소리가 갑자기 사라졌다. 째깍거리며 초를 세어 내려가는 기계음이 그 자리를 대신했다. 로한은 자세를 더 편하게 고쳐 앉은 뒤 다리에 단단히 힘을 주었고, 지프차 상부 난간에 묶인 전깃줄 로프에 팔을 고정했다. 가벼운 차체가 갑자기 흔들거리며 스르르 앞으로 움직이기 시작했다. 호르파흐는 모든 승무원들을 선내에 머물도록 했다. 로한은 누구와도 작별 인사를 하고 싶지 않았기 때문에, 그 조치에 대해서만큼은 호르파흐에게 고마움 비슷한 감정을 느꼈다. 그렇게 그는 연신 튀어 오르는 지프차 발판에 붙어 앉아서 거대한 기둥을 연상시키는 무적호가 점차 멀어지는 모습만 바라보았다. 모래 언덕 경사면에서 잠시 깜빡이던 파란 불빛은, 방금 차량이 방어막 경계선을 지나갔다는 사실을 알려 주었다. 그러나 곧이어 차의 속도가 올라가면서 검붉은 먼지구름이 저압 타이어 주위로 피어올랐고, 이에 시야가 막히는 바람에 위쪽 하늘도 겨우 볼 수 있었다. 지금 앉아 있는 자세는 그에게 불리했고, 언제 공격을 당해도 모를 판이었다. 그래서 앉아 있기로 했던 원래 계획 대신에, 몸을 돌려 일어나서는 레일을 붙잡고 발판 위에 올라섰다. 그 덕분에 무인 지프차의 평평한 지붕 너머로 앞쪽을 내다볼 수 있었고, 사막을 향해 돌진하는 차량의 모습도 보였다. 최대 속도로 질주하는 지프차가 덜커덕거리고 간간이 튀어 오를 때면,

로한은 온 힘을 지면 쪽으로 옮기며 버텨야 했다. 엔진 소리는 거의 들리지 않았고, 바람만이 머리 주위로 쌩쌩 몰아쳤다. 흩날리는 모래알이 눈에 들어왔고, 차량 양쪽에서는 모래 분수가 솟구치며 벽처럼 시야를 가로막았다. 어느새 그는 분화구 밖으로 나왔다. 아마도 지프차는 분화구 북쪽 가장자리의 좁은 모래 통로 중 하나를 지나온 듯했다.

갑자기 윙윙거리는 신호음이 점점 가깝게 들려왔다. 로한이 아무리 유심히 살펴봐도 도무지 찾을 수 없을 만큼 높이 발사된 탐사기의 발신기에서 울리는 소리였다. 구름에게 발각되지 않도록 높이 쏘아 올린 발사체는, 함선에서 지프차를 원격 조종하려면 꼭 필요한 존재였다. 차량 후면에 특별히 장착한 주행 기록계 덕분에 로한은 대충 자신의 위치를 파악할 수 있었다. 지금까지 19킬로미터를 주행했고, 이제 곧 최초로 암석들이 나타날 것이다. 먼지 소용돌이 속에서 붉은빛을 거의 잃어버린 태양 원반은 여태껏 오른편에 있다가 이제 차량 뒤쪽으로 조금 밀려나 있었다. 지프차가 왼쪽으로 회전하고 있다는 뜻이었다. 로한은 이번의 방향 변경이 이미 정해진 경로를 따르는 것인지, 아니면 경로가 더 길어진 것인지 알아내려고 애썼지만 소용없었다. 만약 경로가 길어졌다면, 함교에서 어떤 예상하지 못한 구름의 움직임을 포착하고 그것으로부터 멀리 떨어뜨려 놓으려 했다는 의미다. 태양은 첫 번째 경사진 바위 능선 뒤로 잠깐 자취를 감췄다가 다시 모습을 드러냈다. 비스듬히 내리쬐는 햇빛 속 풍경은 적막해 보였고, 로한이 기억하는 마지막 원정 때의 광경과 달랐다. 그러나 그때는 운송 차량의 포탑에 탑승해 있었기 때문에 높은 위치에서 내려다보았으리라. 지프차가 갑자기 심하게 휘청거리는 바람에, 그는 몇 번이나 금속판에 고통스러울 만큼 가슴을 찧었다. 지면의 요철 부분을 지날 때면 저기압 타이어조차 충격을 제대로 흡수하지 못했으므로 좁은 발판에서 떨어지지 않도록 필사적으로 버텨야 했다. 바퀴가 암석 위에서 춤을 추듯 돌아가며 이따금 격렬하게 공전했고, 자갈들은 회오리치며 공중으로 높이 튀어 올랐다가 시끄럽게 굴러떨어졌다. 로한은 이 끔찍한 주행이 수 킬로미터 거리에서도 틀림없이 잘 보이리라 판단했고, 차량을 세우고 내려야 할지 심각하게 고민했다. 어깨 바로 아래로 차량 외부에 고정된 브레이크 레버가 튀어나와 있었다. 만약 차를 멈추고, 앞으로 남아 있는 수 킬로미터를 도보로 간다면, 그렇지 않아도 제시간에 도착할 가능성이 희박한 마당에 그 확률을 더 낮추는 셈이었다. 그는 이를 악물었다. 그리고 이제 처음 탑승했을 때처럼 튼튼해 보이지 않는 차량 손잡이를 꽉 움켜잡고 눈을 가늘게 뜬 채 판판한 지프차 지붕 너머의 경사지 위쪽을 쳐다보았다. 통신 탐사기의 윙윙대는 신호음은 간혹 사라질 때도 있었지만 지프차가 돌 부스러기를 재빨리 피하면서 운행하는 것으로 보아 계속 위쪽에 떠 있음이 분명했다. 이따금 차량이 기우뚱하며 속도를 늦추었지만 또다시 오르막길을 향해서 전속력으로 질주했다.

주행 기록계는 운행 거리가 27킬로미터에 달했음을 보여 주었다. 지도상에 나타난 예정 경로는 60킬로미터였으나 지그재그로 끝없이 이어진 굽잇길 때문에라도 그보다는 분명히 길 수밖에 없었다. 이제는 모래의 흔적을 찾아볼 수 없었다. 온기를 거의 발산하지 않는 거대한 태양은 마치 위협이라도 하듯 들쭉날쭉한 바위 능선에 원반을 접한 채 묵직이 걸려 있었다. 미친 듯이 요동치는 자동차는 자갈 비탈을 따라 때로는 돌 더미와 함께 미끄러졌다. 바퀴는 무력하게 공전하며 점점 가팔라지는 경사면의 암석 위에서 휘파람을 불듯 삐걱댔다. 29킬로미터. 윙윙거리는 탐사기 신호음 외에는 아무 소리도 들리지 않았다. 무적호는 잠잠했다. 왜 연락이 없지? 맞은편에서는 붉은 태양을 배경으로 거무스름한 절벽의 윤곽이 흐릿하게 보였고, 바로 그곳이 수색해야 할 협곡 가장자리라는 느낌이 들었다. 그런데 이 지점이 아닌, 훨씬 북쪽에 위치한 곳에서 내려가야 했다. 30킬로미터. 어쨌든 검은 구름의 흔적은 전혀 없었다. 아마도 벌써 지프차 두 대를 처리해 버렸으리라. 구름은 함선과의 통신을 끊고 차량들을 그냥 버려둔 데에 만족했을까? 그의 지프차는 고통스러워하는 동물처럼 몸부림쳤다. 로한은 때때로 전속력으로 돌아가는 엔진이 토해 내는 요란한 진동을 참기 힘들었다. 계속 떨어지는 속도에도 불구하고 차량은 놀라울 만큼 잘 나아가고 있었다. 호버크라프트를 타고 왔어야 했나? 하지만 너무 크고 무겁다. 게다가 이런 생각을 한다고 지금 바꿀 수 있는 것도 아니니 아무 소용 없는 일이다…….

로한은 시계를 보려고 했지만 그러지 못했다. 손목을 눈높이까지 단 일 초도 들어 올릴 수가 없었다. 그는 무릎을 구부려서 속이 뒤집힐 듯한 끔찍한 충격을 줄여 보고자 애썼다. 갑자기 차량 몸체 앞쪽이 위로 들렸다가 측면으로 떨어지기 시작했다. 브레이크가 끼익하는 소리를 냈지만 벌써 사방에서 튀어 날아온 자갈들이 차의 얇은 장갑판을 연주하듯 두드려 대고 있었다. 지프차가 급커브를 틀자, 마치 강이 흐르듯 빙그르 돌아서 우르르 떨어지는 돌들을 따라 한동안 옆으로 미끄러지다가 멈춰 섰다…….

그럼에도 차량은 천천히 뒤돌아서 고집스럽게 다시 언덕을 기어오르기 시작했다. 이제 로한은 협곡을 볼 수 있었다. 산악 소나무 같은 모습으로 가파른 암벽을 뒤덮은 흉측한 덤불의 거무튀튀한 부분을 통해서 그 장소를 알아보았다. 그는 협곡 가장자리에서 아마도 800미터쯤 떨어져 있는 것 같았다. 34킬로미터…….

　　그가 아직 올라가야 하는 경사지는 마치 어지럽게 흩어진 돌 더미들로 이루어진 끝없는 바다처럼 보였다. 차량이 이곳에서 길을 찾아내기란 불가능해 보였다. 로한은 주행 가능한 경로를 탐색하다가, 어차피 스스로 차의 움직임을 제어하지도 못하는 터라 그만두었다. 그 대신 협곡을 둘러싼 암석들로부터 눈을 떼지 않으려고 노력했다. 언제든지 검은 구름이 나타날 수 있었다.

　　"로한…… 로한……."

　　갑자기 목소리가 들려오자 심장이 빨리 뛰기 시작했다. 호르파흐였다.

　　"아마도 지프차가 자네를 목적지까지 데려다주지 못할 것 같군. 여기서는 경사각을 정확하게 예측할 수 없어. 이제 주행이 가능한 길은 5킬로미터에서 6킬로미터 남짓이네. 차량이 더 이상 나아갈 수 없으면 도보로 이동해야 할 거야……. 반복하겠네……."

　　호르파흐는 똑같은 내용을 다시 한 번 반복해서 말했다. 최대 42킬로미터에서 43킬로미터 정도 왔으니까…… 17킬로미터 남았군. 이 지형에선 적어도 네 시간은 걸릴 거야. 로한은 신속히 계산을 해 보았다. 어쩌면 그들이 틀렸을 수도 있고, 지프차가 건너갈 수 있을지도 몰라…….

선장의 목소리는 잠잠해졌다. 또다시 윙윙대는 탐사기 소리만이 주기적으로 반복해서 들릴 뿐이었다. 로한은 산소마스크의 마우스피스를 물어뜯었다. 차량이 심하게 덜컹거릴 때마다 입술 안쪽이 쓸렸다. 태양은 더 이상 가장 가까운 산에 닿아 있지도, 그렇다고 솟아오르지도 않았다. 눈앞에 크고 작은 암석과 암벽이 보였고, 때때로 그 차가운 그림자가 그를 감쌌다. 이제 차량은 전보다 훨씬 느린 속도로 움직였다. 로한이 고개를 들자 희미하고 작은 뭉게구름들이 공중을 떠다니는 광경이 눈에 들어왔다. 하늘에서는 별들 몇 개가 반짝이고 있었다. 그런데 갑자기 지프차에서 무엇인가 기이한 일이 일어났다. 차체 뒷부분이 내려앉으면서 앞부분이 위로 솟았다……. 말이 날뛰듯 차량 전체가 잠시 휘청거렸다……. 그 순간 지프차에서 재빨리 뛰어내리지 않았다면 차도 뒤로 고꾸라지고, 로한 역시 차량 아래에 파묻히는 신세가 되었으리라. 로한은 무릎과 손을 바닥에 찧으며 땅으로 떨어졌고, 두꺼운 방호 장갑과 무릎 패드를 통해서 충격으로 인한 고통이 전달되었다. 그는 자갈밭 위를 2미터쯤 미끄러지고 나서야 멈출 수 있었다. 지프차도 바퀴가 마지막으로 회전한 다음에야 완전히 정지했다.

"로한…… 잘 듣게……. 거기는 39킬로미터 지점이야……. 차량은 더 이상은 갈 수 없네. 이제 걸어가야만 해…….

지도에서 자네 위치를 파악할 수 있을 거야……. 만일에 다른 무슨 방법으로도 돌아올 수 없다면 지프차는 그 자리에 남아 있을 테니까……. 자네의 좌표는 46, 192……."

　　로한은 천천히 다리를 딛고 일어섰다. 모든 근육이 전부 아파 왔다. 처음으로 걸음을 뗄 때 무척 뻐근했지만 차차 뭉친 근육이 풀렸다. 문턱 같은 두 개의 바위 사이에 멈춰 선 지프차로부터 최대한 멀리 떨어지고 싶었다. 그는 거대한 오벨리스크 아래에 앉아 주머니 속의 지도를 꺼내서 읽어 보려고 했지만 결코 쉬운 일이 아니었다. 그리고 마침내 현재 위치를 파악할 수 있었다. 협곡의 상부 가장자리로부터 직선거리로 1킬로미터쯤 떨어진 곳이었다. 균일한 금속 덤불층이 경사지를 뒤덮고 있었으므로 그 지점까지 내려가기란 꿈도 꿀 수 없는 일이었다. 그는 비탈진 길을 오르면서 협곡 아래로 내려가는 원래의 지점 말고, 좀 더 가까이로 가 볼까, 하고 계속 망설였다. 목적지까지 적어도 네 시간은 걸어야 했다. 나중에 지프차를 타고 함선으로 돌아간다 하더라도 복귀하는 데 다섯 시간은 잡아야 한다. 그럼 협곡을 내려가는 데 드는 시간은 대체 얼마나 남는가? 실종자 수색에 필요한 시간은 말할 것도 없이 말이다. 별안간 모든 계획이 상식적으로 전혀 말이 안 된다고 느껴졌다. 단지 호르파흐가 죄책감을 덜고자 그를 희생시킨, 무의미한 영웅적 행위라고밖에 볼

289

수 없었다. 얼마 동안 로한은 주변 상황을 제대로 살피지 못할 만큼 참기 힘든 분노에 휩싸였다. 선장은 모든 것을 미리 꾸며 놓았고, 자신은 어수룩하게 속아 넘어갔다. 격앙된 감정이 서서히 가라앉자 이제 후퇴는 없다며 스스로에게 되풀이해서 말했다. 그래, 해 보자. 만약 아래로 못 내려간다면, 만약 오후 3시까지 아무도 못 찾는다면 그때 나는 돌아가는 것이다. 아직 오전 7시 15분이었다. 그는 보폭을 크고 일정하게 유지하면서 너무 빨리 걷지 않으려고 노력했다. 움직임이 격렬할수록 산소 사용량도 급격하게 증가하기 때문이다. 오른쪽 손목에 나침반을 묶어서 올바른 방향을 유지하려고 애썼지만 수직 측벽의 깊게 갈라진 틈을 피하고자 몇 번씩이나 돌아가야만 했다. 레기스의 중력은 지구보다 훨씬 약했기에 아무리 험한 지형에서도 상대적으로 자유롭게 움직일 수 있었다. 태양이 떠올랐다. 로한의 귀는 그동안 원정 때마다 방어 장벽처럼 주변을 에워싸던 온갖 기계들의 소리에 벌써 익숙해져 있었다. 그래서 지금의 청각은 무방비 상태인 듯 극도로 예민해져 있었다. 아까보다 훨씬 희미한 탐사기의 규칙적인 신호음만이 가끔 들려왔고, 바위 벽을 따라서 맞바람이 불어닥칠 때면 그가 잘 알고, 또 기억하는 윙윙 소리가 어렴풋이 바람결에 들리는 것 같아서 몹시 신경이 쓰였다. 그는 무의식적으로 바위에서 바위로 걸음을 옮기며 조금씩 제 속도를 찾았고 생각의 굴레로부터 자유로워졌다. 주머니 속에 계보기가 있었는데 너무 일찍 들여다보는 일은 영 내키지 않아서 한 시간 뒤에나 확인해 보기로 마음먹었다. 그러나 결국 참지 못하고 한 시간이 다 되기도 전에, 시계와 비슷하게 생긴 작은 기계를 꺼내 들었다. 참으로 실망스러웠다. 3킬로미터도 채 못 걸었다. 분명히 오르막길이 걸음을 더디게 했으리라. 계속 이런 식이면 서너 시간이 아니라 적어도 여섯 시간은 걸리겠군……. 그는 생각에 잠겼다. 지도를 꺼낸 뒤무릎을 꿇고 앉아서 다시 한 번 위치를 확인했다. 현재 지점에서 동쪽으로 700~800미터쯤 떨어진 곳을 내다보니 협곡의 상부 가장자리가 나타났고, 그는 지금까지 그 협곡을 따라서 어느 정도 평행을 이루며 걸어왔다. 경사면을 뒤덮은 검은 덤불 사이로 좁고 구불구불하게 갈라진 틈새가 드러났는데 마치 바짝 말라붙은 개울 바닥 같았다. 로한은 그 부분을 자세히 살펴보았다. 머리 위로 바람이 휘파람 소리를 내며 지나갔다. 그는 무릎을 꿇고 앉아서 잠시 망설였다. 그리고 아직 무엇을 해야 할지 모르는 채 일어나서 기계적으로 지도를 주머니에 넣은 뒤 이제껏 왔던 길에서 직각에 자리한, 협곡의 절벽 방향으로 걷기 시작했다.

그는 삐죽삐죽한 암석들이 가득한 고요한 지대로, 마치 땅이 꺼지기라도 하는 듯 조심스럽게 다가갔다. 엄청난 공포가 엄습했다. 그러나 겁에 질린 텅 빈 손을 휘저으며 계속 걸었다. 그러다 문득 멈춰 서서 무적호가 있는 사막 쪽을 내려다보았다. 우주선은 지평선 너머에 있으므로 이제 보이지 않는다는 사실을 알면서도 여전히 하늘을 바라보고 있었다. 불그레하게 물든 지평선 위쪽 하늘을 뭉게구름이 천천히 채워가고 있었다. 이제 탐사기의 신호음마저 너무 희미하게 들렸으므로, 혹시 환각은 아닌지 확신이 서지 않았다. 무적호는 왜 잠잠하지?

너에게 더 이상 할 말이 없기 때문이야. 그는 스스로 대답했다. 서서히 침식되며 형성된, 기괴한 조각물 같은 표면의 암석들이 바로 가까이에 있었다. 눈앞에 펼쳐진 협곡은 어둑한 도랑처럼 보였고, 태양 광선은 아직 깜깜한 벽면의 절반도 비추지 않았다. 새하얀 석회석 같은 것들이 웅긋쭝긋한 덤불 사이로 군데군데 튀어나와 있었다. 그는 수직으로 1.5킬로미터 떨어진, 바위들로 가득한 바닥까지 거대하게 펼쳐진 공간 전체를 단번에 살펴보았다. 별안간 무방비로 노출되었다는 무력감이 덮쳐 왔고, 그는 반사적으로 무릎을 꿇고서 바위에 달라붙은 채 주변과 하나처럼 보이려고 했다. 그러나 눈에 띌 위험은 없었으므로 무의미한 행동이었다. 그가 두려워해야 할 대상에게는 눈이 없기 때문이었다. 로한은 미지근하게 데워진 암석에 엎드려서 협곡 아래쪽을 바라보았다. 위성들이 촬영한 지형은 그저 직선으로 너무 단순화되었기에 사실상 사진 측정 지도는 무용지물이었다. 검은 수풀 속 두 개의 비탈면 사이에 난 좁고 긴 벌거숭이 땅으로 내려가는 일은 있을 수 없었다. 그러려면 25미터는커녕 적어도 100미터짜리 로프가 있어야만 했다. 게다가 암벽 등반에 필요한 피톤, 하켄, 망치 등의 도구는 전혀 준비되어 있지 않았다. 좁은 도랑은 처음에 꽤 완만하게 내려가다가 어느 지점에서 뚝 끊겼다. 그렇게 협곡 벽면의 돌출부 밑으로 자취를 감췄고, 저 멀리 아래쪽에 자리한 푸르스름한 연무 사이에서 다시금 모습을 드러냈다. 낙하산이 있으면 좋았을 텐데……. 바보 같은 생각이 머릿속에 떠올랐다.

그는 커다란 버섯 모양의 바위 밑에 엎드린 채 자신이 위치한 곳의 양쪽 경사면을 세세하게 둘러보았다. 이제야 아래쪽 깊은 고랑에서 따뜻한 공기가 부드럽게 불어 올라옴을 느꼈다. 실제로 반대편 경사면 위쪽의 공기가 살짝 떨리고 있었다. 덤불이 태양 전지판의 역할을 하는 것이었다. 그의 시선은 남서쪽으로 움직이다가 참사 현장인 뾰족한 바위 봉우리 아래, 암석 통로에서 멈췄다. 다른 암석들과 다르게 시꺼멓고 두꺼운 유약을 발라 놓은 듯 반짝거리지 않았다면 그 장소를 알아보지 못했을 것이다. 사이클롭스와 구름의 전투 당시에 틀림없이 암석들 표면이 끓어올랐으리라. 그러나 지금 위치에서는 협곡 아래에 운송 차량들이 있는지, 아니면 핵폭발의 흔적이 있는지조차 보이지 않았다. 그렇게 가만히 누워 있다 보니 돌연 절망감이 솟구쳐 올랐다. 저쪽으로 내려가야 하는데 길이 없다. 그냥 돌아가서 선장에게 할 수 있는 모든 것을 다 했노라고 말해도 된다는 안도감 대신, 뭔지 모를 결의가 안에서 꿈틀대기 시작했다.

그는 자리에서 일어났다. 협곡 저 아래에서 무엇인가 움직이는 모습을 얼핏 보고 반사적으로 다시 바위 아래에 엎어졌지만 곧 몸을 곧추세웠다. 이렇게 매번 납작 엎드리기만 하다가는 아무것도 못 할 거야……. 그는 생각했다. 이제 내리막길을 찾고자 절벽 가장자리를 따라서 걷고 있었다. 그는 몇백 걸음마다 깊은 틈새 쪽으로 몸을 숙였는데 변함없이 똑같은 광경이었다. 검은 덤불로 덮인 곳의 기울기는 완만한 데 비해 그렇지 않은 곳의 경사면은 수직을 이루었다. 한번은 발에 차인 돌이 굴러떨어지자 다른 돌들도 함께 휩쓸려 내려갔다. 그러더니 작은 산사태가 일어났고, 그로부터 백 걸음쯤 아래의 덥수룩한 벽면을 낙석들이 덜커덩거리며 때렸다. 그곳에서 연기가 햇빛 속으로 피어올라 반짝거리며 퍼지더니, 마치 위험 요소를 찾기라도 하듯 잠시 공중에 떠 있었다. 로한은 그 자리에 얼어붙어 버렸다. 이윽고 연기는 줄어들었고, 소리 없이 번쩍이는 덤불 속으로 다시 흡수되어

들어갔다.

또 다른 바위 뒤에서 아래를 내려다봤을 때, 9시가 다 되었다. 상당히 너른 계곡의 맨 밑바닥에서 밝고 흐릿한 물체가 움직이고 있었다. 로한은 떨리는 손으로 주머니에서 접이식 소형 쌍안경을 꺼낸 다음, 그것에 초점을 맞췄다…….

사람이었다. 얼굴이라도 보고자 확대해 봤지만 너무 멀어서 잘 보이지 않았다. 그러나 규칙적이고 일정한 보폭으로 움직이는 다리가 보였다. 다친 발을 끌듯이 약간 절면서 천천히 걷고 있었다. 큰 소리로 불러 볼까? 그러나 로한은 그럴 만한 용기가 없었다. 부르려고 시도는 해 봤지만 목소리가 입 밖으로 나오지 않았다. 빌어먹을 공포심을 느끼는 자신이 너무 싫었다. 지금 머릿속의 생각이라고는 이대로 이곳을 떠나지 않겠다는 다짐뿐이었다. 그 사람은 점차 넓어지는 계곡을 오르고 있었는데, 하얀 자갈이 깔린 비탈길 쪽으로 향하고 있었다. 로한은 그가 이동하는 길을 잘 기억해 두었다. 그리고 협곡의 가장자리를 따라서 바위와 갈라진 틈새를 뛰어넘으며 그 사람과 같은 방향으로 달리기 시작했다. 산소 마스크의 마우스피스에서 쌕쌕거리는 소리가 나고, 심장은 터질 듯 쿵쾅거리며 숨이 막혀 올 만큼 빨리 뛰었다. 미친 짓이야, 이렇게는 안 되겠어……. 그는 무기력한 상태로 생각에 잠겼다. 속도를 줄이자 그 순간 탁 트인 깊은 골짜기가 눈앞에 펼쳐지며 그를 맞이했다. 아래의 가파른 양쪽 경사면으로 검은 덤불이 뒤덮여 있었다……. 혹시 저기에 돌출부가 있지는 않을까?

그는 시계를 보고 결단을 내렸다. 거의 9시 30분이었다. 애초엔 깊게 갈라진 틈을 마주 보고 내려갔지만, 차차 경사가 급해지는 곳에서는 돌아선 채 손을 짚어 가며 한 걸음 한 걸음 기다시피 내려갔다. 가까이에서 본 검은 덤불은 움직임 없이 고요한 열기로 타오르는 것 같았다. 관자놀이가 지끈거렸다. 로한은 절벽에서 튀어나와 비스듬히 이어지는 바위에 멈춰 선 뒤, 그곳과 또 다른 바위 사이에 왼발을 끼워 넣은 채 아래를 바라보았다. 40미터쯤 밑에 널찍한 선반처럼 생긴 바위가 있었고, 그 지점에서부터 뾰족뾰족한 검은 덤불 위로 모습을 드러낸 바위들이 아래쪽으로 이어져 있었다. 아무래도 선반 바위까지는 너무 멀었다. 그는 위를 쳐다보며 어느새 적어도 200미터, 어쩌면 그보다 더 많이 내려왔음을 알았다. 심장의 쿵쾅 소리가 공기를 진동시키는 것 같았다. 그는 몇 차례 눈을 깜빡였다. 그러고는 천천히 손으로 더듬으며 로프를 풀기 시작했다. 너 설마 그런 미친 짓을 하려는 건 아니겠지……. 로한의 내면에서 목소리가 들려왔다. 내리막길을 따라 옆으로 움직이면서 가장 가까운 덤불에 이르렀다. 그 속에 뾰족하게 자라난 부분은 녹 침전물로 덮였고, 손을 대면 허공으로 먼지를 내뿜을 것 같았다. 그는 무슨 일이 생길지 불안해하면서 그것을 만져 보았다. 하지만 아무 일도 일어나지 않았다. 단지 삐걱거리며 바스락대는 소리만이 들렸다. 이번에는 세게 잡아당겨 보았지만 마찬가지였다. 그는 밧줄을 덤불 밑부분에 감고 다시 한 번 잡아당겼다……. 별안간 대담함이 샘솟았고, 두 번째와 세 번째 덤불 맨 아래에도 줄을 감아서 발로 단단히 힘주어 버티고는 힘껏 잡아끌었다. 그것들은 갈라진 바위에 깊이 뿌리내려서 꿈쩍도 하지 않았다. 그는 줄을 잡고 천천히 내려가기 시작했다. 처음에는 신발 밑창의 마찰력을 이용해서 체중의 일부를 암석 쪽으로 실을 수 있었는데, 돌연 비틀대며 밧줄에 매달리게 되었다. 무릎 아래로 줄을 점점 빨리 풀면서 오른팔로 떨어지지 않게끔 붙잡고는 아래를 보며 조심스럽게 움직였다. 마침내 선반 바위에 내려섰다. 이제 줄을 풀려고 한쪽 끝을 잡아당겨 봤지만 덤불은 밧줄을 놓아주지 않았다. 몇 번 더 당겨 보아도 그대로였다. 그는 바위에 다리를 벌리고 올라앉아 체중 전체를 실었다. 그러자 갑자기 바람을 가르며 쌩하는 소리가 나더니 밧줄이 한꺼번에 쏟아지면서 그의 목뒤를 강타했다. 그는 온몸을 덜덜 떨었다. 그리고 몇 분 동안 그 자리에 앉아 있었다. 다리 힘이 다 풀려서 계속 움직이기는 무리였다. 로한은 그 사람이 아래에서 걸어가고 있는 장면을 포착했다. 이전보다 크게 보였다. 그런데 형체가 그토록 밝은색을 띠고 있는 점만큼은 이상하게 느껴졌다. 게다가 머리, 아니 그 사람이 쓴 모자의 모양이 특이했다.

로한이 최악의 상황은 지나갔다고 생각했다면 오산이었을 터다. 사실 그는 그렇게 생각하고 있지 않았다. 그러나 결국 현실을 직면했음에도 그런 헛된 희망을 품고 있었다. 지금부터 내려가야 할 길은 엄밀히 말해서 훨씬 순탄했다. 그러나 꺼끌꺼끌한 녹으로 뒤덮인 죽은 덤불은 이제 까만 기름처럼 번들거렸다. 거기에 철사처럼 뒤얽힌 작은 열매 같은 것이 송이송이 매달린 모습을 보고서 로한은 무엇인지 바로 알아차렸다.

때때로 덤불에서 희미한 연기가 피어오르며 윙윙거리는 소리와 함께 공중을 맴돌 때마다 그는 잠깐이지만 그 자리에 얼어붙었다. 너무 오래 지체하면 협곡 바닥에 도착하지 못할 것이다. 얼마간 말을 탄 자세로 내려갔는데, 차츰 경사가 완만해졌고 이윽고 넓은 바위 등성이에 다다랐다. 쉽지 않았지만 몸을 펴고 손을 사용해 가면서 내려갈 수 있었다. 그는 언덕 양쪽의 덤불에 신경을 집중하느라 얼마나 내려왔는지 생각할 여유마저 없었다. 간혹 울창한 수풀에 지나치게 가까이 다가가야 할 때면, 그 뻣뻣한 철사가 점프 슈트를 살짝 스쳤다. 그러나 햇빛 속에서 아른거리는 검고 긴 아지랑이는 단한 번도 그에게 접근하지 않았다. 마침내 그는 흰 조약돌로 가득한 바싹 말라붙은 바닥으로부터 몇백 걸음도 떨어지지 않은 부서진 돌 더미 위에 올라섰다. 시계는 거의 12시를 가리키고 있었다. 이제 검은 덤불 구역의 밑바닥에 도착했고, 어느덧 하늘 높이 뜬 태양은 그가 내려온 경사면을 반쯤 비추고 있었다. 지금에서야 이동해 온 거리를 가늠해 볼 수 있었지만 그는 뒤돌아보지 않았다. 로한은 아래로 달려 내려가기 시작했다. 최대한 빨리 바위에서 바위로, 이 발에서 저 발로 체중을 옮겼다. 갑자기 돌 더미가 흔들거리더니 덜거덕거리는 소리와 함께 거대한 덩어리를 이루어 그의 옆으로 미끄러져 내리기 시작했다. 연신 큰 소리가 이어졌다. 말라 버린 개울 가까이에 도착했을 때, 그는 발밑의 돌들 때문에 미끄러지며 10미터쯤 굴러떨어졌다. 그 충격 탓에 산소마스크가 벗겨졌다. 타박상은 신경도 쓰지 않고 곧장 일어나서 계속 달렸다. 절벽 위에서 본 사람이 눈앞에서 사라질까 봐 걱정되었기 때문이다. 계곡의 양쪽 비탈면, 특히 맞은편의 경사지는 동굴의 검은 구멍으로 가득했다. 어느 순간 그는 뭔가를 감지하고 그것이 아직 뭔지도 모른 채, 또다시 뾰족한 바위들 위로 몸을 던져서 두 팔을 넓게 벌리고 엎드렸다. 높은 곳에서 드리운 그림자가 로한을 뒤덮었다. 쉬익 하는 고음부터 저음까지 모든 음높이를 아우르며 일정하게 점점 커지는 웅웅거림과 함께, 형태 없는 검은 덩어리가 그를 에워쌌다. 어쩌면 눈을 감는 편이 나았을지 모르지만 그러지 않았다. 마지막으로 머릿속을 스친 생각은, 바닥에 떨어졌을 때의 충격으로 점프 슈트에 꿰매 놓은 작은 송신기가 손상되지 않았을까, 였다. 그다음에 아마도 스스로를 인사불성 상태에 빠뜨린 듯했다. 눈동자는 움직이지 않았지만 사지를 늘어뜨린 몸 위로 소용돌이치는 구름이 천천히 맴돌고 있는 광경이 보였다. 그 끝부분이 그에게 접근해 왔고, 그 모습은 칠흑같이 깜깜하고 번들거리는 소용돌이를 연상시켰다. 한 줄기 미지근한 공기가 두피, 뺨, 얼굴 전체를 살짝 스치고 지나갔다. 그 바람 한 줌 속에 흩어진 무수한 입자들이 피부에 닿는 듯한 느낌이었다. 무엇인가 점프 슈트의 가슴 부분을 가볍게 쓸었고, 거의 완전한 암흑이 그를 둘러쌌다. 갑자기 작은 회오리바람처럼 계속 회전하는 그것의 끝부분이 한순간 구름 속으로 사라지자 웅웅거리는 소음은 더욱 맹렬해졌다. 두개골까지 전해지는 진동으로 로한은 이가 떨렸다. 소리는 점점 희미해졌다. 구름은 협곡을 따라 거의 수직으로 올라가더니 경사면에서 경사면으로 펼쳐지며 검은 안개를 이루었다. 그러고는 자체 축을 중심으로 회전하는 각각의 덩어리로 나뉘고, 움직임 없는 덤불의 잔털 속으로 사라졌다. 그는 오랫동안 죽은 듯 미동도 없이 누워 있었다. 어쩌면 이제 다른 사람들처럼 되지는 않을까, 하는 생각이 머리에 떠올랐다. 어쩌면 자신이 누군지, 여기에 어떻게 왔는지, 뭘 해야 하는지 잊게 되지는 않을까 하는 생각이 들었고, 겁에 질려서 벌떡 일어나 앉았다. 돌연 웃음이 나왔다. 이런 생각을 한다는 것 자체가 생존해 있다는 사실을 의미했다. 구름은 그를 해치지 않았다. 그에게 속아 넘어간 것이다. 목구멍을 간질이며 타고 올라오는 바보 같은 웃음이 터지지 않도록 꾹꾹댔고, 비어져 나오기 시작한 웃음을 참으려니 온몸이 떨렸다. 이건 히스테리일 뿐이야, 생각하며 무릎을 일으켰다. 이제 거의 진정되었다. 적어도 그는 그렇게 느꼈다. 산소마스크를 제대로 고쳐 쓰고 주위를 둘러보았다. 그 사람은 어디에서도 보이지 않았지만 발자국 소리는 들을 수 있었다. 분명히 이곳을 지나서 협곡 바닥을 반쯤 막고 있는 바위 뒤쪽으로 사라졌을 것이다. 로한은 그의 뒤를 쫓아갔다. 점차 가까워지는 발소리가 이상할 만큼 크게 들렸다. 마치 강철 신발에서 울리는 소리처럼 말이다. 로한은 뛰면서 발목부터 무릎까지 정강이를 찌르는 듯한 고통을 느꼈다. 발을 삐었음이 틀림없어……. 그는 절망적으로 팔을 휘저으며 생각했다. 또다시 공기가 부족해서 숨이 가빠 오기 시작할 무렵 그 남자가 보였다. 기계적인 큰 보폭으로 바위에서 바위로 넘어가며 일직선으로 걷고 있었다. 쿵쿵거리는 발소리가 근처 바위 벽에 부딪치며 메아리가 되어 돌아오기를 반복했다. 갑자기 로한의 가슴이 쿵 하고 내려앉았다. 그것은 사람이 아니라 로봇, 스노 로봇 중 하나였다. 그 재앙이 닥치고 나서 로봇들은 어떻게 되었는지 전혀 생각해 보지 않았다. 구름이 원정대를 공격했을 때 로봇들은 수송 차량 안에 있었다. 스노 로봇과 불과 몇십 걸음 떨어져 있을 뿐이었다. 왼쪽 팔이 부서진 채 축 늘어져 있었고, 한때 광택으로 반짝이던 볼록한 장갑판은 긁히고 찌그러져 있었다. 로한은 크게 실망했지만 이내 앞으로 수색 작업을 할 때 같이 다닐 누군가가 생겼다는 생각에 조금 위안이 되었다. 로봇을 소리쳐 부를까 하다가 왠지 망설여졌다. 결국 빠른 발걸음으로 앞지른 뒤 통로에 서서 기다렸다. 그러나 2.5미터 크기의 거인은 그를 전혀 알아보지 못하는 듯했다. 로봇이 가까이 다가왔을 때 가만 살펴보니 레이더 안테나에 해당하는 반달형 귀 부분은 박살 나고, 왼쪽 눈 렌즈가 있던 곳에는 들쭉날쭉한 테두리의 구멍이 생겼다. 로봇은 왼쪽 다리를 절었지만 거대한 발을 옮기며 꽤 안정적으로 걷고 있었다. 둘 사이의 거리가 단 몇 걸음밖에 남지 않았을 때 로한은 그것을 불렀다. 하지만 로봇은 눈이 먼 듯 계속 전진했고, 서로 부딪치기 직전에 로한은 길 밖으로 몸을 피해야 했다. 다시 한 번 뛰어가서 강철 손을 붙잡아 보려고 했지만 로봇은 무심한 움직임으로 그를 가볍게 떼어 놓고는 거듭 걸음을 이어 나갔다. 로한은 스노 로봇이 벌써 공격을 당했으며, 그것에게 의지할 수 없다는 사실을 깨달았다. 그러나 무력한 기계를 그냥 운명에 맡겨 두기란 어쩐지 내키지 않았을뿐더러, 로봇이 과연 어디로 향하는지 궁금한 마음도 들었다. 목적지를 정해 놓은 양 최대한 평탄한 길을 골라서 나아갔기 때문이었다. 로한이 잠시 고민하는 사이에 스노 로봇은 10미터쯤 멀어져 갔고, 끝내 그 뒤를 따라나서기로 했다. 마침내 로봇은 자갈로 이루어진 비탈면 하단에 도달하더니 기어 올라가기 시작했다. 널찍한 발밑으로 튀어 올랐다가 굴러떨어지는 쇄석 따위는 조금도 신경 쓰지 않은 채 말이다. 돌밭을 절반쯤 올라갔을 무렵, 로봇은 갑자기 미끄러지며 바닥으로 떨어지더니 허공을 향해서 발을 버둥거렸다. 아마 다른 상황이었다면 누군가는 이 모습을 보고 분명 웃음을 터뜨렸을 것이다. 로봇은 일어나서 다시 한 번 기어오르기 시작했다. 로한은 몸을 돌려서 급히 그 자리를 떠났다. 그 후로도 오랫동안 자갈들이 달가닥거리는 소리와 금속판이 땅에 닿으며 울리는 육중한 발소리가 암벽에 부딪혀 메아리쳤다. 마른 개울 바닥에 포개진 평평한 바위를 따라서 아래쪽으로 비교적 매끄러운 길이 이어졌기에, 로한은 빠르게 걸음을 옮길 수 있었다. 구름의 흔적은 보이지 않았다. 다만 간혹 공기의 희미한 떨림을 통해 경사면 위쪽의 검은 덤불 속에서 어떤 들끓는 움직임을 감지할 수 있었다. 바야흐로 그는 협곡의 가장 넓은 지점에 도착했는데, 그곳은 바위투성이 경사지로 바뀌어 있었다. 여기서 2킬로미터쯤 떨어진 장소에, 재난 현장으로 이어지는 아치형 암석 통로가 있었다. 그제야 로한은 후각 측정 센서가 있었다면 지금 인간의 흔적을 찾는 데 얼마나 도움이 되었을까, 뼈저리게 느꼈다. 하지만 어차피 너무 무거웠기 때문에 휴대하고 이동하기는 무리였다. 별수 없이 다른 방법을 찾아야 했다. 그는 걸음을 멈추고 암벽을 따라 천천히 시선을 옮겼다. 금속 덤불 한복판에 누군가의 피난처가 있을 리 없었다. 남은 가능성은 동굴, 그리고 암석 사이로 생긴 우묵한 구멍뿐이었고, 그가 서 있는 곳에서 네 군데를 확인할 수 있었다. 구멍 안쪽은 암벽 위로 튀어나온 높은 바위에 가려졌고, 슬쩍 보기만 해도 얼마나 올라가기 힘들지 알 수 있었다. 그런 까닭에 먼저 동굴부터 하나씩 살펴보기로 결정했다. 로한은 선내에 있을 때 실종자들을 어디에서 찾아야 할지, 즉 그들이 어디쯤 숨어 있을지 벌써 의사, 심리학자 들과 머리를 맞대고 고민했었다. 그러나 그 토론은 결국 별다른 도움이 못 되었다. 기억 상실에 걸린 사람들의 행동을 예측하기란 불가능하기 때문이었다. 실종된 네 사람이 나머지 레그너의 팀원들 곁을 떠났다는 사실은, 그들이 다른 사람들과 달리 활동적이라는 점을 보여 주었다. 이때까지 네 명이 각각 흩어졌다는 흔적은 발견되지 않았으므로 한꺼번에 찾아낼 가능성을 어느 정도 기대해 볼 수 있었다. 물론 실종자들이 아직 살아 있고, 아치형 암석 통로 너머로 제각기 움직이지 않았다는 가정 아래에서 말이다. 로한은 두 개의 작은 동굴과 그보다 좀 더 큰 네 개의 동굴을 차례대로 조사했다. 거대하고 단조로운 암석 지대라서 별다른 어려움 없이 오르막길을 올랐고, 몇 분 만 꽤 쉽게 입구에 닿을 수 있었다. 마지막 동굴에서 물에 잠긴 금속 잔해의 일부를 우연히 발견했다. 처음에는 두 번째 스노로봇의 골격에서 떨어져 나온 일부라고 생각했지만, 어마어마하게 오래되었을 뿐 아니라 그가 아는 어떤 구조체와도 비슷하지 않았다. 광택이 있는 천장 판자처럼 매끄러운 표면에 햇빛이 조금 반사되었다. 대략 5미터 길이의 십자가 같은, 어딘가 기묘하고 가느다란 형체가 얕은 웅덩이에 잠겨 있었다. 도금은 이미 오래전에 벗겨졌고, 개울 바닥에는 녹으로 인해 적갈색을 띠는 뿌리 덮개 같은 것이 진흙과 뒤섞여 있었다. 아마도 무생물 진화 전쟁에서 승리를 거둔 구름이 말살해 버린 매크로 오토마톤 중 하나의 잔해 같았다. 로한에게는 특이한 발견물을 더 오래 조사할 시간이 없었다. 그는 그 형태를 포함해서, 보행이 아니라 비행하는 데에 사용했을 법한 일종의 끈과 막대기를 매단 채 늘어져 있는 물체의 모습을 눈으로 잘 기억해 두었다. 로한은 시계를 보자 마음이 급해졌고, 더 이상 지체없이 다른 동굴들을 살펴보기로 했다. 동굴이 어찌나 많은지 계곡 바닥에서 어쩌다 위를 올려다보면 높은 암벽에 컴컴한 창문이 가득 난 것 같은 광경이 눈에 들어왔다. 동굴 내부의 통로와 지하 갱도는 이따금 물에 잠겨 있었고, 일부는 얼음 같은 물줄기가 요란스럽게 흐르는 수직 통로와 웅덩이로 연결되었다. 그런 데다 길까지 심하게 구불구불했으므로 더 깊숙이 들어갈 엄두는 나지 않았다. 또 상대적으로 어스레한 불빛을 내는 소형 손전등은 천장이 높고 여러 층으로 이루어진, 특히 넓은 동굴에서는 아무 쓸모도 없었다. 이런 동굴은 한두 군데가 아니었다. 로한은 결국 너무 지쳐서 쓰러질 지경이었다. 그는 방금 조사를 마친 동굴 입구에 놓인, 햇볕이 잘 드는 커다란 암석 판에 털썩 주저앉아서 개울물에 불린 알약 형태의 간이 식량을 입에 넣고 씹기 시작했다. 몇 번이나 윙윙거리며 다가오는 구름의 소리가 들리는 듯했지만 그저 계곡 상부에서 시시포스처럼 헛된 일에 매달려 있는 스노 로봇이 내는 소리였다. 간단한 식사를 마치고 나니 로한은 훨씬 더 힘이 났다. 스스로 생각했을 때 현재 상황에서 가장 신기한 점은 위협적인 주변 환경, 즉 시선이 닿는 모든 경사면에 뻗어 있는 검은 덤불을 점점 덜 신경 쓰게 된다는 것이었다.

그는 잠시 머물렀던 동굴 앞의 높은 암석에서 기어 내려왔다. 그러자 계곡 맞은편의 메마른 암석 위에 진, 얇은 띠 모양의 녹슨 얼룩이 보였다. 가까이 다가가서 확인해 보니 혈흔이었다. 벌써 완전히 말라붙어서 변색되었고, 바위가 석회석처럼 별나게 하얗지 않았더라면 그 자국을 발견하지 못했으리라. 그는 부상을 입은 누군가가 어느 쪽으로 갔는지 알아내려고 잠시 애써 봤지만 소용없었다. 어쩔 수 없이 무작정 선택한 계곡 위쪽으로 올라가면서, 혹시 부상자가 사이클롭스와 구름의 전투 도중에 상처를 입은 뒤 전장으로부터 벗어난 것은 아닐까, 추측해 보았다. 핏자국은 교차하기도 하고 몇몇 장소에서는 사라졌다가, 처음 수색했던 동굴들 중 하나로 그를 이끌었다. 로한은 입구 옆에 우물처럼 길게 수직으로 벌어진 좁은 틈새가 있음을 깨닫고 깜짝 놀랐다. 이전에 알아채지 못했던 지점이라 놀라움은 더욱 컸다. 바로 그곳까지 혈흔이 이어져 있었다. 로한은 무릎을 꿇고 컴컴한 구멍 안으로 몸을 숙였다. 최악의 상황에 대비해서 마음의 준비는 했지만 막상 그 광경을 목격하자 경악에 질린 채 참았던 비명을 터뜨렸다. 베닝센의 얼굴이 텅 빈 눈구멍과 이를 드러낸 채 그를 똑바로 쳐다보고 있었다. 로한은 금테 안경을 확인하고 누구인지 알아보았다. 그저 우연히 멀쩡한 상태로 남은 안경알이 바위 무덤 위로 돌출된 석회판에 반사된 빛을 받아서 맑게 반짝였다. 지질학자 베닝센은 자연적으로 형성된 돌우물 모양의 암석 장벽 사이에 어깨가 끼어서 똑바로 선 채 갇힌 것이다. 로한은 그를 그대로 남겨 둘 수 없었다. 결국 단단히 마음을 먹고 시신을 들어 올리려는데 두꺼운 천 장갑으로 물컹거리는 감각이 전해졌다. 매일 이곳을 비추는 햇빛은 부패를 가속화했고, 벌써 분해 작용이 상당히 진행된 것이다. 로한은 시신의 점프슈트 가슴 주머니에 달린 지퍼를 열고 인식표를 꺼냈다. 그리고 떠나기 전에 근처의 암석 판 중 하나를 힘껏 옮겨 와서 바위 무덤을 덮어 주었다.

베닝센은 처음 발견된 실종자였다. 그곳을 벗어난 뒤에야 로한은 시신의 방사능 수치를 측정해야 했다고 생각했다. 그 수치를 통해서 베닝센을 비롯한 다른 이들에게 일어난 일을 어느 정도 밝힐 수 있으리라. 방사선 강도가 높게 나온다면 사망자는 원자 충돌 지점과 가까이 있었음을 증명해 준다. 그러나 잊어버렸고, 이제 무슨 일이 있어도 절대 묘석을 옮기는 일만큼은 다시 하지 않겠다고 다짐했다. 더불어 로한은 우연히 이루어진 수색이 얼마나 큰 영향을 미쳤는지 깨달았다. 왜냐하면 이전에 벌써 그곳을 샅샅이 살폈다고 여겼기 때문이다.

새로운 생각이 머리에 떠오르자 그는 혈흔을 따라서 그

시작점을 찾고자 서둘러 움직이기 시작했다. 핏자국은 핵전쟁터를 향하듯 계곡 아래로, 거의 일직선으로 이어지다가 몇백 걸음을 더 가서는 갑자기 옆으로 방향을 바꾸었다. 베닝센이 엄청난 출혈에도 불구하고 이렇게 멀리까지 올 수 있었다는 사실에 더 놀랐다. 비극이 발생한 날부터 비를 한 방울도 맞지 않은 암석에 피가 잔뜩 튀어 있었다. 로한은 불안정하게 놓인 거대한 바위 위로 기어 올라갔다. 그리고 암벽에서 튀어나온 선반 암석 아래에 자리한, 넓고 움푹 꺼진 지면에 도착했다. 최초로 눈에 들어온 것은 부자연스러울 만큼 거대해 보이는 로봇의 금속 발판이었다. 스노 로봇은 거의 두 동강이 나서 옆으로 누워 있었는데 아무래도 바이어 레이저 총의 집중 사격을 받은 듯했다. 좀 더 떨어진 곳에는 그을음으로 표면이 검게 변한 헬멧을 쓴 남자가 몸을 거의 반으로 접고 다리를 벌린 채 암석에 기대어 앉아 있었다. 이미 죽은 뒤였다. 풀려 버린 손에 여전히 매달린 레이저 총은 번쩍이는 총구를 땅에 대고 있었다. 로한은 차마 시체를 만질 용기가 나지 않아서 그저 무릎을 꿇고 몸을 숙인 채 그가 누군지 확인해 보았다. 얼굴은 베닝센과 마찬가지로 심하게 부패되어서 일그러져 있었다. 문득 죽은 자의 쪼그라든 어깨에 걸쳐진, 큼직하고 납작한 지질학자용 가방이 눈에 들어왔다. 분화구 안에서 공격을 받은 원정대의 팀장 레그너였다. 방사능 수치에 따르면 스노 로봇은 레이저 총의 총격을 입은 것으로 나타났고, 복사계의 측정 결과를 통해서 희토류 동위원소가 존재한다는 특이점을 확인했다. 로한은 레그너의 인식표를 가져가고 싶었지만 이번에는 도저히 용기가 나지 않았다. 시신에 직접 손을 대고 싶지 않아서 가방만 벗겨서 열어 보니 암석 샘플들로 가득 차 있었다. 그는 레그너의 가죽 가방에 붙은 모노그램만 칼로 도려낸 다음 주머니에 집어넣었다. 그리고 암벽을 타고 올라가서 적막한 풍경을 다시 한번 내려다보았다. 로한은 이곳에서 실제로 무슨 일이 일어났는지 파악하려고 애썼다. 아무래도 레그너가 로봇을 쏜 듯한데, 그렇다면 로봇이 레그너나 베닝센을 공격한 것일까? 기억을 상실한 사람이 공격당하면서 스스로를 보호하는 일이 가능했을까? 로한은 퍼즐 조각을 맞추지 못했다. 이것 말고도 수색을 계속해 나가야 한다는 사실을 깨달았다. 그는 또다시 시계를 보았다. 거의 5시였다. 현재의 산소량만 생각하면 지금 돌아가야 했다. 그때 레그너의 호흡 장치에서 산소통을 떼어 내면 되겠다는 생각이 머리를 스쳤다. 그렇게 시신의 등에서 호흡 장치를 통째로 벗겨 보니 산소통 하나가 꽉 차 있었다. 자신의 빈 산소통은 남겨 두고 그것을 챙겼다. 그리고 시신 주변으로 돌들을 쌓아 올리기 시작했다. 그 작업에 한 시간이나 걸렸지만, 그는 이로써 망자에게 산소를 공급받은 대가를 충분히 치렀다고 여겼다. 작은 언덕 모양의 돌무덤이 완성되었을 때 로한은 아직 확실히 장전되어 있을 레그너의 소형 레이저 총으로 무장하면 좋았으리라는 데에 생각이 미쳤다. 하지만 그 생각 역시 너무 늦게 떠올랐기 때문에 빈손으로 발걸음을 옮겨야 했다.

6시가 다 되어 갔다. 그는 피곤한 나머지 다리를 끌다시피 걸었다. 챙겨 온 영양제 네 알 중 한 알을 먹었다. 일 분이 지나자 그는 새롭게 활력을 느끼며 자리에서 일어났다. 어디서부터 수색을 이어 나가야 할지 아무 생각도 나지 않았으므로 그냥 아치형 암석 통로를 바라보고 곧장 걸어갔다. 그곳을 1킬로미터쯤 남겨 둔 지점에 이르자, 가이거 계수관이 방사능 오염 수치가 증가했음을 경고했다. 그래도 아직은 꽤 낮아서 사방을 주의 깊게 살피며 계속 걸었다. 협곡의 길이 구불구불한 탓에 바위들 표면은 부분적으로만 녹아내린 듯했다. 걸음을 옮길수록 그 특이하고 금이 간 유리질 같은 부분이 점점 많아졌고, 더 안쪽으로 들어가자 거대한 암석들이 열 충격을 받아 끓어올랐다가 식으면서 굳어 버린 거품 자국이 표면 전체를 덮고 있었다. 그는 더 이상 이곳에서 마땅히 할 일이 없었음에도 불구하고 연신 앞을 향해 걸어 나갔다. 손목에서 약하게 똑딱거리는 계수기 소리가 차차 빨라졌고, 바늘은 눈금 위에서 정신없이 흔들렸다. 멀리 아치형 암석 통로의 잔재가 웅덩이 같은 움푹한 분화구로 무너져 내렸고, 그 표면은 물이 거세게 튀어 오르며 말라붙은 듯한 형상이었다. 암석 부스러기들은 두껍고 딱딱한 용암층으로 변했고, 금속 덤불의 털들은 이제 타 버린 넝마를 걸친 듯 보였다. 암석 통로 너머의 암벽 위로 밝은색의 거대한 틈새가 흐릿하게 벌어져 있었다. 로한은 서둘러 그쪽으로 되돌아갔다.

그에게 다시 한 번 운이 따랐다. 협곡 안쪽에 있는 다른 아치형 암석 통로의 규모가 훨씬 더 컸다. 이전에 무심코 지나쳤던 곳 근방에서 무언가 반짝이는 금속 물체가 눈에 띄었다. 알루미늄 호흡 장치의 조절기였다. 암석과 바짝 마른 개울 바닥 사이의 좁은 틈으로 불에 타서 까맣게 변한 점프 슈트를 입은 누군가의 등이 보였다. 머리가 없었다. 핵폭발의 끔찍한 충격으로 암석 위를 날아서 암벽에 부딪히며 짓이겨진 것이다. 시신 옆에는 방금 닦은 듯 윤이 나는 레이저 총이 온전한 상태의 권총집에 단단히 고정되어 있었다. 로한은 그것을 챙겨 넣었다. 신원을 확인해 보려고 했지만 불가능한 일이었다. 로한은 계속 협곡 위쪽으로 올라가고 있었다. 태양이 산등성이 뒤로 조금씩 모습을 감출수록 로한의 동쪽 경사면은 불타오르는 휘장처럼 붉게 물들었다. 거의 저녁 6시 45분이었다. 로한은 심각한 딜레마에 직면했다. 지금까지 잘해 왔다. 적어도 자신의 임무를 수행했고, 살아남아서 함선으로 돌아갈 수 있으니 말이다. 그가 생각하기에 네 번째 실종자의 사망은 불 보듯 뻔했으며, 그 사실은 이미 무적호에 있을 때부터 거의 확실히 예상했던 바이다. 로한이 이곳에 온 까닭은 확신을 갖기 위해서였다. 그렇다면 이제 돌아갈 자격이 생긴 것인가? 레그너의 산소통 덕분에 앞으로 여섯 시간은 충분히 버틸 수 있었다. 그러나 밤이 다가오고, 구름 때문에 밤새 아무 일도 할 수 없을 것이다. 꼭 그 이유가 아니더라도 이미 지칠 대로 지쳤다. 영양제를 또 한 알 삼킨 뒤 효과가 나타나기를 기다리면서 그나마 합리적으로 여겨지는 앞으로의 계획을 세워 보았다.

저 멀리 머리 위로 암석 절벽 가장자리를 따라서 자라는 검은 덤불은 저녁 노을빛 속에 잠겨 점점 붉어졌고, 뾰족한 잎 하나하나가 짙은 자주색으로 빛났다.

로한은 여전히 결정을 내리지 못한 상태였다. 그가 일그러진 거대한 금속 덩어리 밑에 앉았을 때, 멀리서 구름이 낮게 웅웅거리며 다가오는 소리가 들렸다. 이상하게도 전혀 겁나지 않았다. 그것을 대하는 로한의 태도가 하루 사이에 놀랄 만큼 달라져 있었다. 그는 자신이 무엇을 할 수 있는지 알았다. 아니 적어도 안다고 느꼈다. 빙벽 속에 도사린 죽음 앞에서 아무런 두려움도 느끼지 않는 산악인처럼 말이다. 사실 그는 자기 내면에서 얼마나 많은 변화가 일어났는지 제대로 이해하지 못한 채였다. 암벽을 덮고 있던 검은 덤불이 온 갖 보랏빛으로 반짝였을 때, 꾸밈 없는 날것의 아름다움을 언제 처음 느꼈는지 정확하게 기억하지 못했기 때문이다. 그 러나 지금은 맞은편에 떨어져 있는 암벽 사이에서 떼를 지 어 생겨난 두 개의 구름이 몰려오는 모습을 보고도 미동 없 이 앉아 있었다. 이제는 암석 사이로 얼굴을 밀어 넣으며 숨 을 곳을 찾으려 하지도 않았다. 머리카락 사이에 숨겨 둔 장 치만 계속 작동해 준다면 어떤 자세를 취하든 별 의미가 없 을 것이다. 로한이 손가락 끝으로 동전처럼 동그란 전기 가 장기의 밑부분을 만지자 점프 슈트의 옷깃을 통해서 손끝으 로 희미한 진동이 느껴졌다. 그는 위험을 감수하고 싶지 않 았기 때문에 자세를 바꿀 필요가 없도록 편하게 자리를 잡 았다. 구름은 이제 협곡의 양 측면을 뒤덮고 있었다. 두 개 의 검은 구름 덩어리 안쪽으로 조직 전류 같은 것이 흘렀고, 구름의 양쪽 끝부분은 두터워지며 수직 형태의 기둥을 형성 한 듯 보였다. 동시에 각 기둥의 중심부가 서로를 향해 구부 러지면서 점점 가까워졌다. 마치 거인 조각가가 보이지 않는 손을 놀라울 만큼 빨리 놀려서 빚어낸 모양 같았다. 두 구름 이 가장 근접해 있는 사이로 번개가 허공을 가르며 몇 차례 짧게 번쩍거렸다. 각 구름은 자기 자리를 지키면서도 서로에 게 마구 달려드는 듯 보였고, 안쪽 부분만 점점 격렬한 리듬으로 흔들리고 있었다. 번갯불은 이상하게 어두컴컴했다. 그 불빛으로 두 구름은 눈 깜짝할 사이에 환하게 밝아졌고, 검은색과 은색이 뒤섞인 수십억 개의 결정체는 공중에 얼어붙은 것처럼 보였다. 그러고 나서 천둥소리가 암벽에 부딪히자 방음 매트가 깔린 듯 약한 메아리가 몇 번 울려 퍼졌고, 갑자기 검은 바다 같은 구름의 양쪽이 한껏 늘어지더니 결국 합쳐지며 뒤얽혔다. 그 아래 지대로는 해가 진 듯 그림자가 드리워져 있었다. 구름 속으로 불가해하게 요동치는 물결이 끊임없이 일렁였는데, 로한은 그것이 괴기하게 일그러져 계곡 암석층의 반사 이미지임을 한참 뒤에야 알아차렸다. 그동안 구름 아래로 공중에 떠 있는 거울 비슷한 형체가 흔들거리며 늘어졌다. 어느 순간 그곳에 머리가, 구름 가장자리까지 이어질 만큼 거대한 인간의 형상이 나타났다. 신비한 리듬에 맞추어 쉬지 않고 춤을 추는 듯 흔들리는 이미지가 보였다가 안 보이기를 반복했고, 그 속에 나타난 인물은 로한을 가만히 쳐다보고 있었다. 또 몇 초가 지났을 무렵, 늘어진 구름의 양쪽 가장자리 사이의 빈 공간 속에 자신의 모습이 반사되어 비치고 있다는 사실을 깨달았다. 그는 구름이 보인 뜻밖의 행동에 공포가 엄습할 만큼 멍해지며 머릿속까지 새하얘졌다. 어쩌면 구름이 그에 대해, 거대한 암석 협곡에서 마지막으로 살아남은 인간, 즉 미세한 존재에 대해 알게 되었으리라는 생각이 머리를 스쳤다. 그러나 이러한 생각조차 그에게 두려움을 불러일으키지 못했다. 너무나 허황된 이야기라서가 아니라, 차츰 더 음침해지는 기적극 같은 체험에 함께하고 싶을 따름이었다. 이제 일어나지 못할 불가능한 일 따위는 없다고 느껴졌다. 그 현상의 의미를 확실히 알 수 없고, 영원히 알지 못할 테지만 말이다. 그 광대한 반사체를 통해서 멀리 떨어진 절벽의 모습이 희미하게 보였다. 구름의 그림자가 계곡 상단부까지 이어져 있지는 않았기 때문이다. 로한의 형상이 사라지면서 헤아릴 수 없이 많은 파생물이 구름에서 뻗어 나오기 시작했다. 구름이 파생물 하나를 내부로 끌어당기면 또 다른 것이 그 자리를 대신했다. 거기서 검은 빗줄기가 점점 더 세차게 내리기 시작했다. 그 떨어져 내리는 작은 결정체를 로한도 맞았다. 일부는 머리 위에 살며시 내려앉았고, 점프 슈트에도 떨어지며 옷의 주름 사이에 끼었다. 검은 비는 여전히 줄기차게 쏟아졌고, 모든 것을 압도하며 웅웅거리는 구름 소리는 계곡뿐 아니라 행성의 대기 전체에 울려 퍼지는 듯했으며, 점차 거세졌다. 구름 군데군데에 소용돌이가 형성되고, 바람결의 동그란 창을 통해서 하늘이 보였다. 가운데가 찢긴 검은 장막처럼 다시 두 부분으로 갈라진 구름층은 움직임 없는 덤불 쪽에 무겁게 내려앉더니 그 속으로 모습을 감춰 버렸다. 로한은 줄곧 꼼짝하지 않고 가만히 앉아 있었다. 자신에게 떨어진 결정체들을 털어 내도 되는지 알 수 없었다. 그것들은 암석 위를 죄다 뒤덮었고, 이때까지 계속 뼈처럼 하얀색을 띠던 개울 바닥도 시꺼먼 페인트가 잔뜩 튄 듯 보였다. 그가 삼각 결정체 하나를 손가락으로 조심스럽게 집어 올리자 그것은 마치 다시 살아나기라도 한 듯 손바닥에 따뜻한 바람을 부드럽게 내뿜었다. 로한이 반사적으로 주먹을 펴자 허공으로 날아올랐다. 그때 무슨 신호라도 받았는지 주변의 모든 결정체가 한꺼번에 떼 지어 솟아올랐다. 그것들의 움직임은 아주 잠시 동안만 혼란스러웠다. 그다음에는 검은 형체들이 지면에서 연기층을 형성하며 밀집하더니, 급기야 연기 기둥을 이루어 공중으로 올라가기 시작했다. 바위에서 피어오르는 연기처럼 보이는 기둥의 모습은, 불꽃도 빛도 없지만 희생 제의를 위한 횃불을 연상시켰다. 그런데 정말로 상상할 수조차 없는 일이 일어났다. 상승하던 결정체들의 무리가 계곡 한복판 위쪽에 멈추어 서더니 거의 완벽한 구형을 이루었다. 그 모습은 점차 어두워지는 하늘을 배경으로 떠 있는 검게 부풀어 오른 거대한 풍선 같았는데, 둥근 형상이 움직임을 멈추자마자 두 구름은 동시에 덤불에서 다시 빠져나왔다. 마침내 그것을 향해서 맹렬한 속도로 달려들었다. 구름들이 공중에서 충돌하고 합체하면서 괴이한 분쇄음이 들려오는 듯했다. 하지만 환청일 뿐이었다. 로한은 구름들이 무생물 곤충들을 제거할 목적으로 격렬히 전투를 벌이고 있다고 확신했다. 그러나 그 역시 자신이 만들어 낸 환상에 불과하다는 사실을 깨닫게 되었다. 구름들은 다만 둥근 형상을 흔적도 없이 흡수하고서 거듭 둘로 갈라지더니 사라져 버렸다. 잠시 후 암벽 가장자리가 서쪽으로 저무는 태양의 마지막 빛을 받아서 붉게 물들었고, 텅 비어 버린 광활한 계곡 내부에는 정적만이 감돌았다. 로한은 다리를 비틀거리며 일어났다. 죽은 사람에게서 레이저 총을 가져온 자신이 돌연 우습게 느껴졌다. 더욱이 무생물체만 생존할 수 있는 완전한 죽음의 계곡에서 스스로가 불필요한 존재로 여겨졌다. 여태껏 그것들은 살아 있는 생명체의 눈으로는 절대 볼 수 없었던 기이한 의식을 치렀다. 그는 방금 일어난 일에 동참했다는 사실을 공포가 아닌 경이로 받아들이면서 얼떨떨해했다. 과학자들 중 누구도 자신과 공감하지 못하리라는 점을 알고 있었다. 이제 로한은 실종자들의 비극을 알리기 위해서, 더불어 이 행성을 지금 상태 그대로 놓아두어야 한다고 강력하게 주장하기 위해서 함선으로 돌아가고 싶었다. 모든 것이, 모든 장소가 인간을 위해 존재하는 것은 아니야. 그는 천천히 아래로 내려오면서 생각했다. 하늘의 빛을 따라가다 보니 전투가 벌어졌던 현장에 당도했다. 서서히 짙어지는 황혼 속에서 유리질로 반짝이는 바위가 끔찍한 윤곽과 함께 어렴풋이 모습을 드러냈다. 바위들이 방출하는 방사선의 세기가 점차 강해지자 로한은 걸음을 재촉했다. 그리고 결국에는 달리기 시작했다. 발소리가 돌벽에 부딪히면 곧장 다른 돌벽으로 전달되면서 끊임없이 메아리쳤다. 그 때문에 그의 걸음은 더 빠르게 느껴졌다. 마지막 힘을 다해 바위에서 바위로 뛰어넘으며, 알아볼 수 없이 녹아내린 차량들의 잔해를 지나 구불구불한 비탈길에 도착했다. 계수기의 화면은 여전히 빨간색으로 빛났다.

로한은 숨이 가빠 왔지만 걸음을 멈출 수 없었기 때문에 걷는 속도는 유지한 채 산소통 조절기의 밸브만 최대로 올렸다. 협곡을 빠져나간 뒤 곧 산소가 떨어지더라도, 그때 이 행성의 대기를 직접 들이마셔야 하더라도 지금 이곳에 오래 머무는 것보다 나을 터다. 여기에 깔린 바위 하나하나가 치명적인 방사선을 끊임없이 뿜어내고 있으니 말이다. 산소마스크에서 연신 차가운 공기가 나왔다. 사이클롭스가 퇴각하는 길에 지나친 용암천 표면은 군데군데 유리로 보일 만큼 매끄럽게 굳어서 로한은 별 어려움 없이 달릴 수 있었다. 게다가 다행히 그가 신은 등산화 밑창의 접지력이 뛰어났으므로 미끄러질 염려는 없었다. 벌써 어둠이 완전히 내려앉았고, 곳곳의 유리질로 뒤덮인 바위들만이 내리막길을 밝히며 안내해 주었다. 그는 적어도 3킬로미터가량 이런 길이 이어지리라는 사실을 알았다. 전속력으로 달리는 상태에서는 계산을 하기 힘들었지만, 진동하듯 붉은빛으로 깜빡거리는 눈금판은 종종 흘끗 쳐다볼 수 있었다. 한 시간 정도는 이곳에서, 반물질로 일그러지고 바스러진 바위들 사이에서 보내도 괜찮겠지. 그러면 방사선 노출량은 ２００뢴트겐을 넘지 않을 것이다. 한 시간 십오 분까지도 무리 없으리라. 만약 그때까지 사막 기슭에 도착하지 못한다면 그다음부터는 서둘러도 아무 소용이 없을 것이다.

대략 이십 분이 지나자 위기의 순간이 찾아왔다. 심장이 가슴 안쪽에서 팽창했다가 쪼그라들기를 반복하며 어떤 끔찍하고 당해 낼 수 없는 존재처럼 느껴졌다. 산소 때문에 목젖과 목구멍이 얼얼해졌고, 눈앞에 별이 보이듯 정신이 몽롱해졌다. 최악은 다리를 절뚝거리기 시작했다는 점이었다. 방사능 수치가 다소 낮아졌음에도 눈금판은 어둠 속에서 꺼져 가는 불씨처럼 아직 반짝이고 있었다. 로한은 계속 뛰어야 한다는 사실을 알았지만 다리 힘이 풀려 버렸다. 그는 기진맥진했고, 몸의 모든 근육이 비명을 지르고 있었다. 멈추라고, 제발 서라고. 아니면 금은 갔지만 겉보기에 정말 시원해 보이고, 어차피 무해한 유리질 석판에라도 엎어지라고. 로한이 별을 향해 고개를 들었을 때, 발이 걸리면서 두 팔을 벌린 채 앞으로 넘어지고 말았다. 그는 흐느껴 울면서 숨을 헐떡거렸다. 그리고 힘겹게 일어나서 좌우로 비틀거리며 몇 걸음 뛰기 시작했고, 차차 제 리듬을 되찾았다. 이제는 시간 감각도 사라져 버렸다. 적막한 암흑 속에서 어떻게 위치를 파악한다는 말인가? 로한은 자신이 찾아낸 모든 죽은 사람들에 대해서 잊어버렸다. 베닝셴의 해골 같은 웃음, 부서진 스노 로봇 곁의 바위 무덤에 묻힌 레그너, 누구인지 식별할 수 없었던 머리 없는 시신, 그리고 구름에 대해서조차 잊었다. 그는 어둠 속에서 등을 잔뜩 구부린 채 핏줄이 다 터진 눈으로 거대한 별빛 하늘이 내려앉은 사막을 부질없이 헤매고 있었다. 황량한 모래 사막은 그에게 구원처럼 느껴졌다. 짜디짠 땀으로 눈꺼풀이 흠뻑 젖은 채 앞도 보지 않고 달렸다. 자기 내부에 아직까지 힘이 존재하고 있다는 사실에 놀라움을 감추지 못했다. 이 달리기는, 이 밤은 끝나지 않을 것만 같았다.

이제는 거의 아무것도 보이지 않았다. 갑자기 걸음을 옮기기가 점점 힘들어졌고, 발은 밑으로 빠지기 시작했다. 그가 마지막 절망의 수렁에 빠져서 고개를 들었을 때 문득 사막에 도착했음을 깨달았다. 다리가 저절로 풀려 버리기 전에 지평선 위로 떠다니는 별들이 눈에 들어왔다. 모래 위에 누워서 계수기 눈금판 쪽으로 눈을 돌렸지만 볼 수 없었다. 화면은 깜깜했고 째깍거리는 소리도 나지 않았다. 로한은 보이지 않는 죽음을 등 뒤에, 굳어 버린 용암으로 뒤덮인 협곡 속에 남겨 두었다고 생각했다. 그리고 얼굴에 꺼칠꺼칠하고 차가운 모래가 닿자마자 잠이 아닌 혼수상태에 빠져서 더 이상 생각할 수 없었다. 그의 온몸은 여전히 필사적으로 작동하고 있었다. 갈비뼈가 움직이고 심장도 뛰었다. 로한은 자신을 완전히 탈진하게 하는 어둠을 따라서 더 깊고 깊은 암흑 속으로 빠져들며 의식을 잃었다.

갑자기 로한이 눈을 번쩍 떴다. 그는 어디에 있는지 알지 못했다. 손을 움직이자 손가락 사이로 모래가 빠져나가며 차가운 촉감이 느껴졌다. 자리에 앉는 순간, 입에서 신음 소리가 저절로 터져 나왔고, 숨이 가빠 왔다. 그리고 의식이 돌아왔다. 형광빛으로 어른거리는 산소통의 압력계 바늘이 ∅을 가리켰다. 다른 산소통의 압력 게이지 눈금은 '18'에서 멈춰 있었다. 그는 조절 밸브를 열고 자리에서 일어났다. 새벽 1시였다. 검은 하늘에 별들이 선명하게 새겨져 있었다. 그는 나침반의 방향을 올바르게 고쳐 잡은 뒤 똑바로 걸어갔다. 3시에 마지막 영양제 한 알을 먹었다. 4시 직전에 산소가 바닥나자 산소 호흡 장치를 버리고 걸음을 이어 나갔다. 처음에는 의심하며 조심스럽게 숨을 쉬었지만, 이른 새벽의 차가운 공기가 폐를 가득 채우는 순간 이전보다 더 힘차게 걸어 나갈 수 있었다. 그는 무릎까지 차오르는 모래 속을 헤쳐 나가는 것 외에는 아무런 생각도 하지 않으려고 노력했다. 살짝 취기가 들었는데 대기 가스의 영향인지, 아니면 단순히 피로 탓인지 알 수 없었다. 한 시간에 4킬로미터씩 걸으면 오전 11시에 함선에 도착하리라는 계산이 나왔다.

그는 계보기로 걸음 속도를 확인하려고 했으나 알아볼 수 없었다. 거대하고 희끄무레한 은하수의 빛줄기가 하늘의 둥근 천장을 불균등하게 두 부분으로 나누고 있었다. 로한은 이제 상대적으로 높은 모래 언덕을 비켜 지나갈 수 있을 만큼 어스레한 별빛에 익숙해졌다. 그가 걷고 또 걸었을 때, 저 멀리 지평선을 배경으로 각이 진 무엇인가를 발견했다. 별이 있어야 할 자리임에도 이상하게 규칙적으로 틈새가 벌어져 있었다. 그는 무엇인지도 모른 채 무작정 그쪽으로 뛰기 시작했다. 몸이 점점 모래 깊숙이 가라앉고 있음에도 느끼지 못했다. 눈이 먼 사람처럼 팔을 쭉 뻗고 나아가던 중 무언가 단단한 금속에 얼굴을 부딪쳤다. 텅 빈 무인 지프차였다. 호르파흐가 전날 아침에 보내 놓은 것일 수도 있고, 레그너의 팀이 버려 둔 것일지도 모른다. 로한은 아무 생각 없이 그저 일어선 채 양팔로 차량의 평평한 지붕을 껴안았다. 그러고는 가쁘게 숨을 내쉬고만 있었다. 밀려오는 고단함이 그를 땅 쪽으로 끌어당겼다. 그냥 이대로 차바퀴 옆에 누워서 한숨 자고, 아침에 해가 뜨면 길을 나서는 거야…….

그는 천천히 장갑판까지 몸을 끌고 가서 손으로 이리저

리 더듬으며 문손잡이를 찾은 뒤 잡아당겼다. 차량의 조작 표시등이 저절로 켜졌고, 그는 자리에 미끄러지듯 앉았다. 그런데 시동 장치를 찾을 수 없었다. 시동 장치가 어디에 있는지, 어떻게 작동하는지 전혀 기억이 나지 않았다. 그렇다, 분명히 가스에 중독된 탓에 정신이 멍해진 것이다……. 마침내 낡은 시동 버튼의 위치를 손이 기억해 냈고, 그것을 누르자 엔진이 부드럽게 소리를 내며 차량은 움직이기 시작했다. 그는 자이로컴퍼스의 덮개를 열었다. 로한이 지금 정확하게 기억하는 것은 단 하나, 귀환 좌표의 숫자뿐이었다. 그는 헤드라이트가 있다는 사실마저 잊어버렸기 때문에 지프차는 한동안 덜거덕거리며 어둠 속을 지나갔다…….

새벽 5시가 되었고, 주변은 여전히 어두컴컴했다. 그 순간 저 멀리 직선 방향으로, 하얗고 푸르스름한 별들 사이에 루비색 별 하나가 지평선 위로 낮게 걸려 있었다. 로한은 느리게 눈을 껌뻑였다. 붉은 별……? 그런 것은 없었는데……. 옆자리에 누군가 앉아 있는 듯한 느낌이 들었다. 분명 쟈그일 것이다. 저 별이 무엇인지 아느냐고 쟈그에게 물으려던 찰나, 갑자기 한 대 얻어맞은 듯 정신이 번쩍 들었다. 무적호의 기수에서 비치는 불빛이었다. 어둠 속에서 루비색으로 빛나는 지점을 향해 차가 직진하고 있었다. 불빛은 서서히 상승하며 강렬하게 빛나는 둥근 원을 이루었고, 함선 장갑판에 그 상이 비쳐서 붉은빛을 내고 있었다. 눈금판들 사이로 방어막에 근접했음을 알리는 빨간불이 깜빡거리며 경고음을 울리기 시작했다. 로한은 엔진을 껐다. 차량이 모래 언덕의 경사면을 굴러 내려갔다. 그는 지프차에서 한번 내리면 다시 올라탈 수 있을지 장담할 수 없었다. 결국 차량 내부의 수납함으로 손을 뻗어서 신호탄 총을 꺼냈다. 흔들리는 한쪽 팔꿈치를 핸들에 대고, 그 손목을 다른 한 손으로 잡은 뒤 방아쇠를 당겼다. 한 줄기 오렌지빛 연기가 어둠을 뚫고 치솟았다. 그리고 이내 투명 유리 같은 방어막 벽면에 맞자 한순간 빛을 내며 터졌다. 로한은 공이치기에서 철컥 소리가 날 때까지 연신 발사했다. 총탄이 다 떨어졌다. 그러나 그 정도면 충분했다. 함선 꼭대기 아래의 거대한 탐조등 두 대가 거의 동시에 켜진 것으로 봐서, 아무래도 함교 감시병이 가장 먼저 경보를 울린 듯했다. 하얀 혓바닥 같은 탐조등의 빛줄기가 모래 위를 핥다가 지프차 위에서 교차했다. 곧바로 램프에 불이 들어왔고, 승무원용 승강기의 수직 통로 전체가 차가운 불꽃에 휩싸인 듯 환해졌다. 램프는 무리 지어 달려 나오는 사람들로 가득했다. 곧이어 선미 근처의 모래 언덕을 따라 밝혀진 여러 투광 조명등의 빛줄기는 사람들 탓에 기울어지면서 흔들렸다. 마침내 두 줄로 파란빛이 들어오면서 방어막 내부 통로의 개방을 알렸다.

323

신호탄 총이 로한의 손에서 떨어졌다. 그는 자신도 모르는 사이, 차량에서 미끄러져 나왔다. 그리고 부자연스럽게 허리를 세우고 보폭을 지나치게 크게 벌리며 불안정하게 걷기 시작했다. 로한은 덜덜 떨리는 손가락을 진정시키려고 주먹을 움켜쥔 채 20층 높이의 함선을 향해서 똑바로 걸어가고 있었다. 흐릿한 하늘을 배경으로 쏟아지는 불빛 속에서 자기 자리를 지킨 채 우뚝 서 있는 우주선은 너무도 장엄하였으므로 단연 무적호라고 할 만했다.

『우주 순양함 무적호』는 1964년 폴란드에서 처음 출간된
이래 지금까지 60년 가까운 세월이 흘렀음에도 불구하고
작품 속에 나타난 인류의 미래상은 여전히 많은 독자들에게
강렬한 인상으로 다가온다. 이 이야기는 미지의 존재에게서
비롯하는 두려움과 불안함, 긴장감으로 가득 차 있다.

　레기스 3 행성에 착륙한 무적호 승무원들은 실종된 우
주선 콘도르호를 찾는 과정에서 자신들의 생명을 위협하는
강력한 미지의 세력과 대면하고, 마침내 그들이 맞서야 할
상대는 멸망한 지 오래된 고도의 외계 문명이 창조해 낸 기
계라는 사실이 밝혀진다. 목적도, 주인도 없이 낯선 행성에
남겨진 기계들은 다원의 자연 선택설에 역행하여, 이른바

'무생물 진화' 과정을 거침으로써 본래 기능을 상실한 채 그 행성 자연력의 일부가 되어 버린 것이다.

스타니스와프 렘은 자신의 작품에서 인간을 언제나 경이로운 기술의 창조자이자 지배자로서 그 중심에 두었다. 『우주 순양함 무적호』에서 인간은 우주를 구획하여 기지를 세우고, 함대를 파견해서 순찰하며 기본적으로 우주를 정복했노라 간주한다. 성간 항해와 외계 행성 탐사 역시 인간에게 주어진 일반적 임무에 지나지 않는다. 이 모든 것은 인간이 우주선이나 침투 불가능한 방어막, 전 세계를 파괴할 수 있을 만큼 강력한 무기마저 제작할 수 있는 엄청난 기술력을 보유하고 있다는 사실을 전제하고 있다. 이처럼 테크놀로지는 그 자체로 이 작품에서 매우 중요한 역할을 담당한다. 인류를 중심으로 전개되는 전형적인 SF 소설이었다면 인간이 영광스러운 미래를 위해 기술의 힘을 빌려서 외계 생명체를 물리치는 내용으로 진행되었어야 하겠지만, 작가는 선과 악의 충돌이라는 대립 구도를 따르지 않는다. 렘의 글쓰기 스타일에서 가장 큰 특징 중 하나는 인류의 미래상에 대한 고찰을 반영하고자 매번 장르의 규칙을 깨뜨린다는 점이다. 그는 자신의 인물들을 불가사의한 미지의 세계로 던져 넣고, 그곳에서 맞닥뜨린 로봇 생명체 앞에서 인간의 우월성에 대해 의문을 제기한다.

작가는 끊임없이 인간이 가진 이해력의 한계를 시험하고, 진화론의 발전 가능성에 관해 탐구한다. 또한 모든 생명체는 고귀한 목표 없이도 단순히 생존하고 존재하는 데 그 목적을 두고 있기에, 생명으로 간주할 수 있는 것을 단일하게 정의할 수 없음을 분명히 밝힌다. 결국 자신과 다른 형태의 생명체를 마주한 인간은, 그것과의 싸움이 태풍이나 지진 같은 자연 현상에 맞서는 행위만큼이나 무의미하다는 사실을 깨닫고 딜레마에 빠진다.

이 작품의 핵심이자 묘미는, 인간과 지적 외계 생명체 사이에서 펼쳐지는 생생한 전투 장면들을 통해 작가가 던지는 메시지다. 인간이 진정으로 투쟁해야 할 상대는 외부에 있지 않고, 바로 자기 내부에 있다는 사실을.

작가 연보

1921

2차 세계 대전 이전 폴란드 영토였던 르부프(현재는 우크라이나의 리비우)에서 부유한 유대계 가정의 외아들로 태어남. 3월 13일에 태어났으나 불길한 숫자를 피하기 위해 부모님이 12일로 출생 신고.

아버지 사무엘 렘은 이비인후과 의사, 어머니 사비나는 전업주부였음. 당시 르부프는 폴란드인, 우크라이나인, 오스트리아인, 러시아인, 독일인, 유대인, 터키인 등 다양한 인종, 언어, 문화가 어우러지며 모자이크 사회를 이루었고, 이러한 풍부한 문화적 토양이 렘의 작품 세계에 큰 영향을 끼침.

1932

르부프에 위치한 카롤 샤이노하 제2공립중고등학교에 입학. 어린 시절부터 독서광이었던 렘은 폴란드의 고전 문학, H. G. 웰스나

쥘 베른의 과학 소설을 섭렵하고, 아버지의 의학 서적과 해부학책들을 뒤적이며 성장. 가정 교사에게서 프랑스어를, 학교에서 독일어와 라틴어를 배우고, 우크라이나어와 러시아어 독학.

1936
전국 규모의 지능 검사에서 IQ 180으로 판정받음.

1939
중고등학력 인정시험을 최우등으로 통과. 2차 세계 대전 발발.

1940~1941
국립 르부프 공과대학 진학을 희망했으나 부르주아 계급 출신이라는 이유로 입학 거절. 르부프 의과대학에 들어가 약학과 의학을 전공.

1942
2차 세계 대전 당시 독일군의 르부프 점령으로 학업 중단. 르부프에 거주하던 유대인 대부분이 나치 독일에 의해 가스실로 끌려가지만 렘의 가족은 신분증을 위조하여 목숨을 건짐. 자동차 정비소의 보조 정비공, 독일 원료 재생 회사의 용접공으로 일하며 익명으로 지하 레지스탕스로 활동하며 나치에 항거.

1944
소련군이 르부프에 진입하며 나치 독일의 지배에서 벗어남. 의학

공부 재개.

1946
2차 세계 대전 후 얄타 협정과 로츠담 협정으로 폴란드 국경선이 조정되면서 가족과 함께 폴란드의 옛 수도인 크라쿠프로 강제 이주. 형편이 어려워진 부모님을 돕기 위해 용접공으로 취직했으나, 아버지의 강력한 반대로 650년 역사를 자랑하는 명문 야기엘론스키대학교에서 학업 재개. 장편 소설 『화성에서 온 인간(Człowiek z Marsa)』을 잡지 《모험의 신세계(Nowy Świat Przygód)》에 연재하며 등단.

1946~1948
폴란드의 유서 깊은 가톨릭 잡지 《주간 공론(Tygodnik Powszechny)》에 2차 세계 대전의 체험을 녹여 낸 여러 편의 시와 단편 소설 발표.

1947~1950
'과학연구회(Konserwatorium Naukoznawcze)' 회원으로 활동하며 과학 서적 서평을 쓰면서 과학 전반에 걸친 지식을 넓힘. 잡지 《과학 생활(Życie Nauki)》에 꾸준히 칼럼 기고.

1948
정신 병원을 배경으로 한 자전적 성격의 장편 소설 『변신의 병원(Szpital Przemienienia)』을 탈고했으나 사회주의 리얼리즘의 검열로, 출판되지 못함. 야기엘론스키대학교 의과대학 졸업. 소련군 군의관으로 징집되기를 원치 않았던 렘은 최종 졸업 시험에서 답안 작성을 거부하면서 의사의 길 포기.

1951
첫 단행본 『우주 비행사들(Astronauci)』과 희곡 『요트 파라다이스호(Jacht "Paradise")』(로만 후사르스키 공저)를 잇달아 출간하고 SF 작가로서 호평받으며 전업 작가의 길로 들어섬.

1953
의대생 바르바라 레시니아크와 결혼. 대학 졸업 후 부인은 방사선과 기사로 활동.

1954
단편집 『참깨 외 단편들(Sezam i inne opowiadania)』 출간. 인기 주인공인 우주 비행사 이욘 티히(Ijon Tichy)가 이 작품집에서 처음으로 등장. 장편 소설 『마젤란 성운(Obłok mazellana)』 출간. 부친이 세상을 떠남.

1955
삼부작으로 구성된 장편 소설 『잃어버리지 않은 시간(Czas nie-utracony)』 출간.(1948년에 쓴 『변신의 병원』을 이 책 1부에 수록. 2부와 3부도 1949~1950년에 탈고했으나 검열로 출판이 늦어짐.) 폴란드 정부로부터 금십자훈장 수훈.

1957

미래학적인 단상을 담은 철학 에세이집 『대화(Dialogi)』 출
간. 이욘 티히 연작의 본격적인 신호탄 『이욘 티히의 우주 일지
(Dzienniki gwiazdowe)』 출간. 『잃어버리지 않은 시간』으로
크라쿠프시(市)문학상 수상.

1959

우주를 배경으로 외계 생명체와의 접촉을 그린 장편 소설 『에덴
(Eden)』, 추리 소설 『수사(Śledztwo)』 출간. 렘의 또 다른 인
기 주인공인 우주 비행사 피륵스가 처음으로 등장하는 단편집 『알
데바란의 침공(Inwazja Aldebarana)』 출간. 문예 부흥에 힘
쓴 공로로 폴란드 정부로부터 십자기사훈장 수훈.

1961

장편 소설 『솔라리스(Solaris)』 출간. 서기 32세기의 미국을 배
경으로 한 『욕조에서 발견된 회고록(Pamiętnik znaleziony
w wannie)』, 우주 비행에서 돌아온 주인공이 급변한 지구의 모
습에 당황하는 내용을 그린 『행성으로부터의 귀환(Powrót z
gwiazd)』, 단편집 『로봇의 서(Księga robotów)』 출간.

1962

다양한 언론 매체에 기고해 온 과학 칼럼과 인터뷰, 논평이 수록된
에세이집 『궤도 진입(Wejście na orbitę)』 출간.

1963
TV 드라마 각본과 단편들을 모은 작품집 『달밤(Noc księży-ciowa)』 출간.

1964
단편집 『로봇 우화(Bajka robotów)』와 『우주 순양함 무적호외 단편들(Niezwyciężony i inne opowiadania)』 출간. 과학 기술의 진보와 인류의 미래에 대한 독특한 분석과 성찰을 담은 미래학 에세이 『기술학 총서 (Summa technologiae)』 출간.

1965
안드레이 타르코프스키 감독과 『솔라리스』의 영화화에 관하여 모스크바에서 논의하지만, 합의에 이르지 못함. 단편집 『사냥(Polowanie)』 출간. 로봇 시리즈의 완결판인 『사이버리아드(Cyberiada)』 집필(1967년 출간).

1966
르부프에서 보낸 어린 시절을 서정적으로 묘사한 자전 소설 『높은 성(Wysoki zamek)』 출간.

1968
연작 소설집 『우주 비행사 피륵스 이야기(Opowieści o pilocie Pirxie)』와 외계에서 송신된 괴전파를 해독하는 수학자의 이야기를 그린 장편 소설 『주의 목소리(Głos Pana)』, 문학 작품에 관한 에세이 모음집 『우연의 철학(Filozofia przypadku)』 출간.
아들 토마시(Tomasz) 출생.

1970
서구 SF 소설에 대한 평론집 『SF와 미래학(Fantastyka i
futurologia)』 출간. 서구에서 출판된 SF 소설의 이슈와 주제를
상세히 분석. 폴란드 문화를 해외에 널리 알린 공로로 폴란드 외교
부로부터 표창을 받음.

1971
가상의 책들에 대한 서평집 『완벽한 공허(Doskonała próż-
nia)』로 새로운 장르에 도전. 이온 티히가 쓴 회고록 형식의 「미래
학 학회(Kongres Futurologiczny)」를 수록한 단편집 『불면
증(Bezsenność)』 출간.

1972
폴란드 학술원이 설립한 '폴란드2000학술위원회' 위원으로 위
촉. 안드레이 타르코프스키가 감독한 영화 「솔라리스」가 칸 영화제
에서 심사위원특별상 수상. 렘은 타르코프스키의 해석, 특히 엔딩
에 심각한 유감 표명.

1973
존재하지 않는 미래의 책들에 대한 서문을 모은 또 하나의 메타픽
션 『가상의 광대함(Wielkość urojona)』 출간. 미국SF판타지

작가협회(SFWA) 명예 회원으로 위촉. 폴란드 문화예술부 장관으로부터 1급 공훈상 수상.

1975
모교인 야기엘론스키대학교 철학 연구소에서 "미래 예측의 기초"란 제목으로 강연. 에세이 모음집『논설과 초안(Rozprawy i szkice)』출간. 젊은 날에 쓴 시들을 자전 소설과 함께 엮은『높은 성: 청춘의 시(Wysoki zamek. Wiersze młodzieńcze)』출간.

1976
추리 소설『감기(Katar)』출간. TV 드라마 각본이 포함된 단편집『가면(Maska)』출간. 폴란드 사회주의 정권에 항거하는 민주화 운동 단체 '폴란드독립협회(PPN)'와 비밀리에 협업하며 '호호우(Chochoł)'라는 필명으로 체제 비판적인 논평을 연달아 기고. 미국SF판타지작가협회로부터 명예 회원 자격을 박탈당함.(미국 SF 문학에 대한 강도 높은 비판이 문제의 발단으로 추정.) 이에 렘은 무시로 대응했고, 결국 미국 측에서 일방적으로 자격을 수여했다 박탈한 해프닝으로 남음.

1979
라디오 드라마 각본이 포함된 단편집『반복(Powtórka)』출간. 추리 소설『감기』로 프랑스추리문학상 외국 소설 부문 수상. 폴란드 의회에서 '노동의깃발' 2등급 훈장 수훈.

1980

유럽SF협회로부터 유로콘특별상 수상.

1981

브로츠와프 공과대학으로부터 명예박사 학위 받음. 탄생 60주년 기념으로 1973년에 발표한 서평집 『가상의 광대함』에 한 편의 서평을 추가하여 『골렘 XIV』이라는 제목으로 재출간. 국민들의 반사회주의 민주화 시위로 폴란드에 계엄령 선포.

1982

우주의 행성을 방문한 이욘 티히가 외계 문명에 대해 쓴 보고서 형식의 장편 소설 『현장 시찰(Wizja lokalna)』 출간. 서베를린의 고등과학연구소에서 일 년간 장학금을 받으며 연구원으로 활동.(폴란드 정부에서 출국 허가를 받지 못해 부인과 아들은 폴란드에 남음.)

1981~1988

프랑스 파리에서 발간된 문예지 《문화(Kultura)》에 '전문가(Znawca)'라는 필명으로 꾸준히 기고.(이 잡지는 사회주의 정부와의 마찰로 인해 해외로 망명한 폴란드 작가들이 자유롭게 작품을 발표하는 구심점이었음.)

1983~1988

계엄령 해제 후 오스트리아작가협회의 초청으로 가족과 함께 오스트리아 빈에 체류.

1984

가상 서평 시리즈에 속하는 메타픽션『도발(Prowokacja)』출간. 나치 독일군의 유대인 학살을 다룬 가공의 독일 역사서에 관한 서평으로 화제.

1985

렘과 정식으로 저작권 협약을 맺지 않은 채 1946년에 연재되었던 장편 소설『화성에서 온 인간』출간. 유럽 문학의 발전에 기여한 공로로 오스트리아 정부로부터 공로상 수상.

1986

마지막 가상 서평 모음집『21세기 도서관(Biblioteka XXI wieku)』출간.

1987

이욘 티히 연작의 마지막에 해당하는 장편 소설『지구의 평화(Pokój na Ziemi)』가 폴란드에서 출간.(1985년 스웨덴 번역본이 원전보다 먼저 출간.) 렘의 마지막 장편 소설『대실패(Fiasko)』가 폴란드에서 출간.(1986년 독일 번역본이 원전보다 먼저 출간.) 이 소설에서 렘은 외계 문명과의 소통과 교류를 위한 탐사 원정이 대실패로 종결되는 비관적인 전망 피력. 렘은 "쓰고자 한 것은 모두 썼고, 이젠 쓸 것이 남아 있지 않다."라고 선언

한 뒤로 소설을 쓰지 않음. 이후 집필은 칼럼과 에세이, SF 평론에 한함.

1988
폴란드로 귀환.

1991
독일 문예지 《트란스아틀란틱(Transatlantik)》과 프랑스 문예지 《데바트(Debat)》에 평론과 칼럼 기고. 오스트리아 프란츠카프카문학상 수상.

1992
폴란드 문예지 《오드라(Odra)》에 정기적으로 평론과 칼럼 연재. 국제천문연맹이 태양을 공전하는 소행성3836(1979년 발견)을 "렘"이라 명명.

1993
단편집 『용의 유익함(Pożytek ze smoka)』이 폴란드에서 출간.(1983년 독일 번역본이 원본보다 먼저 출간.) 크라쿠프 공과대학에서 "미래에 인공지능 개발이 가능할까?"와 "가상 현실"을 주제로 강연. 《PC 매거진》에 과학 칼럼 기고.

1994
저작권 협약을 정식으로 맺은 『화성에서 온 인간』 출간.

1995

《주간 공론》에 2년간 연재해 온 「렘이 바라본 세상(Świat według Lema)」을 단행본 『윤활유 시대(Lube czasy)』로 출간. 폴란드펜클럽 J.파란도프스키문학상 수상. 국제우주탐험가협회에서 공훈메달 수훈. 폴란드 문화재단 '올해의 공로상' 수상.

1996

《오드라》에 연재한 평론과 칼럼을 모은 『섹스 전쟁(Sex Wars)』 출간. 《PC 매거진》에 기고한 칼럼을 모은 『중국 방의 비밀(Tajemnica chińskiego pokoju)』 출간. 폴란드 정부로부터 최고 품계인 흰독수리훈장 수훈.

1997

평론과 칼럼을 모아 『사소한 트집(Dziury w całym)』 출간. 크라쿠프시에서 명예시민으로 위촉. 폴란드 오폴레대학교 명예박사.

1998

우크라이나 리비우국립의과대학교, 폴란드 야기엘론스키대학교 명예박사.

1999

미래학적 전망을 담은 에세이집 『메가바이트 폭탄(Bomba megabitowa)』 출간. 야기엘론스키대학교에서 "스타니스와프 렘: 작가, 사상가, 철학자"라는 제목으로 학술 대회 개최.

2000

언론인 토마시 피아우코프스키와의 인터뷰집 『벼랑 끝의 세상(Świat na krawędzi)』 출간.

1996년 이후 《주간 공론》 연재 칼럼을 모은 두 번째 단행본 『눈 깜짝할 사이(Okamgnienie)』 출간.

방송 대본 모음집 『레이어 케이크(Przekładaniec)』 출간. 작가의 공식 웹사이트(lem.pl) 개설.

2001

1970년에 아내의 조카를 위해 집필한 받아쓰기 교본 『받아쓰기, 그러니까…(Dyktanda czyli…)』 출간.

2002

서간집 『편지들 그리고 물질의 저항(Listy albo opór materii)』 출간. 스티븐 소더버그 감독, 조지 클루니 주연으로 「솔라리스」가 다시 영화화. 렘은 영화의 무게중심이 로맨스에 편중되었음을 비판.

2003

평론과 칼럼을 모은 『딜레마(Dylematy)』 출간. 문학 에세이집 『나의 문학관(Mój pogląd na literaturę)』 출간. 독일 빌레펠트대학교 명예박사.

2004

2001~2004년까지의 《주간 공론》 연재분을 모은 세 번째 단행본 『합선(Krótkie zwarcia)』 출간.

2005

1940년대에 쓴 단편과 에세이, 그리고 기출판된 받아쓰기 교본을 모은 작품집 『1940년대, 받아쓰기(Lata czterdzieste. Dyktanda)』 출간. 폴란드 문화부로부터 글로리아아르티스 문화공훈메달 금장 수훈.

2006

2004년과 2005년에 일어난 세계사의 다양한 사건에 대한 성찰을 담은 마지막 저서 『포식자들의 종족(Rasa drapieżców)』 2월 출간. 3월 27일 크라쿠프의 병원에서 향년 85세로 타계.

2007

크라쿠프에 렘의 이름을 딴 거리 조성.

2009

1950년대 말에 《가제타 비보르차(Gazeta Wyborca)》에 연재했던 추리물과 작가의 작업 노트에서 발견된 희곡을 모은 작품집 『서투른 범죄(Sknocony kryminał)』 출간. 폴란드 비엘리츠카에 렘의 이름을 딴 거리 조성.

2011

크라쿠프의 도시공학박물관에 '스타니스와프 렘 과학체험 정원' 조성. 구글에서 렘의 첫 번째 장편 소설 『우주 비행사들』 출간 60주년을 기리기 위해 사이트 로고 제작.

2013

국제천문연맹이 소행성343000을 렘 소설 주인공인 "이욘 티히"라 명명. 11월 21일 폴란드가 최초의 인공위성 렘 발사. 「미래학 학회」를 애니메이션으로 제작한 「더 콩그레스」(아리 폴만 감독)가 칸 영화제에서 공개.

2015

명왕성의 행성 중 하나인 카론에 있는 90킬로미터 너비의 분화충돌구가 "피륵스"라 명명됨.

2017

스타니스와프 렘을 주제로 한 다큐멘터리 「솔라리스의 작가(Autor Solaris)」(보리스 란코시 감독) 개봉.

2019

지구에서 161광년 떨어진 페가수스자리의 K형 주계열성(2009년 발견) BD+14°4559이 "솔라리스", 그 주위를 도는 행성이 "피륵스"라 명명됨.

2021
렘 탄생 100주년을 맞아 폴란드 국회가 2021년을 '스타니스와프 렘의 해'로 선포하고 작가를 기리는 다양한 문화 행사와 기념 사업 진행.

우주 순양함 무적호

1판 1쇄 찍음 2022년 2월 4일
1판 1쇄 펴냄 2022년 2월 18일

지은이   스타니스와프 렘
옮긴이   최정인·필리프 다네츠키
발행인   박근섭·박상준
펴낸곳   (주)민음사

출판등록 1966·5·19 제16-490호
주소   서울특별시 강남구 도산대로1길 62(신사동)
          강남출판문화센터 5층 (우편번호 06027)
대표전화 02·515·2000
팩시밀리 02·515·2007
홈페이지 www.minumsa.com

ISBN   978·89·374·4471·5 04890
        978·89·374·4469·2 (세트)

→ 잘못 만들어진 책은 구입처에서 교환해 드립니다.

를타티스

스타니스와프 렘 ¤ 최성은 옮김

이욘 티히의 우주 일지

스타니스와프 렘 ¤ 이지원 옮김

LEM 2021
100 ANNIVERSARY
www.lem.pl